MARRAQUEXE NOIR

FOUAD LAROUI
ALLAL BOURQIA
ABDELKADER BENALI
MOHAMED ZOUHAIR
MOHAMED ACHAARI
HANANE DERKAOUI
FATIHA MORCHID
MAHI BINEBINE
MOHAMED NEDALI
HALIMA ZINE EL ABDINE
MULAY SEDDIK RABBAJ
YASSIN ADNAN
KARIMA NADIR
TAHA ADNAN
LAHCEN BAKOUR

MARRAQUEXE NOIR

YASSIN ADNAN [ORG.]

TRADUTOR
FELIPE BENJAMIN FRANCISCO

Tabla.

INTRODUÇÃO

CIDADE DE ALEGRIAS E TRISTEZAS

YASSIN ADNAN

Quando a Akashic Books me convidou para organizar esta antologia, nem me passou pela cabeça que eu estava me metendo numa enrascada daquelas. Marraquexe, a cidade vermelha — ou simplesmente *Al-Hamra* —, como muitas vezes a chamam, esteve ligada à cor escarlate desde a sua fundação em 1062 (454 H.), pelo príncipe almorávida Yussuf Bin Tachfin. Por isso, é difícil escolher outra cor para ela agora. E dentre tantas cores possíveis, justamente o preto! Afinal de contas, a cidade é vermelha, e sua gente passa dia e noite erguendo as mãos para o céu e implorando a Deus que afaste dela a escuridão, o desalento e o mau humor.

Talvez só as palmeiras consigam se recordar daquele passado remoto e sombrio quando salteadores, escondidos detrás de seus troncos, saqueavam as caravanas de passagem por ali. Sempre que os camelos das tribos dos Masmuda chegavam no local que, um dia, um sábio almorávida iria se instalar — isto é, Marraquexe —, os viajantes apressavam-se, murmurando entre si, com medo, um abafado *murkuch* — "aperte o passo", em sua língua. Segundo algumas lendas, essa seria a origem do nome da cidade, que acabou perdendo, ao longo dos séculos, a função de alertar para o perigo, bem como outras conotações mais obscuras.

Hoje, os marroquinos chamam Marraquexe de *Madinat al-Bahja* ("cidade da alegria"), ou apenas *Al-Bahja* ("a alegria"), famosa justamente pela vida animada. Ela é o destino dos que buscam a felicidade, mas também diversão noturna. Seus dias são ensolarados e suas noites iluminadas. Por isso, seus admiradores estão sempre prontos para ler qualquer história sobre a cidade, menos aquelas envoltas pelas trevas. Até mesmo os contadores de causos populares na praça Jamaa al-Fna evitam narrar contos sombrios em suas fascinantes *halqas* — as tradicionais performances rodeadas de espectadores curiosos.

Eu ia bastante à Jamaa al-Fna na infância. Me divertia à beça com as apresentações de música Gnawa, mas fugia dos encantadores de serpente. Os macacos não me chamavam muito a atenção nem os dançarinos ou os cantores, mas eu sempre parava um pouquinho para assistir a disputas de pugilismo injustas, uma dessas lutas absurdas entre um peso-pena e um brutamontes. No ringue, às vezes, enfrentavam-se rapazes e moças, e era comum os homens serem nocauteados pelas mulheres. No entanto, as apresentações que de fato me cativavam eram as contações de história — as *Mil e uma noites*, as azalianas e as antarianas, a epopeia dos Banu Hilal, entre tantas outras. Ainda assim, bastava ver o Médico de Insetos indo para algum canto da praça, que eu me distraía e corria atrás dele. Para mim, ele era a estrela do lugar. Teve uma época em que sentimos a falta dele, porque ficou sem aparecer em Jamaa al-Fna por muito tempo. Seu público sabia bem que o vício, assim como o hábito de beber em público, sempre o levavam à prisão. Quando retornava, nós, espectadores fiéis, repetíamos toda vez a mesma pergunta: "Doutor, onde o senhor estava?", e ele respondia sereno: "Na Holanda". Por causa do Médico de Insetos, "Holanda" tornou-se uma espécie de eufemismo de "prisão" para os habitantes de Marraquexe. Certa vez ele não se apresentou por meses a fio. Quando reapareceu, o recebemos com o mesmo entusiasmo de sempre. Desta vez, porém, alegou ter ido para a América. "Estava trabalhando com o exército americano", complementou confiante. Dissemos: "Agora o senhor está indo longe demais, doutor". Ao que nos respondeu: "Por favor, não me entendam mal. Não estava combatendo ao lado deles. Deus me livre e guarde. Na verdade, trabalhei em uma delegação marroquina especial, que tinha como missão fazer uma salada para as forças norte-americanas".

O conto da carochinha do doutor atraiu um público enorme, atento a cada palavra dele. O Médico de Insetos nos contou que o exército norte-americano era imensurável e, como não havia recipiente grande o bastante para a salada dos soldados, esvaziaram um lago imenso e trouxeram caminhões carregados de tomate, cebola e pimentão verde, tudo bem picado ao modo marroquino. Mangueiras de carros de bombeiro despejaram milhares de metros cúbicos de azeite na salada. Sal, cominho e pimenta-do-reino ficaram a cargo de helicópteros, que os espargiam lá do alto. "E o doutor, onde que entra em toda essa produção cinematográfica?" Ele nos lançou um olhar de reprovação e prosseguiu: "Meu papel era essencial. Com um bote de borracha, eu remava pelas laterais do lago enquanto me comunicava por rádio com os pilotos dos helicópteros. 'Esta área precisa de mais sal', eu dizia, e, assim que o helicóptero recebia minha ordem, despejava o sal; 'está faltando pimenta-do-reino aqui', e assim por diante". Tudo isso para uma das atrações mais famosas da praça Jamaa al-Fna não confessar que tinha sumido por estar atrás das grades. Tudo isso para esquecer a prisão. Para não relembrar, ao fazer o relato, a humilhação passada na mão dos carcereiros durante a estadia na cadeia.

Viram como não é fácil? O marraquexi é capaz de criar histórias cheias de cor para não encarar a escuridão da realidade e o amargor da vida. Para eles, o mais importante é proteger as narrativas, para preservar o espírito bem-humorado de Marraquexe. É uma missão muito difícil. Mesmo assim, tentei encontrar quem se arriscasse e pudesse embarcar nessa aventura. Um dos grandes literatos da cidade negou logo ao primeiro contato. Foi categórico: "Quando precisar de uma história sobre Marraquexe, pode contar comigo. Posso escrever sobre os segredos, os sonhos e os escândalos da cidade, mas não sobre crimes". Pensei que talvez ele tivesse razão. Afinal, esta cidade é famosa pelos escândalos e não pelos crimes. Os habitantes de Marraquexe não se cansam de relembrar essas histórias, devido à paixão que nutrem por elas. Eles espalham rumores empolgados, adicionando muito tempero aos fatos e aos acontecimentos. No entanto, rapidamente fingem esquecer as narrativas obscuras, a fim de que o bom humor da cidade permaneça intacto.

Pedi textos a contistas e romancistas de diferentes gerações. Todos ficaram empolgados de participar em um primeiro momento, mas depois vinham as perguntas: "Por que noir? E por que crime?". Questões legítimas, não posso negar. Afinal de contas, não temos tradição no campo desse gênero literário no Marrocos. Nas décadas de regime autoritário, "difamar" eliminou a necessidade de "investigar", e "falsas acusações" tomaram o lugar do "interrogatório". Uma única sessão de tortura servia como prova cabal, entregue em uma bandeja de chumbo. Os marroquinos tiveram que esperar a morte do rei Hassan II, que governou o país com mão de ferro, para ler pela primeira vez um romance policial, intitulado *Le Poisson Aveugle* [*O peixe cego*], de Miludi Hamduchi, apenas um ano após a morte do monarca. A mesma coisa aconteceu com nossos vizinhos na Espanha, onde o primeiro romance policial só pôde ser publicado em 1975, após a morte do general Franco.

Desde 2000, o número de romances policiais escritos por marroquinos — em árabe ou francês — não chegou a trinta títulos. Não há uma coletânea de contos sequer, apenas romances. Exatamente por isso parecia que eu queria atrair os escritores da cidade para uma armadilha ou, na melhor das hipóteses, para uma terra desconhecida. Um verdadeiro desafio. Alguns recusaram o convite, porque não queriam se arriscar em um gênero literário que desconheciam. Outros tentaram, mas não conseguiram se aliar às sombras. Já um terceiro grupo se aventurou, e o resultado são os quinze contos desta antologia.

Os escritores tentaram criar enredos inspirados em crimes antigos, escondidos atrás dos portões da cidade e dos quais Marraquexe não fala, ou em histórias recentes, ocorridas devido às transformações que Marraquexe passou ao se tornar um dos destinos turísticos mais atraentes da África e do mundo árabe. É desse modo que a prostituição aparece ao lado de prisões arbitrárias, violência, assassinato e terrorismo. E pobreza, corrupção e adultério dividem espaço com contos sombrios inspirados na realidade de hospitais psiquiátricos.

São histórias que, apesar da variedade, permanecem enraizadas no solo marroquino. Dessa forma, os escritores almejaram — por meio de contos em árabe, francês e uma história em holandês — aproximar os leitores das diversidades linguística, cultural, religiosa e étnica da cidade. A Marraquexe árabe, amazigue, africana; mas também muçulmana, sem esquecer seu histórico Mellah, o tradicional bairro judeu. Essa que é a capital turística do reino, a cidade alegre e triste, cidade da vida simples, cidade conectada às capitais europeias mais importantes, com voos diários via seu aeroporto internacional, cidade de uma nova comunidade europeia, reduto de inverno de franceses aposentados e refúgio de imigrantes africanos da região subsaariana; cidade das noites cor de sangue e do turismo sexual, cidade de uma nova geração de criminosos. Todos esses elementos se destacam nos contos desta antologia, não importa quão sórdidos sejam. Os autores não criaram apenas histórias, mas tentaram escrever a própria Marraquexe. Experimentaram pintar coletivamente, cada um por meio de sua ficção, um retrato amplo e abrangente da cidade, sua tristeza, sua violência, sua tensão e suas trevas, mas sem deixar de lado o espírito alegre do local. O leitor é convidado a buscar a melancolia escondida detrás da máscara da alegria, a tragédia oculta no âmago da comédia.

As histórias se diversificam segundo a variedade de espaços da cidade. Adentramos a medina para um passeio pelas residências de Dar al-Bacha e Riad Zitun, pelos portões de Bab Dukkala a Bab Agmat, seguindo pelas vielas de Darb Dabachi e Darb Sidi Buluqat; tudo isso antes de sermos levados para além dos muros da Marraquexe antiga, chegando aos bairros novos, que cresceram após a independência e se transformaram em cinturões de pobreza — como é o caso de Sidi Yussuf Bin Ali —, ou ficaram sujeitos à expansão urbana e demográfica, adaptando-se para receber a classe média — como Massira e Saada. Outro conto nos leva ainda a Amarchich: o hospital psiquiátrico de Marraquexe, cujo bairro residencial vizinho compartilha com o centro médico o enorme fardo do nome.

No entanto, o lugar que não se pode evitar em Marraquexe é a praça Jamaa al-Fna. Ela aparece em quase todos os contos. Ou a história começa na Jamaa al-Fna ou termina nela. Mais cedo ou mais tarde, o leitor se vê numa encruzilhada formada por essas histórias sombrias, nesse lugar cheio de vida, considerado pela Unesco, em maio de 2001, Patrimônio Cultural Imaterial da Humanidade.

Em outros momentos, porém, a praça é um espaço de alegria por excelência, que reúne cantores e dançarinos, contadores de histórias e charlatões, palhaços e ladrões de sonhos, domadores de macacos e encantadores de serpentes, além de quiromantes e tatuadoras de hena. À noite, esse mesmo lugar se converte no maior restaurante a céu aberto do mundo árabe. Quem ousaria seguir pistas obscuras em meio a uma praça consagrada à alegria e à beleza? Foi exatamente isso que fez desta antologia um verdadeiro desafio para mim, enquanto organizador, e para todos que participaram. Deixo para o leitor decidir se tivemos êxito na tarefa.

Yassin Adnan
Marraquexe, Marrocos
Junho de 2018

PARTE 1: CRIMES PENDENTES

A TELA MISTERIOSA

FOUAD LAROUI

Bab Dukkala

Ele entrou pela porta do restaurante às 12h15, do jeito que sempre fazia.

O inspetor Hamduch era metódico, *quase maníaco*, nas palavras de sua falecida esposa — uma francesa do Marrocos, vítima de tétano poucos anos depois de se casarem. Viúvo e sem filhos, Hamduch almoçava todos os dias, ou quase todos, no restaurante Délices de l'Orient, em frente ao palácio do paxá Glaui.

O proprietário do restaurante, Driss Bencheikh, cuidava para que a mesa do inspetor estivesse sempre reservada das 12h às 14h. Caso um turista distraído ou algum residente desavisado ousasse se sentar à mesa do inspetor, Bencheikh indicava outra mesa de modo autoritário, pois agia — de certa forma — em nome do *Makhzan*, o Reino do Marrocos, o que explicava seu comportamento um tanto rude. Afinal, não se questiona a autoridade do Reino.

Assim, Hamduch sentava-se na mesma cadeira, todos os dias, exatamente às 12h15. Na parede à sua frente, a apenas duas mesas de distância, havia um grande quadro. Na verdade, o quadro só apareceu, de forma misteriosa, na terceira vez que o inspetor foi ao restaurante. Aquilo o deixou levemente incomodado. Até então, tudo que havia diante dele era uma parede ocre sem graça. Hamduch almoçava olhando para o vazio, o que lhe aprazia bastante, pois podia ficar ali pensando na vida. Até que um dia, inesperadamente, aquele enorme retângulo colorido materializou-se diante de si.

O policial não era um homem das artes, mesmo apreciando a poesia musicada do *malhun*. Em todo caso, não entendia nada de pintura. No início, percebeu algo novo em seu campo visual, mas não lhe deu a devida atenção. Era uma pequena mudança em sua rotina, circunstância que até o incomodava, mas que estava longe de ser, como dizem por aí, o fim do mundo. Ele retomou seu hábito de olhar para fora, pela janela, como se monitorasse o vaivém dos transeuntes — sem dúvida, um cacoete da profissão, mas quem não tem suas manias?

Um dia, se cansou de observar as pessoas na calçada, com sua balbúrdia odiosa, os numerosos turistas de sempre, que partiriam de vez no dia seguinte. Virou-se então para a esquerda, com o copo de chá na mão, e se deteve na tela. Apertou um pouco os olhos por causa do reflexo da luz, até que conseguiu distinguir a cena pintada em cores berrantes, com diversos personagens. Um deles prendeu sua atenção. Examinou cuidadosamente a silhueta. Minha nossa!

Hamduch franziu o cenho e gritou para o proprietário: "*Si* Driss!".

O dono do restaurante correu em sua direção, enquanto secava as mãos com uma toalha branca. Abaixou-se, esboçando um sorriso tímido, pronto para atendê-lo. O inspetor apontou para a razão de sua ira com a mão direita, a mesma que segurava o chá, de modo que parecia brindar — talvez à arte?

“Esse... esse... *tableau*!”, disse o inspetor em francês, já que certamente não conhecia a palavra “quadro” em árabe, ou, quem sabe, já a tivesse esquecido.

“*Oui*, *Si* comissér?”, disse o proprietário em tom atencioso e servil.

Hamduch baixou a voz, que inspirava ameaça — ele sabia exatamente como e quando deveria falar assim; afinal, não se tornara inspetor de polícia à toa.

“Por acaso é Sua Majestade o rei, que Deus o guarde, que está representado no centro da pintura? A maneira como o pintaram beira o desrespeito!”

Por obrigação, Driss lançou um olhar relâmpago para o personagem que ocupava o centro da tela e respondeu sem hesitar: “Não, meu Deus, não! Esse é o paxá... digo, o antigo paxá, Mulay Mimun”.

Hamduch insistiu: “Mesmo assim, ele está no centro, como se fosse um senhor montado num belo cavalo”. O inspetor, então, apoiou o copo na mesa e, com o dedo em riste, indicou o que descrevia: “Atrás dele há alguém com um grande guarda-sol branco e muitas pessoas viradas na sua direção... Na verdade, todos estão posicionados como se Sua Majestade estivesse na cerimônia de lealdade durante a Festa do Trono”.

“Eu lhe asseguro, *Si* Hamduch, que se trata do paxá. Mesmo que os traços dele não estejam evidentes, é possível distinguir seu cavalo preferido.”

Aliviado, o inspetor perguntou novamente: “Que paxá é este? Seria *Si* Lamrani?”.

“Não, não. Como eu lhe disse, trata-se de seu antecessor, Mulay Mimun.”

“Só queria me certificar.”

O inspetor, satisfeito, assentiu com a cabeça, deu mais um gole no chá e voltou a examinar a cena movimentada da tela à sua frente com suas cores sugestivas. Após aguardar alguns minutos, o dono do restaurante viu que sua presença não era mais necessária e se retirou, espantando moscas imaginárias com a toalha.

No dia seguinte, quando Hamduch se sentou à sua mesa, olhou de imediato para a pintura, antes mesmo de dar uma espiada na rua. Com olhar sombrio e semblante tenso, concentrou-se fixamente no quadro.

Havia sonhado com a pintura a noite inteira.

O inspetor odiava sonhos. Ficava furioso sempre que se lembrava de algum sonho ao despertar. Sentia-se insignificante e humilhado. Tinha a impressão de ter perdido o controle de si mesmo naquelas aventuras noturnas em que tudo parecia possível — e qual o seu propósito, meu Deus? Será que os gatos também sonhavam? Sentado na cama, recitou a tradicional invocação muçulmana: "Maldito seja Satã!". Como não era um tipo totalmente inculto, logo se perguntou o que diria a psicanálise de seus sonhos absurdos. Havia um número razoável de psicanalistas em Marraquexe — ele tinha alguns cartões de visita —, mas com certeza não iria se consultar com nenhum deles. Seria reconhecer a derrota. Você não manda um inspetor de polícia se deitar num divã. É ele quem interroga os suspeitos e não o contrário. E quem poderia ser mais suspeito do que um lacaniano em Marraquexe?

Naquela noite, sonhou com o quadro que decorava a parede do restaurante. No sonho, a cena pulsava, viva; de certa forma, o policial fora engolido por ela. Viu-se acompanhando os passos do alazão que levava o paxá, enquanto todos o ignoravam e o empurravam — que falta de respeito com sua patente! Em meio ao caos do ambiente — burburinho, furor, poeira —, um dos homens da pintura tentou enfiar um saco de lona em sua cabeça — isso mesmo, um saco de lona! —, como aqueles que a polícia secreta usava nos velhos tempos, na década de 1970, os anos de chumbo, quando se sequestravam políticos, sindicalistas e estudantes de filosofia. Que absurdo! Ele, o inspetor Hamduch, *mkhennech*, ensacado! Era o mundo virado do avesso! De tanta indignação, despertou. Suava e tremia da cabeça aos pés.

Agora, comia sua salada de pimentão com tomate, os olhos fixos na pintura maléfica, como se quisesse descobrir algum segredo nela. Na verdade, fora tomado por um sentimento estranho durante sua intrusão noturna naquela cena que parecia eternamente congelada: todo mundo observava o paxá, o que era perfeitamente natural — até um cachorro estava virado para ele —, mas o inspetor havia sentido que todos aqueles olhares estavam, de certa forma, carregados. Nenhum demonstrava a menor curiosidade ou admiração — que bela procissão! — ou mesmo a tão conhecida *hiba*, "medo reverencial", sobre o qual se alicerçava a estrutura do *Makhzan*. Aquelas miradas expressavam algo mais. Estavam carregadas, pensou o inspetor, frustrado com sua inabilidade em encontrar palavras para descrever o que observava, pois seu repertório de adjetivos era muito limitado nas duas línguas que conhecia: o árabe e o francês.

Hamduch refletia, resignado — os olhos na tela, o garfo no ar com um pedaço de pimentão. “Vou abrir uma investigação”, murmurou em voz baixa.

Ao captar algumas palavras incompreensíveis, o dono do restaurante se apressou: “*Monsieur le* comissér? Mais pão? Quem sabe um pouco d’água?”.

Pego de surpresa, o inspetor desatou a tossir e apontou com o garfo para a parede — o pedaço de pimentão dependurado bem na ponta do talher. Em seguida, ouviu sua própria pergunta: “Quem pintou esta tela?”.

O proprietário olhou para o garfo, depois para a parede, depois para a tela. Linhas expressivas despontaram horizontalmente em sua testa — tinha o ar de quem refletia —, e por fim respondeu: “É de um jovem chamado Brahim Labatt. Ele morava num bairro próximo, ao lado do *suq* dos artesãos de ferro”. Driss se aproximou do investigador e, adotando o ar fúnebre que precede este tipo de revelação, cochichou: “Suicidou-se alguns anos atrás. Que Deus nos proteja”. Pronunciou de forma quase inaudível. “Parece que esta tela foi seu último trabalho antes de...”

Driss não terminou a frase. O inspetor, por sua vez, gravou na memória a informação e naquele momento abriu — sempre mentalmente — um dossiê em nome de Brahim Labatt, jovem falecido sob circunstâncias suspeitas. O inspetor sabia — as estatísticas não mentiam — que o suicídio era raro em terras do islã. Por isso precisava esclarecer aquela situação. Com um gesto desenvolto e o pimentão precariamente equilibrado na ponta do garfo, interpretando seu papel vagamente acusador, pediu que Driss se retirasse. O proprietário do restaurante correu para receber um grupo de turistas japoneses que acabava de entrar, e deu para ouvi-lo louvar seu espaço e sua cozinha num inglês trôpego, ousando barulhos de sucção: "*The best in Marrakech, of course!*".

Hamduch terminou a refeição sem conseguir tirar os olhos do quadro. Tratava-se de uma mera obra de arte ou de algo mais? E, afinal, o que era a arte? O policial perdeu-se num abismo de ideias.

De volta ao escritório, Hamduch chamou um de seus agentes, Ba-Mus, conhecido como "Computador" graças à sua memória extraordinária, pelo menos quanto a crimes, contravenções e outras ocorrências excepcionais na área. Fora isso, não sabia mais nada. Ba-Mus nunca fora transferido para outra unidade, pois transferi-lo significaria perder um computador, ou seja, perder todos os dados que ele armazenava — e ninguém queria uma coisa dessas.

Baixo, de corpo franzino e olhos verdes, o homem-máquina entrou na sala do chefe, que cortou direto para o assunto e foi logo dizendo: "Ba-Mus, já ouviu falar de um tal Brahim Labatt? Um pintor?".

Como se Hamduch tivesse apertado a tecla "Enter", Ba-Mus ficou na posição de sentido, limpou a garganta e começou a apresentar as informações: "Brahim Labatt, filho de Abd al-Mula, era encanador. Não terminou o secundário e era o único filho da viúva Halima, com quem morava no Darb Dakkak, onde permaneceu sozinho após a morte da mãe. Era também pintor amador, pode-se dizer. Pintava quando não tinha trabalho, o que era bastante frequente, e expunha suas obras na rua, próximo à barbearia. Chegou a vender alguns quadros para turistas alemães". Seguiu-se um breve suspiro antes de anunciar as más notícias: "Desculpe, chefe... Brahim Labatt cometeu suicídio 7 ou 8 anos atrás. Por enforcamento. Que Deus tenha misericórdia de todos nós!".

Hamduch assentiu com a cabeça, com um esgar nos lábios — era como agradecia seus subordinados —, depois perguntou: "Temos certeza de que foi suicídio?".

"Só Deus sabe, chefe."

"E fora Deus?", Hamduch retrucou, impaciente. A resposta de Mouss beirava a blasfêmia; onde já se viu um computador invocar o nome de Deus? "Quero fatos e números, deixe Deus para os especialistas, como os *faquis*."

"Seu antecessor, o inspetor Madani, arquivou o caso como suicídio. O pobre pintor tinha..."

"Espere!", disse Hamduch, espantado. "Quer dizer que Madani arquivou o caso?"

"Sim, e o arquivou imediatamente... isto é, bem rápido. O caso não tinha nada de suspeito."

"Ótimo, isso é tudo. Está dispensado."

Ba-Mus assentiu com a cabeça sem dizer palavra e se retirou.

O inspetor começou a esfregar a testa freneticamente com a ponta dos dedos da mão direita. Sentia um início de enxaqueca, sinal de que uma intuição se aproximava, do tipo que em outros tempos o ajudara a desvendar casos especialmente difíceis. Sua falecida esposa, Hélène, meio brincando, meio afetuosa, costumava chamar esses episódios de "*les migraines de mon Maigret*". Ha, ha. Ele devia o sucesso da carreira à intuição. Sua mais recente transferência da cidade de Safi para Marraquexe fora uma bela promoção por ter solucionado diversos crimes, entre eles o do "Açougueiro de al-Majd", que havia saído em todos os jornais e aterrorizado a população.

O que deixava sua mente em chamas no momento era uma coincidência de que acabava de se dar conta: o homem do sonho que tentara enfiar um saco em sua cabeça...

Mas, antes disso... vamos do começo: Madani, o ex-chefe de polícia, tinha sido forçado a se aposentar depois de um escândalo — desvio de recursos públicos, tudo uma grande confusão —, do qual não participara diretamente, mas em que acabara implicado por tentar acobertar o principal beneficiário; que era ninguém mais, ninguém menos que o ex-paxá Mulay Mimun.

Portanto, havia dois suspeitos nessa história, além do enforcado. E um quadro ligando os três.

Hamduch começou a se lembrar do homem que tentava enfiar o saco em sua cabeça no sonho, e *voilà*: era Madani! Hamduch o reconhecera na pintura e agora o ex-policial ressurgia no meio da noite, do fundo de seu subconsciente, parecendo querer matá-lo. "Essa história está se complicando", murmurou.

O inspetor saiu correndo do gabinete, caminhou a passos firmes pela rua Fatima Zahra e virou à esquerda em direção ao restaurante. Àquela hora da tarde o lugar estava praticamente vazio. Um gato dormia encolhido no canto, e apenas três turistas franceses demoravam-se com seus cafés. Ignorando a expressão de estranhamento do proprietário — por que raios Hamduch tinha voltado? —, o inspetor seguiu direto para a pintura, a fim de confirmar sua intuição.

Sim, não havia dúvida de que a pessoa representada ao lado do belo cavalo do paxá era de fato Madani. Era possível reconhecer seu rosto repulsivo, pintado de maneira grosseira, como uma caricatura. No entanto, a própria natureza parecia já ter se encarregado de caricaturar aquele homem horrendo e corrupto, e o pintor nem precisara se esforçar muito.

O inspetor notou mais um detalhe que fez piorar sua enxaqueca. Ainda que todos os personagens tivessem o olhar carregado — por falta de adjetivo melhor —, havia uma exceção: Madani, o ex-chefe de polícia, para quem Hamduch agora voltava toda a sua atenção, não estava olhando para o paxá; ele encarava o observador da obra. Naquele exato momento, Madani parecia examinar o rosto do homem que o sucedera: Hamduch. Sua expressão revelava perplexidade, misturada com medo e certa altivez, além de... algo mais. O que seria?

E outra coisa: a mão direita de Madani, que dava a impressão de acariciar o pescoço do cavalo, na verdade estava sobre a mão esquerda do paxá Mulay Mimun. Os dois, com as mãos juntas, pareciam enfrentar a fúria da multidão.

Sim, fúria! Era o que significavam os olhares "carregados" que Hamduch notara. Era isso! Evidentemente, o falecido Labatt estava longe de ser um Rembrandt, afinal nem sempre conseguira pintar o que queria, mas estava claro que era "fúria" o que pretendia mostrar no rosto daqueles figurantes, exceto no dos dois protagonistas: o paxá e o ex-chefe de polícia.

O inspetor se virou para os três turistas, abriu um sorriso cordial, apesar da dor que lhe partia o crânio, e lançou um animado: "*Bienvenue à Marrakech!*".

Ele falou em francês, com o "r" vibrante. Surpresos, os três homens hesitaram alguns segundos para se certificar de que aquele sujeito elegante, de cabelo grisalho e bigode bem aparado, não era mais um pedinte, um inconveniente ou ainda um Clark Gable ressurgido dos mortos. Isso feito, responderam à sua saudação: "*Merci, Monsieur...?*".

"Hamduch, a seu dispor." Houve uma pausa. "Sou um amante da pintura e gostaria de pedir a opinião dos senhores", disse enquanto indicava o quadro como se fizesse um convite. "O que acham?"

Entretidos com essa surpresa na encantadora cidade de Marraquexe, os três homens se levantaram e foram até a pintura. Haviam bebido duas boas garrafas de Volubilia e, animados, decidiram espontaneamente — sem combinar nada — bancar os especialistas. Poderia ser divertido; estavam de férias e teriam uma história para contar quando voltassem para Paris. Então, seguiu-se um festival de frases prontas em tom afetado.

"Essa luz, senhores! Essa luz... há algo aqui de Claude Gellée, mais conhecido como Le Lorrain..."

"Vejam o drapeado daquela jelaba naquele canto... é maravilhoso."

"E esse cavalo, a energia, o movimento... é Delacroix puro! Veja este nobre cavaleiro... não seria o seu rei?"

O inspetor, que estava chegando ao limite de sua paciência por causa da enxaqueca, resolveu acabar com a festa: "Senhores, acalmem-se! Se me permitem, gostaria de lhes fazer uma única pergunta. O que veem nos olhos desses homens todos? Esqueçam o cavaleiro, interessa-me saber dos outros".

O trio de turistas interrompeu sua pantomina e começou a trabalhar. Eles examinaram os rostos congelados na pintura, e o veredicto foi unânime: "*Oh là là*, eles não parecem felizes, não parecem amigáveis de forma alguma. Eu diria até que estão furiosos".

Hamduch, satisfeito, apontou para um sujeito específico: "E este aqui?". Indicava o ex-chefe de polícia, Madani. Os três turistas aproximaram o rosto, quase tocando a tela com o nariz. Desta vez, suas impressões diferiam.

"Um sujeito asqueroso", disse o primeiro.

"Arrogante", continuou o segundo.

O terceiro, um ruivo desengonçado, levou algum tempo para se manifestar: "Não, senhores. Ele tem um ar de culpa. Como um delinquente pego com a boca na botija. Um infeliz que se entrega pela expressão do rosto".

Os quatro ficaram examinando a cara asquerosa daquela figura. Não havia dúvida. Isso mesmo: ele tinha um ar de culpa.

"Bravo, Christian!", exclamaram os companheiros do ruivo, que reagiu com modéstia.

Satisfeito, Hamduch agradeceu aos franceses pelos comentários. Um deles tomou coragem e disse, sorrindo: "E agora o senhor vai tentar nos vender esse lixo? Boa técnica! Bravo! Caímos feito patinhos. Quanto é?".

Com ar glacial, Hamduch respondeu: "Não sou vendedor de quadros. E, a propósito, este... isto não me pertence. *Au revoir, messieurs!*".

O trio voltou a seu lugar, animado com a apresentação. No momento em que o inspetor estava saindo, o tal Christian o chamou novamente: "Ei, tem mais uma coisa que não vai bem nesse lixo de quadro... desculpe, nessa pintura".

O ruivo se levantou para apontar um detalhe no canto inferior esquerdo.

“Não sou nenhum especialista, obviamente, muito pelo contrário, mas nunca vi um *zallige* numa muralha. Este mosaico aqui é um *zallige*, não?”

Hamduch, que já estava na porta, se virou e foi até o quadro. Com o indicador tocou o ponto que Christian mostrara. “É isso mesmo”, murmurou, perplexo. “Um *zallige* amarelo na parede exterior de uma muralha não faz nenhum sentido.”

Como não tinha visto esse detalhe? Estaria perdendo sua capacidade de observação? Ficou constrangido por alguns instantes, mas não deixou transparecer.

Christian voltou para a mesa, onde seus companheiros o provocaram, alegres: “Que olho ele tem! Que olho clínico!”.

Enquanto isso, Hamduch saía de cena, perdido em seus pensamentos.

De volta ao gabinete, deixou a porta aberta e consultou seu computador: “Ba-Mus!”.

Sua voz ecoou por toda a delegacia, e o homenzinho surgiu quase instantaneamente, os olhos mais verdes do que nunca. Era como se o tom melancólico tomasse seu rosto inteiro, de modo que ele parecia um minúsculo marciano despertado da sesta.

“Quero que você me conte tudo que sabe sobre o paxá Mulay Mimun”, bradou o inspetor. “Tudo! Fatos, devaneios, rumores, fofocas... tudo!”

Ba-Mus suspirou e começou a relatar a rica vida do paxá.

O inspetor deixou a enxurrada de informações fluir, interrompendo o computador humano aqui e ali para pedir esclarecimentos. Quando Ba-Mus acabou, Hamduch se manteve em silêncio por um instante. Então disse: "Essa história sobre o assassinato de um rival. Pode me falar mais disso?".

"É só um rumor, chefe. E não há nenhuma prova de que houve assassinato. Um funileiro, um tal de Daduchi, tinha pedido a mão de uma linda mulher do bairro de Kannaria, o que lhe foi concedido. Os preparativos para o casamento estavam indo bem... para azar do funileiro! Acontece que o paxá Mulay Mimun tinha interesse nessa mesma mulher. E um dia Daduchi desapareceu. Saiu para atender um cliente e não voltou. Nunca mais foi visto. Então, após alguns meses, o paxá levou a moça para o seu harém. No entanto, ele a rejeitou meses depois, para a ira e a vergonha da família da mulher." Ba-Mus baixou a voz. "E se espalhou o boato de que havia sido ele, o paxá, quem tinha sumido com o artesão."

"*Cui bono?*", Hamduch murmurou. O inspetor conhecia umas poucas expressões latinas de grande valor prático que circulavam na École de Police, um legado dos franceses.

"O que disse?"

"Nada, nada, continue."

"Eu estava dizendo que circulava à boca pequena que foi o paxá quem sumiu com o Daduchi. E tem mais: houve rumores de que a prova do crime estava por aí e que um dia ela viria à tona." Ba-Mus hesitou um instante, depois soltou: "Falava-se que a verdade seria revelada por um pássaro mágico".

Como Ba-Mus esperava, o chefe levantou os ombros, irritado.

"Pássaro mágico? Por que não um elefante voador? Você acha que estamos nas *Mil e uma noites*? Que ignorância! É a polícia que encontra provas, e não os pássaros!"

Sem entrar no debate sobre ciência e superstição — debate que o chefe sempre ganhava pela força dos argumentos e das ameaças —, Ba-Mus concluiu: "*Voilà*. Isso é tudo que se sabe da história".

"Obrigado. Está dispensado."

O computador pareceu ter sido desligado e saiu da sala. O inspetor fechou a porta e se acomodou confortavelmente à mesa. Com o queixo repousado sobre as mãos juntas, se pôs a refletir. A história do pássaro mágico o incomodava e, quanto mais tentava ignorá-la, mais pensava nela. Começou a imaginar uma espécie de Simurgue, uma criatura alada colorida e gigantesca que subia aos céus e em seguida mergulhava de volta à Terra carregando uma serpente que se retorcia com violência em suas garras. Estou perdendo tempo com uma lenda idiota, pensou, incomodado.

Então se lembrou de uma expressão que Hélène às vezes usava: *oiseau jacasseur*. Ela teve que lhe explicar o significado de *jacasseur*: falar muito depressa, de modo irritante.

Um pássaro falante?

Isso lhe lembrava alguma coisa. Fechou os olhos e se concentrou na imagem. Memórias de sua infância e adolescência, coisas que tinha lido e ouvido foram aparecendo numa espécie de auréola sobre ele...

Após alguns instantes, abriu os olhos e sacudiu a cabeça. Em seguida, pegou o telefone e, depois das saudações habituais, perguntou a seu interlocutor: "Nós temos acesso a uma lista de pertences do paxá anterior ou a objetos que pertenceram a ele? Isso mesmo, Mulay Mimun... Podemos ver? Vai levar muito tempo? Eu tenho todo o tempo do mundo!", ele disse, deixando escapar uma risada levemente amarga ao pensar em sua condição de viúvo sem filhos. "Pode me mandar por um *chauch*, algum funcionário de confiança?"

Desligou o telefone, acendeu um cigarro e abriu ao acaso uma das pastas espalhadas na mesa.

Dias depois, Hamduch recebeu a lista que solicitara. Correu o dedo muito rapidamente pela página até parar em um nome — o nome de um riad que pertencia ao paxá.

"Bingo!", exclamou em voz alta, sorrindo.

No fim da viela, a maioria dos transeuntes costumava virar à esquerda. Raramente alguém entrava à direita. No chão, marcas escuras deixadas por centenas de motocicletas ao longo dos anos indicavam apenas uma direção: esquerda. Era o caminho que ia dar em Bab Dukkala, a principal via no interior da medina.

O inspetor, acompanhado de seu assistente Hariri, virou decidido à direita. Ele sabia aonde estava indo.

Em frente ao riad, um vigia idoso aguardava sentado em uma banqueta. Vendo Hamduch e Hariri se aproximarem, levantou-se e discretamente espanou a poeira da roupa, como se estivesse se colocando em posição de sentido.

"*Assalam alaikum!*", saudou o inspetor.

"*Alaikum assalam, Si* inspetor", respondeu o vigia.

"Os franceses estão em casa?"

"Não, *sidi*, eles saíram para comprar frutas e verduras. Mas pode entrar."

"Tudo bem, vou esperar eles voltarem. E jamais deixe ninguém entrar numa casa na ausência de seus proprietários. Nem mesmo eu! A lei proíbe."

Quinze minutos depois, os proprietários, François e Cécile, voltaram do *suq*. O inspetor os cumprimentou sorrindo e fez um tipo de saudação levando dois dedos à testa. Depois apresentou a si e a seu assistente.

"Polícia? Espero que não seja nada grave", disse François.

"Não, não", tranquilizou-os o inspetor. "Apenas gostaria de dar uma olhada no riad, com a sua permissão, claro. Se trata de um caso antigo que não tem nenhuma relação com vocês. Aconteceu muito antes de comprarem..." Hamduch fez uma pausa e gesticulou em direção à porta da antiga propriedade.

François e Cécile trocaram olhares e deram de ombros ao mesmo tempo.

"Bem, podem entrar", disse François. "Estamos sem chá, mas podemos oferecer um suco."

"Não, obrigado."

Os quatro entraram na casa e o vigia permaneceu do lado de fora. O inspetor começou a vasculhar, virando a cabeça para todo e qualquer canto.

"O senhor está procurando alguma coisa?", perguntou François.

"Sim, estou atrás de um trecho de parede revestido de *zallige*", Hamduch respondeu. "De tom amarelo."

"*Un petit pan de mur jaune*", brincou Cécile.

"O quê?"

"Nada, é só uma referência literária, uma frase de Proust no *Em busca do tempo perdido*", disse Cécile. "Mas há uma parede semelhante a essa aqui."

"Busca? Esse é o nome do meu departamento", observou o inspetor com ar de aprovação. "O seu Proust... ele escreveu sobre Marraquexe?"

"Não, não... o pedaço de parede amarela fica em Delft, na Holanda, a cidade natal de..."

Hamduch levantou a mão, interrompendo Cécile.

"A Holanda não está na minha jurisdição. Deixe para lá. Onde é a parede?"

Eles o levaram até um dos quartos laterais, deixando Hariri para trás. Metade de uma das paredes estava revestida de *zallige* ocre. Curiosamente, não havia outra igual, o que fazia parecer um teste que acabou não agradando, mas que também não valia a pena desfazer. Hamduch analisou a parede com atenção, ajoelhou-se para examinar a base e depois bateu em diferentes pontos, colando a orelha à superfície. Hariri e o casal francês assistiam a tudo perplexos.

"O senhor acha que há alguma coisa aí atrás?", perguntou Cécile. Sem aguardar a resposta, ela se virou para o marido. "Você se lembra dos Hébert? Eles compraram uma casa antiga em Paris, no Marais. Quando faziam uma reforma, descobriram uma parede falsa e, atrás dela, numa maleta, um violino valiosíssimo. Um Guarneri, acho."

"Podemos ficar ricos!", disse François.

O inspetor, ajoelhado para examinar a parede, ergueu-se com dificuldade e respondeu: "Não sei se é possível ficar rico no mercado de ossos. Se for, o senhor está com sorte: há o esqueleto de um funileiro atrás desta parede".

Cécile cambaleou e tombou numa poltrona, enquanto François perguntava, espantado: "Funileiro? É algum animal?".

Hamduch deu de ombros e pediu que seu assistente providenciasse um pedreiro e dois policiais robustos — sem se esquecer das maletas, dos martelos e de um saco plástico bem grande!

Enquanto François, abaixado, cuidava de Cécile, que recobrava a consciência aos poucos, o inspetor lhes explicava, sereno: "*Avec votre permission*, faremos um buraco nesta parede para retirar o cadáver escondido aí. Mas não se preocupem, fecharemos tudo novamente".

Hamduch saiu para fumar um cigarro à sombra da laranjeira.

Alguns dias depois, Hamduch estava sentado em sua cadeira de sempre no restaurante — os restos de um *tagine* de frango com azeitonas à sua frente. Com a fome saciada, soltou um arroto discreto e pediu um chá de hortelã. Por fim, concordou em revelar o caso para o dono do restaurante, que o rodeara a tarde inteira.

"Você sabia que Brahim Labatt também era encanador? Provavelmente foi contratado para fazer alguns bicos no riad, e, discreto como era, esqueceram completamente que ele estava lá. Sem querer, Labatt acabou presenciando o assassinato do funileiro pelo paxá ou por seus capangas. Eles atraíram o rapaz sob o pretexto de encomendar bandejas de cobre ou algo do tipo. Pobre homem. Espero que não o tenham emparedado vivo. Do contrário, que fim atroz... De qualquer forma, Labatt escapou dali sem ninguém se dar conta e em poucas semanas concluiu a tela delatora. De certa forma, era a única maneira de expressar o que vira..."

"Mas por que ele não denunciou o paxá à polícia?", perguntou o dono do restaurante.

"Naquela época, ninguém confiava na polícia, muito menos um simples trabalhador, *un fils du peuple* como Labatt. E mais: enfrentar o paxá... poucos ousariam."

"Que época perversa", lamentou o dono do restaurante.

"Contudo, Labatt não conseguiu guardar um segredo tão sombrio e o contou a alguém. Disse ter provas de tudo. Mas seu confidente deu com a língua nos dentes e o boato se espalhou. Madani soube e, como era mancomunado com o paxá, logo o avisou. O pintor foi preso discretamente — e sem dúvida torturado —, depois terminaram o serviço enforcando-o e fazendo parecer suicídio", concluiu o inspetor. "Revistaram sua casa de cima a baixo em busca de documentos que incriminassem o paxá. Estavam desesperados para encontrar um caderno, uma carta, algumas palavras soltas num pedaço de papel, mas ninguém pensou nas telas — nas pinturas que enfeitavam as paredes! Foi ali que ele fez sua detalhada denúncia. Mesmo assim, era necessário saber observar..."

"Mas como o senhor teve a ideia de vasculhar aquele riad? Como soube?"

Hamduch sorriu. "Riad Bulbul? 'Bulbul' não lembra você de alguma coisa? O pássaro falante das *Mil e uma noites*? Tão logo soube que a casa havia pertencido a Mulay Mimun, entendi a origem da história do pássaro mágico que um dia revelaria tudo. Labatt teria dito 'bulbul' e, de boca em boca, a referência ao riad se perdeu; as pessoas preferiram uma explicação fantasiosa a um simples endereço real. Mas eu, eu ajo com a razão. Sou *cartésien*, como dizia minha esposa, que Deus a tenha em Sua misericórdia."

"O que acontecerá com o ex-paxá? E com Madani, o ex-chefe de polícia?"

Hamduch deu de ombros. "Nada. Nada de mais. Mulay Mimun sempre teve costas quentes nas altas instâncias e, em todo caso, está velho e senil, já esqueceu tudo. Que juiz reabriria esse tipo de caso? Não se pode mandar um velho gagá para a prisão. Quanto a Madani, já está aposentado. Se Mulay Mimun está absolvido, não há razão para se preocupar com seu cúmplice... sua *âme damnée* – alma condenada –, como dizem os franceses. Conhece a expressão?"

"Não", suspirou Driss Bencheikh. "Estou um pouco desapontado que a justiça não será feita."

"Ah, mas de certa forma, ela foi feita. A reputação desses dois infelizes está arruinada para sempre. Vão terminar a vida envergonhados, odiados por todos, mesmo pelos mais próximos, esperando ir direto para o inferno."

"São dois... como era? *Ânes damnés.*"

"Bravo, você aprende rápido. Mas ainda precisa praticar um pouco a pronúncia", brincou o inspetor. "É *âmes*, e não *ânes*... são almas e não burros. Ainda que Madani sempre tenha sido burro, na minha opinião; é de se pensar como ele conseguiu fazer carreira. Minha hipótese é de que foi prestando favores aos poderosos. Como nesse triste caso."

O inspetor bebeu um longo gole de seu chá e apontou para o dono do restaurante. "Ainda há uma peça desse mistério que preciso resolver. A pintura não estava aqui quando comecei a frequentar seu restaurante. Por que só pendurou o quadro na minha frente há pouco tempo?"

Driss Bencheikh balançou a cabeça, puxou uma cadeira e se sentou ao lado do inspetor.

"Bem, achei que o senhor tivesse adivinhado."

"Não. Como eu disse, esse é o último mistério."

Então o dono do restaurante continuou: "Brahim Labatt era primo da minha esposa, e acabei herdando esta tela, entre outras. Eu sabia que ela continha um segredo, porque foi seu último trabalho, e era muito diferente do que ele pintava. Não era algo aleatório... a pintura devia significar alguma coisa. Nunca acreditei que Brahim tivesse se matado, mas também não conseguia imaginar o que tinha acontecido. Quando o senhor começou a almoçar aqui todos os dias, agarrei a oportunidade. Uma mente de investigador como a sua certamente iria decifrar a tela".

O inspetor permaneceu em silêncio por alguns instantes, depois levantou o copo na direção do quadro. O dono do restaurante o imitou e, com os olhos marejados, murmurou: "Ao artista!".

* *Conto escrito originalmente em francês.*

DESAPARECIMENTO RUIDOSO NUM BECO DE MÁ FAMA

ALLAL BOURQIA

Darb Sidi Buluqat

1. O PREFEITO NA ENCRUZILHADA

A notícia do desaparecimento do cineasta espanhol Enrique Aldomar espalhou-se por toda Marraquexe numa tarde de outubro, exatos quatro dias depois de sua família e seus amigos deixarem de receber notícias dele. O prefeito de Marraquexe, porém, já havia sido informado do sumiço, ocorrido no beco Darb Sidi Buluqat, antes mesmo que a notícia corresse entre o povo e os veículos de comunicação, enquanto organizava as grandiosas comemorações dos 900 anos da fundação da cidade. Contudo, houve dois incidentes, ocorridos nas semanas anteriores, que fizeram com que o prefeito os relacionasse à ausência do cineasta.

O primeiro deles foi o incêndio no Cine Mabruka, que consumiu grande parte do estabelecimento. O segundo incidente foi o roubo da estátua de Muhammad bin Ibrahim, o Poeta de Marraquexe, erguida recentemente na praça Mulay Yazid na *casbá*. O prefeito não se importou muito com os acontecimentos, acreditando que não passavam de uma infeliz coincidência que recaía sobre ele e sua cidade. "Nada com que se preocupar", pensou, como se tivesse certeza de que nas próximas horas os três enigmas se resolveriam de uma vez ou o cineasta reapareceria de repente num dos pequenos hotéis do Darb Sidi Buluqat. Ao longo da tarde, manteve-se enfurnado em seu gabinete por horas, distribuindo ordens a seus subordinados, como sempre fazia.

O prefeito não conseguiu dormir aquela noite, pois o alto escalão do governo ligou para ele, o que o deixou em estado de alerta e em pânico. Em seguida deu-se conta de que estava em um beco sem saída. Marraquexe revelou-se, assim, uma grande cilada. Ligou o computador e iniciou uma longa pesquisa noite adentro sobre o sujeito chamado Enrique Aldomar. O site de buscas carregou uma enxurrada de informações extremamente detalhadas que apresentavam o cineasta e seu mundo cinematográfico. O prefeito examinou uma infinidade de fotos como se quisesse gravar na memória o rosto daquele homem.

Na manhã seguinte, as manchetes dos jornais destacavam o que ficaria conhecido como "O caso do desaparecimento de Enrique Aldomar", enfatizando a natureza das relações entre Marrocos e Espanha, e suscitando, ainda, algumas perguntas árduas: "Como um diretor de cinema dessa envergadura pode desaparecer no centro de Marraquexe, onde as lentes dos fotógrafos capturam qualquer celebridade assim que põe os pés aqui? Como Aldomar pôde sumir num beco famoso por prostitutas e pederastas, traficantes de drogas e contrabandistas?". Um importante jornal de circulação nacional, com acesso a fontes confiáveis, publicou que o cineasta teria recusado o convite para participar de uma edição do Festival de Cinema Internacional de Marraquexe, alegando se tratar de um evento de péssimo gosto e sem qualquer valor artístico. "Será que alguém resolveu dar uma lição em Aldomar por ele ter desprezado o festival, bem como suas tentativas de abertura para o mundo?" O jornal lançava a pergunta num tom que misturava sarcasmo e indignação.

Os marraquexi devoraram os periódicos como nunca. Todos ficaram perplexos ao saber que o célebre diretor havia se hospedado numa espelunca do Darb Sidi Buluqat. A maioria associou o sumiço dele — da mesma forma que o prefeito tinha feito — aos dois acontecimentos anteriores: o incêndio no Cine Mabruka e o roubo da estátua. A cidade foi tomada por rumores, que as pessoas floreavam ao passar adiante. Em seguida, quando se soube que o desaparecido era gay assumido, começaram as piadas sujas, de conotação sexual.

Depois de outra longa noite insone, na manhã seguinte o prefeito deu início a uma operação de busca pelo cineasta, mesmo sem saber por onde começar. Apenas ordenou a seus assessores que revirassem a cidade, se necessário, para resolver o caso e descobrir o paradeiro do homem. Após uma série de reuniões emergenciais com agentes das forças de segurança e pessoas influentes, o prefeito saiu furioso consigo mesmo, com a cidade e com sua gente.

Enquanto dirigia lentamente pelas ruas, ele tentava resistir à sensação de impotência que lhe tomava. Seus olhos perscrutavam todos os lugares e todos os transeuntes, e emitiam sinais de reprovação a tudo o que avistavam. Marraquexe parecia inerte diante do desaparecimento de Aldomar. Ocorreu-lhe uma ideia inusual: a de que seus adversários políticos, dentro e fora do partido, teriam tramado um golpe para tirá-lo do poder. Eles frequentemente o diminuíam por seu raciocínio político limitado, insinuando que era "péssimo administrador, ladrão e cabeça-oca".

Diziam também que ele não combinava com Marraquexe. Irritado, tirou essas ideias da cabeça, relembrando algo dito nas reuniões pouco antes: "Formar um comitê de contingenciamento da crise". Essas palavras o encantaram, e tinham sido proferidas por Omar Kusturica, que estava ali apenas porque era cunhado do prefeito.

Sua cabeça fervilhava com pensamentos estranhos e constantes gerados pelo pânico que sentia desde o dia anterior. Apesar da fadiga que dominara seu corpo e seus sentidos por completo, seus olhos espreitavam a todos, quer se se movessem ou não, um por um. Chamou-lhe a atenção como a cidade estava repleta de estrangeiros. Sua mente exausta entendeu se tratar de detetives particulares, correspondentes de emissoras de televisão e jornalistas investigativos enviados por veículos internacionais. Era evidente que todos vieram para investigar o desaparecimento do infeliz cujo nome o prefeito nem mesmo conseguia pronunciar.

Ele não sabia aonde ir nem o que fazer. Seus olhos se moviam da pista à sua frente ao celular largado no banco à sua direita. Seu desejo era ver o telefone piscar e tocar, comunicando o milagre que encerraria o caso do desaparecimento do cineasta espanhol: o homem fora encontrado vagando pelo parque Arsat Mulay Abd al-Salam, por exemplo, ou até mesmo dormindo numa charrete-táxi nos arredores do bairro de Gueliz ou sabe-se lá onde.

Sentindo-se prestes a sufocar, afrouxou o nó da gravata e desabotoou a gola da camisa. Parou o carro na rua Bab Agnau, em frente ao Cine Mabruka, e desceu. Examinou o prédio cuidadosamente, dando-se conta de que nunca estivera ali, nem antes nem depois do incêndio. A visão da construção chamuscada o fez pensar em sua própria decadência, e o prefeito voltou apressado para o carro.

Enquanto dirigia sem destino definido, o toque do telefone o despertou do devaneio. Era o embaixador espanhol, que desandou a falar num francês trôpego. Queria saber em que pé estavam as investigações do desaparecimento de seu conterrâneo e lembrar ao prefeito que o sr. Enrique Aldomar era amado em toda Espanha, um ícone do cinema espanhol, e encontrá-lo seria como recuperar um tesouro perdido do país. O prefeito assegurou à Sua Excelência, o embaixador, que as buscas estavam a toda e que o desfecho do caso se daria em breve.

Mesmo após desligar, a voz do embaixador continuou a ressoar nos ouvidos do prefeito. Só mais tarde ele se deu conta de que, além de certa arrogância, tinha havido um tom de ordem nas palavras, o que o deixou ainda mais oprimido com o desaparecimento.

Pensou em tocar o carro para os confins de Marraquexe, em direção ao fim do mundo, até ele mesmo desaparecer: se jogaria de um abismo, colocando um ponto-final em tudo aquilo. No entanto, tinha um ímpeto natural de continuar vivo, e algo o puxou de volta para a realidade, apesar dos pesares. A voz do embaixador não o deixava em paz. De repente, teve um lampejo e pegou o telefone, desta vez com um objetivo claro.

2. OMAR KUSTURICA E A GUERRA AO CINEMA

Ele tinha sido um dos idealizadores do Cine Club na primeira metade dos anos 1980. Recebeu o apelido de "Kusturica" graças à obsessão que mantinha pelo filme *O Tempo dos Ciganos*, do diretor Emir Kusturica. Sua relação com o cinema era intensa — para não dizer patológica —, pois só enxergava o mundo e suas complexidades através das lentes dos filmes. Seu vínculo com o prefeito era o parentesco, pois era casado com a irmã mais velha do político. Acreditava-se que Omar Kusturica não só era confidente do administrador da cidade, mas também o responsável por plantar ideias curiosas em sua cabeça. Na opinião dos que conheciam mais de perto o prefeito, era Omar Kusturica quem escrevia seus discursos e fazia o papel de conselheiro artístico, quando necessário. As mesmas línguas diziam que ele estava por trás, dentre outras, da ideia de erguer a estátua do Poeta de Marraquexe — que seria roubada —, das comemorações dos 900 anos da cidade e, ainda, de tornar Marraquexe cidade-irmã de Salvador, no Brasil. Omar acompanhava o prefeito em todos os seus encontros privados, o que fazia os fofoqueiros imaginarem que, na verdade, a esposa do prefeito usava o irmão para vigiar os movimentos do marido.

Omar Kusturica estava parado diante da porta de casa, parecendo aguardar alguém, quando o prefeito chegou. O rosto de Omar tinha marcas de espinha e os olhos brilhavam de arrogância por trás dos óculos, parecidos com os de açougueiro: armação grossa e lentes fundo de garrafa. Ele sabia que tanto Marraquexe quanto o prefeito viviam um impasse. Sabia também como o cunhado se fragilizava e se atrapalhava com assuntos bem menos tensos que o sumiço de um cineasta famoso.

"Mas é um escândalo! Como Enrique Aldomar pode sumir justamente na cidade que mais ama estrangeiros e cinema no mundo?", perguntou Kusturica enquanto o cunhado avançava para a sala. O prefeito passou os olhos nas manchetes dos jornais espalhados na mesa, enquanto colocava Omar a par do caso e das consequências que teria nas relações entre Marrocos e Espanha.

"Este é o seu caso!", disse Omar Kusturica, como se apresentasse uma fala cuidadosamente ensaiada. "Você tem que dar um jeito de sair vitorioso desta crise!"

"Como assim?", perguntou o prefeito com voz fraca.

Kusturica continuou, em seu costumeiro tom perspicaz: "Quer você queira ou não!".

"Qual é a sua leitura desse desaparecimento?", perguntou o prefeito.

"É evidente", disse Kusturica em tom determinado, "que um inimigo do cinema está entre nós. Foi ele quem queimou o Cine Mabruka e sequestrou o diretor espanhol. E sabe por quê? Vou te contar: para arruinar a imagem de Marraquexe como cidade do cinema, arruinar o futuro do nosso festival. E talvez tenha até mais gente por trás. Você sabe que há quem não concorde com os gastos enormes do festival, quem insinue que não passa de um evento espalhafatoso e desnecessário. O caso é muito claro: é uma declaração de guerra contra o cinema."

O prefeito se agarrou às palavras do cunhado como se fossem boias salva-vidas. Seu semblante se alegrou ao sentir que conseguia enxergar com clareza o que estava por trás do desaparecimento. Assim que se levantou, quis dar um abraço em Omar para liberar toda a angústia acumulada desde o dia anterior. Contudo, o orgulho e o senso de poder, próprios de seu cargo, o impediram. Antes de deixar a casa de Kusturica, o prefeito perguntou: "O que faremos agora?".

"Temos que enfrentar os inimigos do cinema com as armas do próprio cinema", disse Omar Kusturica, mais perturbado que o habitual. "Vamos inundar o mercado com filmes de Enrique Aldomar imediatamente, distribuição gratuita, até nossos inimigos desistirem de guerrear contra o que está em todos os lugares. Tudo o que você precisa fazer é conduzir as investigações nesse sentido e dar uma declaração dirigida claramente aos culpados."

O prefeito deixou a casa do cunhado genial sentindo que ele tinha solucionado o mistério do sumiço do cineasta espanhol. No trajeto de volta, só pensava na explicação recém-saída do forno, e recapitulava palavra por palavra o que Omar Kusturica dissera.

Enquanto isso, Kusturica preparava a declaração para a imprensa. Era preciso escolher as palavras adequadas à gravidade do caso. Ao redigir o texto, sentiu-se diante de uma missão tão importante quanto a de alguém que deveria livrar a cidade de uma epidemia. O discurso ficou conciso e assertivo. Declarava guerra aos inimigos do cinema que haviam se apossado da nobre Marraquexe.

Omar tinha certeza de que a cidade sairia mais forte desse impasse, porém, devido a certas diferenças sociais, também estava convencido de que o plano dos conspiradores não pararia por ali. Por mais que se sonhasse transformar Marraquexe, a todo custo, na cidade da *dolce vita* para uma elite internacional, nos bairros pobres de Massira, Daudiat, Sukuma e Mahamid crescia um ressentimento de classe que poderia, no futuro, culminar na população tacando fogo na cidade toda.

Lamentou que tanto o prefeito quanto a cidade estivessem naquela situação. Marraquexe se tornara o cenário da desaparição mais estranha que poderia haver. Estava convencido de que mesmo se o maior cineasta do mundo desaparecesse em qualquer outra cidade do Reino, como Casablanca, Tânger ou Fez, a repercussão não teria sido a mesma.

3. UM CAOS MARROQUINO

Nos dias que se seguiram, a polícia vasculhou todos os cantos do Darb Sidi Buluqat e não encontrou um rastro sequer de Enrique Aldomar. Havia até quem duvidasse de que o cineasta tivesse vindo mesmo a Marraquexe recentemente, teorizando que tudo não passava de um plano espanhol para ganhar a queda de braço com o Marrocos, após a Espanha acusar o país africano de acabar com o sustento dos pescadores espanhóis. E não surgia sinal de Aldomar em lugar algum para invalidar as alegações.

Dias depois, pela manhã, os marraquexi se depararam com um manifesto colado em muros e portas e espalhado nas avenidas. Assinado por um grupo denominado “Os farristas”, o texto afirmava ter sequestrado o cineasta espanhol e exigia o pagamento de um resgate para libertá-lo. O texto não dizia se “Os farristas” eram um grupo com objetivos políticos ou religiosos, uma trupe de circo ou mesmo assaltantes de beira de estrada. O mais estranho é que o manifesto não se referia a ninguém em específico! Os investigadores debruçaram-se sobre o texto, visto pela primeira vez no beco mal-afamado, depois em toda a cidade. Levaram horas traçando infinitas hipóteses sobre a natureza dos sequestradores e o motivo de atacarem Aldomar.

A polícia revistou lojas e casas nos bairros de Sidi Yussuf Bin Ali, Bab Agmat e Bab Ailan. Pessoas com antecedentes criminais foram arrancadas da cama antes do amanhecer e levadas pelas autoridades na frente de vizinhos e familiares. Moradores desses bairros passaram a ser intimidados pelos policiais na tentativa de encontrar a ponta de um fio que levasse à identidade dos sequestradores. Com o passar das horas, as forças de segurança resolveram contratar um renomado detetive particular, dono da agência Revelando o Oculto, reconhecido pela habilidade de investigador, para participar das buscas.

No decorrer das operações, que não apresentaram qualquer resultado satisfatório, a pressão aumentou, os policiais ficaram ainda mais impacientes e os suspeitos passaram a ser enviados a lugares desconhecidos dentro de caçambas de caminhões trepidantes. Já se comentavam as técnicas de tortura que aguardavam os detidos quando chegassem a esses locais. Diante disso, muitas pessoas se apressaram em sair de Marraquexe para fugir da repressão policial até que o clima amenizasse. Ao mesmo tempo, vendedores ambulantes forravam as calçadas com filmes piratas de Enrique Aldomar, que as pessoas compravam afoitas, por acreditarem que em alguma cena aleatória poderiam descobrir detalhes sobre a misteriosa desaparição.

A vida dos moradores dos becos mais afastados e dos bairros pobres sofreu um terremoto nunca sentido antes. Tudo nesses locais assolados por crime, desemprego, prostituição e roubos fazia sua gente parecer culpada: o semblante de pele escura considerado hostil, as mãos enormes, a aparência abatida. A polícia fez um cerco a essas regiões por dias, a ponto de os moradores pensarem que as autoridades queriam transplantá-los para outras áreas, como se fazia com a legião de pedintes da cidade quando o rei vinha visitar Marraquexe. As pessoas das zonas sitiadas ouviram rumores de que outra cidade estava sendo erguida, pois topógrafos teriam sido vistos medindo um terreno abandonado nos limites da área urbana. Circulavam teorias de que uma empresa chinesa fora chamada para replicar parte da cidade original no território vazio. Dizia-se que se tratava de um projeto antigo, guardado por muitos anos em Rabat, e que as autoridades, agora, acharam por bem concretizá-lo. Um jornal chegou a publicar a foto de um povoado que a tal empresa chinesa teria reproduzido na Áustria, um vilarejo chamado Hallstatt. A técnica de reprodução dos chineses dava conta de tudo, coisas pequenas e grandes, casas coloridas, moinhos, lagos, riachos e igrejas. Eles seriam capazes de recriar Marraquexe: a praça Jamaa al-Fna, a mesquita

Cutubia, os palácios Bahia e Badia, os mausoléus, os portões históricos, o jardim Majorelle, os distritos da medina. Tudo exceto sua gente. Esses eram os boatos que as pessoas contavam umas às outras, com seu habitual senso de humor, como que debochando da suposta cidade substituta.

Foi em meio a esse clima que deu as caras Pedro Soldato, um escritor espanhol que morava na medina de Marraquexe havia mais de 30 anos. Ele apareceu sete dias depois do sumiço de seu conterrâneo. Andava a esmo por diversos lugares, como se quisesse dar sua contribuição nas buscas por Enrique Aldomar. O povo em geral e pessoas ligadas à literatura sabiam que o próprio Pedro Soldato tinha sumido por um tempo, o que fez sua história ficar conhecida. Conta-se que, ao retornar de uma viagem ao exterior, Soldato dirigiu-se a seu habitual café na praça Jamaa al-Fna, mas não o encontrou ali. Estarrecido com o desaparecimento do local, entrou na loja de telefonia que tomara seu lugar e ficou aturdido pela aura do café que ainda pairava entre as novas paredes do estabelecimento. Soldato saiu horrorizado da loja. A praça Jamaa al-Fna o encarava, ele se voltou novamente para o café que já não existia, sem crer no que havia acontecido. Em seguida, arrastou-se em direção à praça, trôpego, desapontado, e se perguntou aturdido: "E se a praça Jamaa al-Fna sumir também?".

Naquela tarde, ele redigira, entusiasmado, uma longa mensagem ao diretor-geral da Unesco falando de sua história com a cafeteria desaparecida e do temor que o sumiço gerara nele quanto à possibilidade de acontecer o mesmo com a praça Jamaa al-Fna, solicitando que a respeitada organização incluísse a praça na lista de Patrimônios Culturais da Humanidade.

Soldato revivia tudo isso e pensava na situação em que sua amada cidade se encontrava — sair para caminhar era seu jeito de ter novas ideias. Transcorridos muitos dias do desaparecimento do cineasta, e após colher informações suficientes para embasar sua opinião sobre o assunto, o escritor enfim se sentiu pronto para dizer alguma coisa. Pensou em escrever um artigo em que narrava o início de sua relação com Enrique Aldomar nos tempos do filme *Palácio do desejo*, as influências artísticas de seu conterrâneo e também como se sentia dividido entre seu país de origem, a Espanha, e Marraquexe, sua razão de viver — em suas palavras. Sua ideia era escrever um texto emotivo sobre o sumiço do cineasta e não uma matéria investigativa, pois não tinha meios de responder como, quando ou mesmo por que Enrique Aldomar desaparecera.

4. A CANTORA DE *MALHUN* E O FIM DE UM SONHO

O manifesto dos Farristas chegou de manhã ao apartamento de Suad Laamari, 32 anos, a famosa cantora de *malhun* — o tradicional legado artístico da cidade de Marraquexe — e amante do prefeito havia 3 anos. Ela ficou aterrorizada ao ver o folheto chegar a seu apartamento de difícil acesso na avenida Khalid Bin al-Ualid, próximo do Marrakesh Plaza, mesmo com todo o esforço para manter, da maneira mais discreta possível, seu relacionamento íntimo com o mandatário da cidade. Leu o manifesto enxuto com os olhos arregalados e deixou a folha cair da mão trêmula. Depois telefonou para o número que o amante reservava a ela, mas em vão. Mais tarde tentou ligar para outro número e mais uma vez não teve resposta. Pela primeira vez, o prefeito não estava disponível para ela. Lembrava-se de ter ligado para ele uma única vez desde o anúncio do sumiço de Aldomar. Fora uma conversa breve, em que o prefeito a interrompera irritado e pedira que não ligasse mais até o fim daquela crise. Porém, o manifesto dos Farristas a havia tirado à força de seu voto de silêncio. Por horas seguiu tentando falar com o amante, sem resultado. Então foi à prefeitura.

No portão, ela encontrou por acaso Hussain Tadlaui, uma das pessoas mais próximas do prefeito. Ele trabalhava como corretor de imóveis de dia e corretor de prazeres à noite; era quem havia apresentado Suad ao mandatário da cidade. Com ar apreensivo, perguntou o que ela fazia ali e acrescentou: "São dias difíceis". A cantora tirou o manifesto da bolsa, olhando aflita em volta. O corretor examinou o papel sem lê-lo por inteiro e disse que no dia anterior havia recebido um folheto igual, assim como a atriz Kika, Omar Kusturica e outros.

"Querem atingir o prefeito. Os malditos conhecem todos os segredos dele e tudo que se passa em seu jardim particular."

"De quem você está falando?", perguntou Suad.

"Dos Farristas, evidentemente."

"E quem são eles?"

"Sei lá!", murmurou o corretor, acrescentando com ironia: "Quem sabe são uns marginais noturnos que viram vocês e sua relação não tão saudável e concluíram que a cantora de *malhun*, a atriz Kika e o conselheiro Omar Kusturica apareceram no programa *Noites da Cidade Rubra* porque o prefeito deu um jeito?".

"E por causa de um programa de tv sequestraram um turista só para afrontar o prefeito?", ela quis saber, com certa inocência.

"Não sei o motivo. Nem a nossa polícia sabe... ela, que normalmente sabe até quantos fios de cabelo existem na cabeça de cada cidadão de Marraquexe."

"Onde ele está?", perguntou a cantora.

"O prefeito passou a manhã toda numa reunião com autoridades da capital. Que Deus o ajude, é um interrogatório. Já estão lá há três horas, como se ele fosse um estudante secundarista nos exames finais", disse no tom jocoso que a cantora conhecia muito bem. Depois, ele a conduziu pelo braço até um banco de pedra no meio do pátio do edifício. Sentaram-se ali, observando com atenção a entrada e a saída das pessoas, sentindo que algo estava prestes a acontecer.

"Meu Deus, de onde veio esta catástrofe?", ela perguntou indignada, erguendo os olhos para o céu como se esperasse a resposta desabar na sua cabeça.

"Não faço ideia. Será que não havia outra cidade para esse espanhol desgraçado desaparecer?", esbravejou o corretor.

"O que os investigadores disseram?"

"O prefeito afirma que os mandantes do sequestro são inimigos do cinema."

"E o que o cinema fez de ruim, coitado? E o que vai ser do festival de Marraquexe que está para acontecer?"

"O festival e os participantes que vão para o inferno! Ah, esqueci que você é a eterna convidada do festival. Compreendo muito bem sua preocupação, mas sugiro que procure outro festival, para não dizer outro homem. O prefeito até pode sair dessa com o coração intacto, mas ninguém garante que o 'motor' vai continuar funcionando. Vamos ser francos: aquilo ali não vai subir mais. Entende o que eu quero dizer?"

O jeito atrevido e direto de Hussain calou a cantora. Ele havia conhecido os prazeres do corpo dela antes de levar Suad para a cama do prefeito. Um sentimento imediato de humilhação a invadiu, mas foi logo substituído por outro: o medo de que seus sonhos fossem destruídos. No caso, suas ambições consistiam em alcançar a glória e o estrelato como cantora de *malhun*. Seu relacionamento com o prefeito nada mais era que um meio de atingir esse objetivo, despertado assim que, com 17 anos, ela subiu ao palco pela primeira vez. Suad reconhecia os privilégios que o amante lhe proporcionara; cada degrau galgado fora graças à boa vontade dele. Sua arte como atriz se aprimorara e Suad começara no cinema com um papel respeitável, que o prefeito tinha arranjado especificamente para ela. Por isso o caso do desaparecimento também lhe dizia respeito.

"Todos somos reféns deste desaparecido", disse o corretor, procurando tirar a cantora de seus devaneios.

"Sim, Marraquexe, seus habitantes e tudo aqui ficaram reféns desse sumiço", Suad declarou com ar fatalista.

Nesse instante, teve início um burburinho e uma agitação na entrada da prefeitura. Um grupo de pessoas surgiu à porta de repente, o prefeito entre elas.

Seu rosto estava vermelho e a papada flácida balançava ao ritmo do corpo, sinal evidente de que o sumiço do cineasta o tinha feito perder alguns quilos. Os olhos do corretor e da cantora o seguiram. Os passos lentos do prefeito, sua postura curvada e o cerco de toda aquela gente impaciente eram indícios de que Marraquexe estava sem comando.

5. KIKA, OU A DOCE ILUSÃO

Kanza Laayadi, apelidada carinhosamente de Kika, descendia de uma família rica de Marraquexe. Tinha cursado o Lycée Victor Hugo, mas não terminara a universidade, apesar dos apelos do pai. Descobriu o cinema com Omar Kusturica, que conheceu em uma das visitas de seu pai ao prefeito. Apaixonou-se pela sétima arte quando Omar a levou a um dos sets de filmagem de *As estudantes da boa sorte*, cujo roteiro era inspirado em fatos — o capotamento do ônibus lotado de mulheres inférteis que seguia em direção ao túmulo do santo Mulay Ibrahim para alcançar uma graça. Naquele momento, Kanza decidiu entrar no mundo do cinema.

Kika não possuía um talento de encher os olhos, mas desde o início demonstrou estar armada de uma feminilidade que explodia na cara de todos que estavam próximos, bem como de um charme cativante que desconcertava até mesmo os diretores mais focados. Sua disposição a receber menos pelos trabalhos de atriz, ou até mesmo a abrir mão de cachê, permitiu que conquistasse pequenos e grandes papéis. Contudo, ela demorou a entender que o topo com que sonhava existia apenas em outros horizontes, que o cinema de seu país não passava de um planalto sem cume. Somente os que possuíam sede insaciável de fama e realização pessoal conseguiam chegar lá. Mesmo assim, ela nunca deixou de sonhar, atuando aqui e ali, até acontecer o que aconteceu.

Foi preciso que o cineasta espanhol Enrique Aldomar desaparecesse para Kika descobrir sua existência, como a maioria das pessoas. Ela comprou seus filmes com um vendedor ambulante e assistiu a dois deles: *A volta* e *Tudo sobre meu pai*. A atriz morreu de inveja das personagens de Penélope Cruz, papéis que ela nunca tivera a sorte de interpretar.

Kika não recebeu o manifesto dos Farristas e, diferentemente da cantora de *malhun*, permaneceu inabalada. A família rica lhe asseguraria a proteção necessária mesmo que Marraquexe e toda a sua população virassem pó.

No décimo dia após o desaparecimento do cineasta, o site *Marrakesh Press* publicou uma entrevista com a atriz Kanza Laayadi. Ela dizia que um produtor estrangeiro havia telefonado dias antes de Aldomar desaparecer, querendo negociar a participação dela em um filme a ser rodado em Marraquexe sob a direção de um cineasta espanhol cujo nome ele não lhe revelou. A entrevista agitou as investigações, pois trazia informações importantes e até então desconhecidas.

Kika sustentou essa história nas muitas entrevistas que passou a conceder. Os jornalistas não lhe davam sossego, tentando obter declarações inéditas e pegá-la no pulo. Toda vez que era entrevistada, ela revelava algum detalhe novo, carregado de insinuações, mas também de cautela, garantindo que seu nome permanecesse sob os holofotes. Um dia esse jogo perigoso acabou levando-a ao gabinete do comissário encarregado de investigar o desaparecimento de Aldomar. Lá, a espremeram até a última gota e perceberam que ela criava suspeitas desnecessárias, atrapalhando as investigações. Assim, determinaram que ela deveria ficar sob custódia, em casa, enquanto durassem os inquéritos. Essa decisão redobrou a curiosidade da imprensa, que passou a acreditar que a atriz sabia até mais do que vinha declarando.

Observar, do alto de sua varanda, a presença de policiais e as aglomerações de curiosos e jornalistas deixava-a extasiada e mais próxima do mundo que tanto desejara. Desta vez, era como se interpretasse um papel que ela mesma havia escolhido, escrito justamente para ela.

6. A FRUSTRAÇÃO E A RUÍNA DE UM DETETIVE

Ele foi obrigado a interromper as férias em Tânger logo no começo e voltar para seu escritório em Marraquexe por causa do desaparecimento de um espanhol importante. Por telefone, informaram-lhe que uma investigação o aguardava. Durante o longo trajeto de retorno, relembrou inúmeros casos que solucionara na carreira. No entanto, nunca tivera que resolver a desaparição de um estrangeiro. Não lhe disseram nem o nome da pessoa. A única informação era de que se tratava de um espanhol importante. *Como lidar com essa situação?*, perguntou-se, rodeado pelo silêncio da noite, numa autoestrada quase vazia, que lhe dava tranquilidade para refletir.

Ao chegar a seu escritório em Marraquexe, leu rapidamente as informações essenciais do caso e logo foi acometido por um sono mortal. Em seu breve cochilo, sonhou que estava cercado por pessoas que se acotovelavam para chegar até ele e exigir a solução do sumiço que atormentava a vida delas. Despertou cansado, sabendo que iria conduzir uma investigação difícil. Voltou a ler mais algumas poucas informações sobre o caso, depois saiu do escritório e foi para o Hotel Al-Kanz no beco Sidi Buluqat, a poucos metros da praça Jamaa al-Fna.

Ele soube pelo recepcionista do hotel que o sr. Enrique Aldomar reservara o quarto 9 por uma noite, mas que permanecera lá por não mais que duas horas antes de partir. Sua entrada no hotel tinha sido registrada em 5 de outubro. O detetive inspecionou o quarto por alguns minutos, depois perguntou ao recepcionista se o hóspede trazia alguma mala.

"Estranho, ele não tinha mesmo nenhuma bagagem", disse o recepcionista, surpreso, como se fosse pela primeira vez o último a saber de algo naquele hotel.

A visita do investigador ao Al-Kanz não foi esclarecedora, resultando apenas numa enxurrada de perguntas: por que um estrangeiro se hospedaria num hotel por apenas duas horas? Por que não trazia mala? Por que um grande diretor de cinema teria escolhido um hotel deprimente num beco daqueles?

Com o passar dos dias, mais perguntas se sucederam sem que a investigação avançasse quase nada em direção a algum fechamento. O detetive e sua equipe colheram centenas de informações e depoimentos de suspeitos capturados pelos policiais de forma aleatória nos arredores da medina, estivessem bem-arrumados ou fossem do tipo mal-encarado. Centenas de boletins de ocorrência e fichas policiais foram emitidos e submetidos à leitura minuciosa de agentes especializados, que os empilhavam aos maços em prateleiras de metal. Um dia, ao atravessar a avenida que contornava a fonte Al-Baradai na praça da Liberdade, o detetive foi surpreendido por milhares de papéis ao vento, espalhados pelas calçadas, colados nas paredes ou nas mãos de pedestres e clientes dos cafés, que os liam compenetrados enquanto sorviam as bebidas. Ele pegou um folheto e leu, incrédulo: "Manifesto dos Farristas".

Sentou-se a uma mesa na calçada, entre os clientes da área externa do café, e levantou o papel na altura dos olhos, tentando captar alguma informação que pudesse escapar aqui ou ali sobre os Farristas. As pessoas falavam do pedido de resgate, estranhando que a quantia não estivesse definida no manifesto. Logo todos tinham um ar divertido e um cliente mais espirituoso perguntou se os pássaros é que tinham produzido aquela chuva de papéis, ao que outro retrucou: "Não, foi o céu mesmo!".

O detetive supôs que a ausência do valor do resgate era proposital e que nas próximas horas outro manifesto apareceria. Enquanto dava um último gole no café, ponderou que os sequestradores deviam estar atentos à reação das ruas, para saber quem estava com eles e quem não estava. Em seguida se levantou, dobrou o folheto e o enfiou no bolso da calça.

Depois disso, o investigador percorreu de carro os bairros de Massira e Sidi Yussuf Bin Ali, onde não avistou uma folha sequer do manifesto. Olhou com atenção as mãos dos transeuntes, mas não viu nem sinal do papel. Desceu do carro e perguntou às pessoas sobre o tal texto dos Farristas. Ninguém sabia coisa alguma do grupo ou do folheto. Continuou percorrendo os bairros limítrofes da cidade por longas horas, até, por fim, concluir que o círculo estava se fechando em volta dos sequestradores. Começou a esboçar por onde começar as novas buscas.

No entanto, um novo manifesto, distribuído em grande quantidade e por uma área ainda maior de Marraquexe, interrompeu seus planos. Dessa vez, o texto indicava o valor do resgate, estabelecido em 2 milhões de euros. Isso mesmo, em moeda estrangeira e não em *dirhams*. O manifesto estava colado em várias entradas da medina de Marraquexe, entre elas Bab al-Futuh, Bab al-Khamis, Bab al-Jadid, Bab Dukkala e Bab al-Raha. Ninguém entendia por que tinham escolhido esses portões especificamente. A exigência de um resgate em euros levou algumas mentes obcecadas a cogitar que os sequestradores poderiam ser um grupo de imigrantes marroquinos deportados da Espanha e da Itália, quando a Europa vivia tempos turbulentos. Essas especulações chegaram aos ouvidos do detetive, que imediatamente se lembrou do caso de alguns jovens marraquexi que tinham sido expulsos da Espanha no começo de 2011 por estarem ilegalmente no país. Mas a história que se espalhou em Marraquexe foi outra, sobretudo no bairro de Sidi Mimun, onde haviam nascido e crescido. Dizia-se que foram presos na Espanha pelo envolvimento num plano para roubar a taça da Copa do Mundo que a seleção espanhola havia conquistado na África do Sul. A polícia local os teria prendido enquanto rondavam o prédio da sede da Federação Espanhola de Futebol em Madri, onde a taça ficava guardada a sete chaves no nono andar. Os jovens teriam confessado o plano de roubar o troféu, levá-lo ao Marrocos e derreter seu ouro em Marraquexe. O detetive ria toda vez que se lembrava dessa história espantosa.

Ele mergulhou ainda mais no caso do desaparecimento enigmático, sem, no entanto, obter qualquer resultado. A frustração recaiu sobre o detetive, o que o fez reconhecer a derrota. Não havia imaginado, no início das investigações, que o caso do sumiço seria mais complexo do que aqueles do seu dia a dia: estupro, atentado terrorista ou qualquer outro crime. Isso, claro, partindo do pressuposto de que realmente se tratava de sequestro. Apenas o manifesto afirmava o rapto, mas quem afinal era aquele grupo Farrista de que ninguém tinha ouvido falar?

Nove dias depois, o detetive foi afastado do caso e o prefeito passou a não responder mais sobre o desaparecimento. As investigações foram assumidas por agentes de Rabat, pessoas tidas como determinadas e capazes de tomar decisões enérgicas para, enfim, solucionar o sumiço do cineasta espanhol.

7. O MISTERIOSO ENRIQUE ALDOMAR APARECE DE REPENTE

Desde seu sequestro, o nome do cineasta estava em todos os lugares, tornando-o, em menos de uma semana, o desaparecido mais famoso do mundo. E nos noticiários internacionais seu nome vinha sempre seguido de "Marraquexe", uma infeliz coincidência. A pergunta que fervilhava na cabeça das pessoas era: como aquela história iria acabar? Cada um imaginava um final, de acordo com o que intuía ou segundo as informações de que dispunha, mas apenas o próprio Enrique Aldomar seria capaz de escrever aquele desfecho — completamente inesperado.

Seu reaparecimento foi precedido por sinais que indicavam sua presença em diversos lugares de Marraquexe, algumas vezes em dois locais ao mesmo tempo. Muitos o reconheciam pela foto que carregavam no bolso do paletó ou da calça. As pessoas foram atraídas pela alta recompensa em dinheiro que as autoridades ofereceram por informações. Os relatos atestavam que ele tinha sido visto em determinado lugar, mas, quando a polícia chegava lá, Aldomar já havia desaparecido feito miragem. Tão logo alguém afirmava tê-lo encontrado, ele evaporava sem deixar rastros.

Era difícil acreditar em todas essas histórias fantasiosas. Os lugares onde se dizia que Enrique Aldomar tinha sido visto eram tão diversos quanto a própria Marraquexe. De acordo com as testemunhas, ele aparecera ao mesmo tempo em Hassani, na zona de Duar al-Askar; na Unité Quatre, em Daudiat; e também na avenida Al-Mussalla, em Sidi Yussuf Bin Ali. E mesmo os horários em que o cineasta surgia eram variados: meia-noite, de madrugada, de tarde ou ainda no começo da noite. E assim, rapidamente, criou-se uma lenda sobre o homem, que aparecia e desaparecia. As pessoas se divertiam com esse jogo de esconde-esconde e passaram a inventar histórias de que Enrique Aldomar teria ido até a casa delas, que teriam comido e bebido juntos ou até feito a sesta, e que depois ele teria sumido novamente.

O correspondente do jornal *El Mundo*, que acompanhava a história do sumiço do cineasta desde o início, utilizou a expressão "a alma penada de Enrique Aldomar" em um artigo. Apesar das repetidas aparições e desaparições consolarem os espanhóis, ninguém naquela margem do Atlântico podia garantir que ele estivesse vivo. E, do lado marroquino, as autoridades aguardavam com cautela, palavra também repetida à exaustão pelos noticiários.

Por razões que só ele conhecia, Enrique Aldomar resolveu reaparecer sem aviso, no meio do dia, no afamado Darb Sidi Buluqat. Ele estava no hall do Hotel Kanz, sentado numa cadeira de diretor de set de filmagem. Tinha a expressão inocente e seus lábios esboçavam um sorriso capcioso. Uma multidão de fotógrafos e correspondentes de jornais e canais de televisão do mundo todo juntou-se ao redor dele, assim como alguns cinéfilos. Detetives particulares e muitos curiosos do Darb Sidi Buluqat lotavam o hall do hotel. Era como se todos tivessem sabido que era chegada a hora de o cineasta reaparecer.

Todos esperaram ali, sem dizer palavra, para saber quem estava por trás do sumiço do homem. Os flashes das câmeras brilhavam. De repente, a voz de Enrique Aldomar soou tranquila e solene, como se fosse a voz da verdade. Ele começou a elogiar a força criativa do cinema e da infância, falou de uma Espanha doente que precisava enfrentar questões como a imigração e seu passado árabe, falou sobre como os mal-entendidos podiam servir de motor da história e como a literatura podia se irmanar ao cinema. Aldomar falou ainda que a ficção encobria a realidade, mas que bastava raspar um pouco sua casca para vê-la claramente. E se deteve em seu novo filme, que retrataria o desaparecimento de uma celebridade estrangeira qualquer num dos becos mais decadentes e miseráveis de Marraquexe.

Naquela tarde, o cineasta falou sobre muitos outros assuntos, mas não disse coisa alguma a respeito de seu sequestro pelos Farristas, de seu cativeiro ou das circunstâncias de seu desaparecimento em Marraquexe.

* *Conto escrito originalmente em árabe.*

VENDO MARTE DE MARRAQUEXE

ABDELKADER BENALI

La Mamounia

1

Marcel não tinha boas lembranças de Marraquexe, mas nem sempre foi assim. Na primeira vez que viu a cidade, ela o deixou sem fôlego. Luzes vermelhas deslizando pelos picos nevados do Atlas ao fundo, andorinhas dançando ao redor das palmeiras, as três bolas brilhantes no alto da mesquita Cutubia, ruas longas e largas que pareciam não ter fim. Tudo dava a impressão de ter sido criado para outra época, quem sabe para outro planeta. Um dia, porém, as cortinas desceram sobre toda essa beleza e Marraquexe revelou outra face: indiferente, distante, criminosa; pelo menos para ele. Na última vez que esteve lá, jurou nunca mais voltar.

"Dessa vez vai ser diferente", disse seu agente literário. "Você precisa voltar ao trabalho, certo? Um escritor falido não consegue escrever."

A desesperadora situação financeira em que ele se encontrava era uma surpresa total. Com o dinheiro que ganhara na estação remota de Marte, havia comprado tempo para escrever. As quantidades gigantescas de petróleo descobertas no planeta 10 anos antes haviam causado um boom na região. Assim que projetaram um engenhoso sistema para ir e voltar de Marte em poucos meses, o tráfego para lá cresceu exponencialmente, e ele recebeu uma proposta para usar suas habilidades analíticas no Planeta Vermelho. O que o convenceu foi a remuneração, não Marte. Ele acompanhou uma equipe de perfuração especializada em esvaziar campos de petróleo marcianos e encontrar, na Terra, duas horas depois da descoberta da fonte, compradores para o produto. Não era um serviço difícil, mas era intenso. A equipe trabalhava 24 horas por dia, o que significava que ele quase não dormia. Mas o dinheiro compensava. Quando se deitava, calculava ganhos maravilhosos, aquisições, investimentos e ainda um dinheirinho extra para viagens. Voltou para a Terra com um bônus no bolso. O Planeta Vermelho o fez feliz.

No entanto, ao retornar descobriu que a inflação tinha feito seu capital evaporar. O boom do petróleo inundara o mercado de capitais, elevando os preços. O valor da televisão em que ele estava de olho tinha aumentado tanto, que ficou além de seu orçamento. Seis meses depois de regressar de um longo período de trabalho em Marte, precisou recomeçar e passou a maldizer o tempo em que estivera lá. Para piorar, sua esposa também perdera o emprego — um golpe, no entanto, que ela encarava com tranquilidade, pois seguia um sujeito que se autointitulava guru e ensinara seus discípulos a "desapegar". Ela também tinha aprendido a flutuar no tapetinho de ioga.

"Eu sou a única do grupo que consegue", dizia e demonstrava. Depois, quando o marido a pedia que pensasse no futuro, ela respondia: "O futuro é agora".

Há algo nisso, ele pensou. O futuro é sempre agora. No ambiente masculino de Marte, ele tinha desaprendido a falar com mulheres. Depois de alguns dias na Terra, já sabia novamente o que dizer, sobretudo porque as contas começavam a chegar.

"Se o futuro é agora, então a gente continua na merda."

"Tudo é questão de ponto de vista. Você está vendo com um olho só."

De onde ela tirou essa ideia absurda?, ele pensou.

"Um olho só?" Marcel colocou ostensivamente a palma da mão sobre o olho esquerdo e examinou as contas. "Mesmo com um olho só, ainda vejo que temos problemas. As contas não sumiram." Ele se voltou para a esposa, que tinha um corpo sedutor. A ioga a mantinha em forma e saudável. Suas panturrilhas pareciam duras, mas ele sabia que se as tocasse as sentiria quentes e macias. Quando ficavam entediados, transavam. Ele nunca se desapontava, pois era o momento em que se esquecia dos problemas financeiros por um tempo.

"Se você fechar os olhos, vai conseguir ver um novo universo."

Por ora, ele já tivera o bastante de novos mundos. "O universo é vazio e indiferente. Você o valoriza demais."

Em Marte, ele quase não havia tido tempo para observar o universo, pois tudo girava em torno da perfuração. Felizmente, havia uma boa conexão por satélite lá e ele pôde assistir a alguns de seus programas de entrevista favoritos, o que aliviara um pouco as coisas. Ele ansiava por esses momentos de desafogo entre os turnos.

2

À noite, Marcel observava Marte pelo telescópio. Nunca deveria ter saído de lá. Lembrava-se das longas conversas em que contava sobre Marraquexe e as poucas vezes que estivera na cidade vermelha: "Estamos no planeta vermelho, mas a cidade vermelha também é especial". Seus colegas não eram pessoas viajadas e ficavam atentos a cada palavra. Alguns, antes da jornada a Marte, nunca tinham viajado mais de 100 quilômetros de casa, e a maioria planejava nunca mais ir a outro lugar depois que voltasse. Eles vinham de pequenas cidades dos Estados Unidos, das quais nunca tinha ouvido falar.

Mesmo tão longe de casa, Marcel se sentiu entusiasmado lá, pois a vida miserável que levava na Terra não parecia existir enquanto estava em Marte. Um dia, alguns colegas sugeriram que, quando voltassem para a Terra, fossem juntos a Marraquexe — ele disse que não iria.

"Por que não?"

"Passei por umas boas quando estava lá."

"Problemas?"

"Pode-se dizer que sim."

"Então é por isso que você veio para Marte", disseram, apoiando-o. "Você não poderia estar mais longe dos seus problemas."

"Não é bem isso", ele retrucou. "Como estou bem distante, é verdade que me sinto menos pressionado, mas o pouco que sinto já é muito."

Fez-se silêncio à mesa. Ele se deu conta de que tinha expressado um sentimento que eles entendiam. Os colegas respeitaram sua privacidade. Todos tinham algo a esconder; ninguém estava sozinho naquela situação. Se ficar na Terra era tão doloroso, ficar longe não seria um fardo. Todos pareciam se sentir melhor em Marte do que em casa.

3

O agente literário continuou ligando para Marcel. Era um sujeito persistente, que devia seu sucesso mais ao esforço do que às oportunidades. "Enriquecer é colocar uma missanga após a outra e fazer um grande colar." A tarefa era escrever a biografia de um magnata da mídia cujo nome, Max Hirschfeld, constava nas listas dos maiores empreendedores do mundo; ele morava no famoso hotel de luxo La Mamounia, onde Churchill, o primeiro-ministro britânico, costumava passar os verões, e pintava quadros horrorosos que levantavam enormes quantias de dinheiro em leilões.

O escritor já se imaginou passando algumas semanas com um rico egocêntrico, narcisista e presunçoso que iria querer registrar cada peido seu para a posteridade. O que lhe renderia dinheiro, mas custaria sua saúde mental.

"Quando sugeri você como autor, ele concordou imediatamente."

"Ele conhece o meu trabalho?"

"Não, mas gostou do seu nome. Ele tinha um avô muito querido chamado Marcel."

"É sempre assim."

"Não desligue!"

O agente literário continuou ligando, porque farejava dinheiro. "Se isto facilitar as coisas, não vou cobrar comissão de você. Só da outra parte. Que tal?"

Marcel nem tentou explicar que não queria ir a Marraquexe. "Eu iria com o maior prazer para Nova

Iorque ou Londres, ou para qualquer outro lugar em que ele morasse."

"Enquanto ele gostar de lá, vai continuar em Marraquexe."

"Não podemos fazer isso virtualmente?"

"Não vai dar certo. Você precisa conhecer o cara, cheirá-lo, experimentá-lo. Caso contrário, vamos atrás de outro escritor. Para sentir o cheiro dele."

Na sala ao lado, sua esposa levitava acima do tapetinho de ioga. Era um mistério como ela conseguia fazer isso, o que a tornava atraente. Ele então a lançava sobre a cama com apenas um pulo, libertando aquele corpo excepcional da ausência de gravidade, e com toda a calma do mundo ia tirando a roupa dela até ficar nua como a luz do dia. Marcel nunca pensou que ela tivesse tanto poder interior. Após a viagem a Marte, ele havia se cansado da ausência de gravidade. A sensação de flutuar não compensava o desconforto. Mesmo assim, ansiava voltar ao planeta. Não ter que pensar em nada a não ser no trabalho. Os elogios que recebia toda vez que concluía com êxito uma tarefa o estimulavam. Aqueles homens que ele talvez nunca mais visse nem imaginavam o bem que fizeram à sua autoconfiança.

A esposa sussurrou-lhe algo no ouvido sobre autoconsciência e transição. A última coisa que Marcel queria ouvir era algo sobre autoconsciência e transição. O que desejava ouvir, na verdade, é que ela estava cansada de viver o aqui e o agora e tinha arrumado um emprego. No entanto, não fazia sentido trazer isso à tona, visto que ele tinha caído muito no conceito da esposa. Sua relutância em falar sobre o período em Marte também não era bem recebida por ela. "Sua falta de comunicação é horrível", ela esbravejava antes de sair batendo portas. Em seguida, eles transavam. Era sempre assim.

Não era um problema o fato de ele não ter ganhado nada em Marte, claro, mas ela teria gostado mais da viagem se houvesse ocorrido alguma *mudança* no marido. Só que nada aconteceu.

"Eu estava ocupado demais trabalhando para ter tempo de mudar."

Ela achava aquilo estranho: "Você não está vivendo o aqui e o agora".

4

Era sábado à noite. Marcel estava com dificuldade para dormir, então começou a ler no computador sobre possíveis investimentos. Quem sabe não seria melhor investir o que restava para compensar um pouco do que havia perdido? Depois dos tempos ruins, sempre vêm os bons. Em Marte, os amigos lhe contaram o que faziam com o dinheiro. Investir parecia sensato, de acordo com alguns. Todo mundo fazia isso nos Estados Unidos. Ele também deveria fazer. Então, no meio da noite, depois de três copos de uísque, comprou ações com o que lhe restara de dinheiro.

Foi rápido, muito mais rápido do que esperava. Nem dois goles de uísque e ele havia fechado sua carteira de ações. Foi para a cama satisfeito. Sua mulher estava dormindo, mas ele a seduziu para fazerem amor. Ela gostava do hálito de uísque dele.

5

As bolsas de valores abriram com grandes perdas na segunda-feira. O Banco Central reagiu ao pânico imprimindo e lançando uma quantidade significativa de moeda no mercado. Não deveria ser uma promessa vazia, senão o público perderia de vez a fé no sistema monetário — e seria o fim. "Estão imprimindo dinheiro!", eram as manchetes do noticiário.

Outra vez, Marcel pensou.

Com uma inflação maior, levaria meses, quem sabe anos, para seus investimentos recuperarem valor. Ele possuía pouco, para não dizer *nada*, e o pouco que tinha valia ainda menos. Nunca vivera uma situação tão miserável. Escondeu o tapetinho de ioga da esposa para evitar que a levitação piorasse o seu humor. O pânico nos olhos dela quando não achou o tapetinho de certa forma o confortou. Se ele sofria, ela deveria sofrer também. Marcel não contou sobre as perdas. Havia se tornado frio pelo que lhe acontecera. Desesperado, telefonou para seu agente literário.

Disse à esposa que iria ficar fora por um mês, o que não era tão ruim, comparado aos 4 anos em Marte. Mas desta vez sua mulher estava mais emotiva. Certamente tinha algo a ver com a crise.

"Você vai mandar dinheiro para as coisas da casa?", ela perguntou.

"Não seria uma boa ideia você procurar trabalho?"

"Eu preferia estar morta a ouvir esse tipo de coisa de você."

"Eu é que odeio quando você fala esse tipo de coisa", ele disse.

"Volte com boas notícias", ela pediu.

"Vou voltar com material para um livro."

Ele pensou se deveria contar por que não queria ir a Marraquexe. Qualquer outro lugar do planeta seria melhor. Será que ela entenderia? Nesse caso, teria que contar que tivera uma experiência na cidade vermelha que o havia transformado. Sem o entediante período passado lá, jamais teria assumido um relacionamento longo.

Ela acenou em direção à porta. "Acho que o táxi chegou. Rápido. Não aguento mais, tenho que ir para a aula de ioga."

6

Lá das nuvens, Marcel podia ver bem Marraquexe. Era difícil não se impressionar com a visão. Só mais tarde ele percebeu que era uma vista ilusória. A cidade se mostrara resistente à expansão turística; tinha sobrevivido a ela e adquirido um quê a mais. Os turistas cuidavam de suas coisas e os moradores das deles.

Quando sentiu o cheiro do ambiente, percebeu que tinha sido má ideia voltar à cidade. Melhor ir direto ao balcão de check-in e pegar o primeiro avião para casa. Mas mal teve tempo de pensar nisso, pois o taxista que vinha buscá-lo acenou a placa com seu nome escrito errado. O homem abraçou Marcel como se tivesse reencontrado um parente desaparecido havia muito tempo. Talvez até fossem parentes. De todo modo, ele já estava suando. O que mais queria era ir para seu quarto no hotel e se deitar sob os lençóis com as cortinas fechadas até que a sensação sufocante passasse.

Mas não foi assim. O motorista acelerou para o hotel como se estivesse sendo perseguido por credores, repetindo "Monsieur Marcel, Monsieur Marcel", e o nome de seu cliente, "Monsieur Hirschfeld, Monsieur Hirschfeld", como uma criança que tinha acabado de aprender a falar os dois nomes. O percurso do aeroporto até o La Mamounia era curto, mas o motorista parecia conhecer um atalho. Os prédios de que Marcel se lembrava desde sua última visita à cidade despontavam à esquerda e à direita, ofuscados, com o tempo, por edifícios mais novos e mais prestigiosos, como antigos mestres cercados por ninfas voluptuosas. Assim que a noite caiu, as luzes se acenderam e o escritor pôde ver como tudo era grandioso, a iluminação indicando os contornos da decadência. Ele já fora parte daquilo.

"O senhor já esteve em Marraquexe?", perguntou o motorista antes de parar em frente ao hotel.

"Sim, mas nunca no La Mamounia."

"O senhor é um homem de sorte", o motorista disse ao abrir a porta.

Se ele soubesse...

Primeiro precisava beber alguma coisa para se acalmar e poder encarar a iminente conversa com o sr. Hirschfeld. O La Mamounia o impressionou. Não era um hotel em que simplesmente se entrava. Era preciso ter um quarto alugado ou uma reserva. Ele não só tinha um quarto, mas sua estadia — como tudo mais

— seria paga pelo sr. Hirschfeld. A maneira como o recepcionista o tratou confirmou que seu contratante era um hóspede de alta importância.

"O sr. Hirschfeld vai recebê-lo para jantar em sua suíte às nove horas."

"Você poderia me dizer onde fica?"

"Nós vamos buscá-lo."

Marcel acomodou-se em seu quarto. Pendurou o terno. Lustrou os sapatos e passou rapidamente a camisa. Com o cair da noite, as pessoas fluíam para o centro velho e o burburinho se misturava ao canto animado de pássaros exóticos; do quarto, era possível ver a mesquita Cutubia. Enquanto a cidade fervilhava, ele estava lá dentro, protegido da cacofonia. A abundância de estátuas do lugar o fazia se sentir pequeno. Isolado, não alguém real. Devia ir lá fora, anônimo, e vagar com o único objetivo de se entreter e conhecer pessoas. A cidade era boa nisso, dava a sensação de que se podia fazer amizade com qualquer um. *Quem estou tentando enganar?*, ele se perguntou, tentando se acalmar. *Não sou bem-vindo aqui. Se eu colocar um pé na rua, vou sufocar. Não importa aonde vá.* Era inútil pensar nisso. Tinha acabado. *Acqua passata*, como dizem os italianos. Ele aspirou o ar.

7

Três batidas insistentes na porta o despertaram. As três garrafinhas de uísque que havia entornado sem pensar tinham feito seu trabalho. Faltavam cinco minutos para as nove da noite. Ele estava com vontade de transar. Sentiu falta da esposa. Chegar atrasado não causaria boa impressão no bilionário. Era preciso ser pontual em compromissos com esse tipo de gente. Sua noção de tempo estava de cabeça para baixo.

"Já vou, já vou!", gritou em seu melhor francês enquanto vestia o terno azul. Fazia tempo que não dormia tão profundamente fora do horário. Não conseguiu perceber, pela expressão do funcionário que o conduzia à suíte de Hirschfeld, se alguém estava irritado com ele ou não. Mas qual o problema? As pessoas caíam no sono. Pior seria se não tivesse acordado.

Uma batida na porta bastou para que entrassem, e o empregado que o conduzia o entregou a outro funcionário, como se Marcel fosse uma encomenda. Só não o escanearam. O que de início pareceu ser uma sala espaçosa, numa inspeção mais detalhada revelou-se uma antessala. Em uma gaiola gigante, um papagaio brasileiro se banqueteava com nozes. Haviam tentado agradar ao pássaro, mas ainda assim ele não parecia à vontade. Não se mexia e observava, desconfiado, o novo convidado. O papagaio tinha os seus motivos, mas, se não se comportasse bem, o livro não faria um retrato bondoso dele.

O escritor foi conduzido a uma sala lateral e deixado sozinho ali. Faziam isso, obviamente, para criar um clima de grandiosidade; aquele homem só funcionava impondo distância, querendo dar a impressão de que você era menor. Quanto mais tempo Marcel ficava sozinho, exposto à decoração do ambiente, mais se dava conta do longo caminho que havia percorrido para se encontrar com aquele homem poderoso, um pensamento que o apequenava. O que ele não podia era se render à depressão que o espreitava, pronta para lançar um manto de melancolia sobre aquele momento. Estava amarrado, por contrato e por todo tipo de cláusulas desse contrato, a irradiar energia e entusiasmo. O bilionário não podia ter dúvidas de que ele era a pessoa certa.

De repente, o bilionário estava de pé diante de Marcel, estendendo-lhe a mão gigantesca de dedos longos que lembrava um remo. Hirschfeld era mais alto e mais simpático do que ele havia imaginado. Corpulento, com uma aparência de certa forma doentia e passos suaves, aproximou-se dele com olhos amistosos e receptivos. Seus pés calçavam mocassins marrons confortáveis e seu rosto estava bastante queimado pelo sol marroquino. Não havia sinal de arrogância naquele olhar.

"Marcel Ophuis", o escritor disse ao apertarem as mãos.

"Hirschfeld, mas pode me chamar de Max. Posso chamá-lo de Marcel? Formalidade é para os que ainda estão querendo chegar lá. Nós já estamos no topo. Você como escritor e eu como dono de jornal."

A reunião caminhou de forma agradável, e a depressão deixou de ameaçar Marcel. Gente rica e de prestígio costumava ter dificuldade em se relacionar com pessoas comuns. Não porque não as entendessem, mas por não conhecerem bem o contexto em que elas viviam. Marcel em geral perdia o interesse por esse tipo de gente na hora, porém Hirschfeld o cativou de saída. Ele era um dos poucos ricos bem-sucedidos que pareciam levar uma vida comum, e isso o tornava humano.

"Não lhe ofereceram nada para beber? Crápulas. Sente-se."

Sentaram-se próximos um do outro. Marcel gostou dessa intimidade e achou que Hirschfeld a tinha como um princípio. Era importante que se sentissem bem de forma rápida um com o outro na primeira vez que conversassem. Hirschfeld sabia disso. Em pensamento, Marcel agradeceu por seu astuto agente literário ter insistido para que aceitasse o trabalho. Ele estava diante de um verdadeiro cavalheiro.

"Vamos fazer do jeito certo. Uma biografia precisa ter uma cara. Todos cometem erros, mas poucos têm coragem de admiti-los. Posso dizer que eu não seria quem sou sem os erros que cometi. É sobre isso que o livro deve falar."

"Você já tem um caminho. Isso é bom."

"Eu sou um livro aberto. As pessoas sempre me subestimaram. E sabe por quê? Porque não sabem de nada, e eu me aproveitei disso. Me arrependo de ter feito algumas coisas..." E para deixar logo claro o que queria dizer, Hirschfeld listou uma porção de nomes que se enlaçavam com sua história, nomes que Marcel conhecia da pesquisa prévia que fizera para o encontro. E o mais importante: grande parte da fortuna de Hirschfeld tinha caído em seu colo porque apostavam que ele iria estragar tudo. Pagaram para ver. "Eles me subestimaram, aqueles idiotas. Me subestimaram."

Ali estava a dor de uma vida inteira. Fora necessário querosene puro para que Hirschfeld continuasse voando e atravessasse fusos horários. O desejo dele de ser alguém fez Marcel se lembrar de seus colegas em Marte, sempre tentando mostrar ao mundo que possuíam virtudes, que estavam indo bem, que eram boas pessoas. Ele teve o vislumbre de um homem amargo. Hirschfeld era bem-sucedido em tudo, mas ainda sentia que devia isso à estupidez dos outros.

Hirschfeld bateu palmas e, um momento depois, todos os tipos de prato apareceram diante de Marcel. Era comida marroquina com sabor requintado e bem temperada com especiarias — tudo meticulosamente pensado. Enquanto Marcel comia, Hirschfeld o observava com atenção. O agente literário o havia advertido que o bilionário não suportava gente magra.

"Está satisfeito?", perguntou ao escritor.

"Sim, estava maravilhoso."

"Que bom. Estou impressionado com o seu apetite. Seu agente me disse que você era bom de garfo. Fico feliz com isso. Meu pai era assim, meu avô também. Charuto?"

"Não, obrigado. Eu não fumo."

"Na minha idade, fumar é como abrir um presente. Eu não permito mais que alguém me diga o que fazer."

Em seguida, irrompeu num discurso incoerente sobre suas quatro ex-mulheres que tinham tentado fazê-lo parar de fumar. Claramente adorava se descontrolar em acessos de raiva; seus olhos brilhavam de prazer enquanto se vingava verbalmente. Insultava as ex-mulheres, mas com estilo. Como se, por meio do ódio reprimido ao longo dos anos, tivesse conquistado o prêmio máximo da loteria: entusiasmo, alívio, libertação. Em pouco tempo, Marcel já estava rindo com Hirschfeld. A noite sem dúvida estava agradável.

"Mas elas não queriam que você vivesse mais, pedindo que parasse de fumar?"

"Melhor uma vida curta e feliz do que uma longa e infeliz. Aquele bando de vagabundas... fiz de tudo para fazer todas elas felizes."

Tudo que Marcel pôde fazer foi mudar de opinião: aquele homem de fato dava um livro. Quem sabe dois. Caso se tornassem amigos, poderia sair algo grande dali. Se pusesse seu talento a serviço de alguém que não apenas tinha obtido sucesso, mas visto o suficiente para contar uma história realmente especial, sua carreira de escritor receberia um impulso.

"Agora, felizmente, eu tenho uma mulher que me ama de verdade."

"É uma sorte rara se apaixonar na sua idade", disse Marcel, percebendo na hora a besteira que havia dito. Apressou-se em se corrigir: "Quer dizer, não que você seja velho."

Hirschfeld se inclinou na direção de Marcel. "Você fala com o coração", disse para tranquilizá-lo, pondo a mão no próprio peito. "Gosto de você. Eu não falo mais com as pessoas com tanta frequência, e elas não falam muito comigo também. Sabe por quê? Depois de certa idade, você não confia em mais ninguém. Eu tive azar. Todos os meus filhos — e eu tenho doze — são pessoas não confiáveis, oportunistas e desonestas. Têm sorte nos negócios e azar na vida. O que você fazia antes?"

"Eu estava em Marte."

"O planeta?"

"Sim."

"Não era frio lá?"

"Eu ficava num lugar fechado."

"Você não foi lá para escrever um livro, foi?"

"A trabalho."

"Participou do *boom* do petróleo que trouxe toda essa fortuna para a Terra?"

"Foram bons tempos..."

"E está feliz de voltar para casa?"

"Em parte. Depois que voltei, o dinheiro que ganhei lá acabou valendo menos do que eu imaginava."

"Também, com esta maldita inflação... Obviamente lá em Marte você não tinha como saber o que estava por vir."

"Aqui na Terra também não. Nunca me importei com dinheiro até ficar sem. Mas prefiro não falar disso. Estamos em Marraquexe, tendo uma boa conversa, e isso já vale muito para mim."

"Venha aqui", disse Hirschfeld, conduzindo Marcel até a janela. Havia um telescópio na sacada. "Oferecimento do hotel. Mostre-me onde está Marte."

Marcel direcionou o telescópio e fez um gesto para Hirschfeld. "Ali."

O bilionário se inclinou para a lente do aparelho. Marcel percebeu que ele estava apreciando a vista. "Estamos vendo Marte de Marraquexe!", disse Hirschfeld com admiração.

Quando entraram, Marcel viu a sra. Hirschfeld, motivo de felicidade para uns e infelicidade para outros. Estava 4 anos mais velha, com alguns quilos a mais. Bonita, sensual e dissimulada, chamava-se Sara, ainda que nunca tivesse se parecido com uma Sara.

"Ghizlan, *ma chérie*, você foi dormir cedo. Sentiu a minha falta?"

O novo nome combinava mais com a camisola de seda creme que ela exibia no corpo bronzeado, como um vaso *art déco* envolto em tecido. O vestido não era vulgar; ela jamais pareceria vulgar. Havia aprendido com os anos que um homem poderia se render por inteiro a uma mulher de aparência impactante. Não havia como não querer possuí-la, amá-la, destruí-la e depois ressuscitá-la — se isso fosse possível.

Quando Sara por fim o esgotara financeira e sexualmente, e depois o humilhara ao desaparecer sem deixar rastros, um pouco antes de ele ir embora de Marraquexe — ele chegara a ser perseguido por garotos depois de procurá-la no bairro onde ela morava —, Marcel ficou tão machucado que pensar nela era o bastante para deixá-lo indisposto. Porém, neste reencontro, não sentiu nada disso. Em algum lugar de seu coração talvez existisse uma sala do perdão. Ele teria a chance de uma vez mais desfrutar de sua deliciosa presença — as promessas que emanavam de Sara continuavam vivas, quebrando a resistência dele.

Uma vez, os dois precisaram sair às pressas de um restaurante, onde aguardavam tranquilamente o prato principal, quando o gerente discretamente avisou-os de que um homem no bar não admitia ver Marcel com Sara. "O cavalheiro está acompanhado de uma dama interessante demais, portanto o melhor para vocês, bem como para o nosso estabelecimento, seria continuarem a noite em outro lugar. Posso sugerir um ótimo restaurante", disse o gerente.

Ela realmente era linda.

"Não consigo dormir sem um beijo de boa-noite, como aquele escritor francês de que você me falou", Ghizlan disse ao marido. "Sempre achei que eu fosse a única que precisava disso. Fazia eu me sentir muito só."

Proust também se sentia assim. Ela tinha lido um pouco mais desde que ele a vira pela última vez; a mudança não era só na embalagem. Sara já não podia voltar para o bairro de classe operária de onde tinha saído voando. Aquele lugar se tornara um planeta desconhecido para ela.

"Este é o *monsieur* de que você estava falando? O escritor?", ela perguntou, inclinando a cabeça para vê-lo melhor. "Será que eu não o conheço? Já li algum livro seu? Quem sabe não podemos falar de sua obra depois, talvez no fim da tarde?"

Sara não caminhou até ele; flutuou, como se uma turbina gigante a tivesse soprado em direção a Marcel. Desde que o deixara, a mulher não havia mudado muito, mas seu refinamento, que ocultava um passado sombrio, tornara-se ainda mais intenso — como sua arma secreta.

"Nós vimos Marte", disse Hirschfeld. "Ele foi ao Planeta Vermelho."

"Que maravilha, um astronauta. Você não sentia medo lá em cima?"

"Você leva seu medo consigo e continua tão ruim como em qualquer lugar", respondeu Marcel.

"Filosófico." Ela o olhava sedutoramente, como se quisesse recompensá-lo.

"Ghizlan", Hirschfeld sussurrou, quase como uma advertência, em um tom que haviam estabelecido na relação. Esse tom excitava os dois — uma garota que precisava de um homem autoritário. Era um tom mais impositivo que um contrato legal. E dizia tudo. "Ghizlan, em pouco tempo me afeiçoei a esse cara. Seja legal com ele", disse Hirschfeld em tom brincalhão.

"Você poderia ter sido legal com o outro."

"O outro?", Marcel quis saber.

"Recebemos um escritor aqui", disse Hirschfeld. "Mas houve algum tipo de tensão entre ele e a minha garota."

"E a garota venceu", disse Marcel.

"Foi difícil para ele se instalar aqui", disse Ghizlan. "Nunca fui muito boa em competições. Você entende?"

A mão pequena e macia que ela lhe estendeu quase derreteu na dele e, assim, Marcel soube que ela estava lhe dizendo que não o havia esquecido.

"O sujeito teve que cair fora para abrir caminho para você. Você é um verdadeiro talento", explicou Hirschfeld. "Tudo tem um porquê, e além do mais ele não acreditava que o destino pertencesse a Allah. Mas eu acredito. E você?"

"Como era lá em Marte?", Ghizlan perguntou. "Você precisa me contar tudo. Não vai embora até eu ouvir todas as histórias."

* *Conto escrito originalmente em holandês. Traduzido em colaboração com Daniel Dago.*

OUTROS LUGARES

MOHAMED ZOUHAIR

Tabhirt

Seu pai fugiu com uma prostituta, abandonando sua mãe e ele ainda bebê. A perspectiva de vida do menino, totalmente indiferente a seus primeiros anos e à pobreza que o cercava, era não frequentar a escola e desperdiçar a infância num ateliê de cerâmica. O órfão indigente acabou dormindo ao relento na adolescência, depois que a mãe morreu de um ataque de asma. O menino cresceu e com 25 anos decidiu viajar. Deixou sua cidade, Safi, em direção a Marraquexe, atendendo a um chamado oculto, em busca de outra dimensão, que só existia em seus sonhos.

O verão mal começara quando Najib, o ceramista, se estabeleceu em Tabhirt, bairro de Marraquexe onde ficavam os fornos e as fábricas de cerâmica. Os ceramistas logo notaram a habilidade do recém-chegado, e ele se tornou alvo de admiração, mas também da inveja de muitos. Tão logo sua boa reputação se espalhou, comerciantes começaram a disputar suas peças. O mestre ceramista o recomendou a mestre Hassun, um próspero comerciante cujos ateliês estavam sempre cheios e cujos fornos jamais se apagavam — nem mesmo nos feriados ou na festa de Achura.

Hassun era velho e desde sempre fumava o *kif* — isto é, haxixe — e comia o doce alucinógeno de *maajun*. Também conservava o hábito de beber chá bem forte ao longo do dia. O mestre conduziu o ceramista Najib a seu riad no bairro de Mauqif, muito próximo de Tabhirt. Nesse mesmo dia, Najib avistou a linda Badia, sentada no pátio interno do riad com sua criada Maçouda. Badia estava na flor da idade — era esbelta, radiante e de beleza incomparável. Ao olhá-la rapidamente, os olhos do ceramista brilharam e uma descarga de calor percorreu todo seu corpo. Ele supôs que Badia fosse filha do comerciante Hassun, e só de imaginar que ela pudesse ser a esposa foi como ser apunhalado: destroços aos pés de uma flor de manjericão — o que os uniria? O riad era espaçoso, mas ainda assim uma fortaleza onde aquela flor perdia os melhores anos de sua juventude.

O mundo dela não se estendia para além daqueles muros. Raramente ia ao *hammam* ou visitava sua família no bairro de Bab Hailana, próximo ao Mauqif. Quando Badia saía, era acompanhada da criada Maçouda, uma sombra que nunca a abandonava.

Badia recebeu o jovem ceramista com frieza. A sós com o comerciante, ela o questionou sobre a necessidade de hospedarem o rapaz.

"Um ceramista em nossa casa? Por que o trouxe para cá?"

"Ele não tem família. Vai chegar à noite e sair de manhã. Da porta vai direto para o quarto, e Maçouda se encarregará de tudo. Nós precisamos dele."

"Você é quem precisa dele", retorquiu Badia.

"Ele é um artesão talentoso. Tem dedos de ouro. Se eu não ficar com ele, alguém vai ficar."

Ela testava as intenções do marido. O tom de voz de Hassun era o de quem fechava um bom negócio. O hóspede passaria as próximas noites ali, em um riad cheio de quartos e mobílias, mas vazio de calor humano e vida. Nos cômodos do andar superior, o comerciante guardava peças raras para ocasiões especiais. Todos os aposentos estavam repletos de objetos, com exceção de um pequeno quarto vazio, onde o artesão ficaria.

"Você vai dormir aqui e o banheiro fica ali", foram as breves palavras de Maçouda, que parecia tensa, como se tentasse reprimir algum sentimento.

Na primeira noite em que foi levar o jantar do rapaz, Maçouda não disse uma palavra. Depositou o prato na mesa de madeira baixa, deu uma olhada no jovem pelo canto do olho e saiu. Apoiou-se por um segundo no parapeito que dava para o pátio interno do riad e olhou para o céu cravejado de estrelas que sussurravam música em seu coração enquanto brilhavam delicadamente. Passou-lhe pela cabeça voltar ao quarto para ver se ele precisava de mais alguma coisa. A porta do quartinho continuava entreaberta. Ao se aproximar, ouviu os passos do ceramista, mas decidiu recuar. Depois desceu a escada e encontrou Hassun e sua jovem e linda esposa no mais completo silêncio, interrompido de quando em quando pela tosse do comerciante de idade avançada. Ele não sabia o que fazer com ela e nem ela o que fazer com ele.

Na noite seguinte, Maçouda admirou o corpo do rapaz, seu belo porte, seu físico atlético, a pele cor de argila, o vigor da juventude. Um desejo intenso a tomou e ela se sentiu em chamas.

"Você sabe o meu nome?", ela perguntou.

"Maçouda", Najib respondeu. "Ouvi o mestre Hassun dizer."

“E você tem cara de Maçoud, o bem-aventurado!”

Dizendo assim, ela se retirou. Todas as luzes do andar superior estavam apagadas, com exceção daquela no quarto do rapaz. Todas as portas estavam fechadas, guardando seus segredos. Só mais tarde Najib descobriria que os quartos eram habitados por peças de cerâmica; ele se sentiria acompanhado por elas, mesmo com as portas trancadas.

Maçouda não desceu. Ao sair do quarto dele, correu para o canto oposto à porta e lá permaneceu. Por uma fenda na porta, Najib a observou tirar o lenço da cabeça e jogá-lo no chão. A criada soltou o cinto e o vestido escorregou por seu corpo; em seguida, descalçou os sapatos e começou a se movimentar como numa dança silenciosa em meio às sombras. Ele a viu se aproximar cautelosa do quarto. Maçouda se deteve por um instante, então se virou, foi até o parapeito, se debruçou ali e ficou olhando o pátio interno do riad. Depois voltou para o canto onde deixara as roupas, se recompôs e desceu para seu quarto ao lado da cozinha.

Despiu-se no escuro, deitou-se na cama e se entregou a suas incontroláveis fantasias. Lá estava ela, uma mulher solteira com pouco mais de 30 anos, um tanto rechonchuda, de pele escura, voz grave, traços grossos e seios fartos. Sua completa devoção à sra. Badia carregava um desejo velado pelo corpo feminino, objeto de uma busca incessante em seus sonhos, como se perseguisse uma miragem.

Nos aposentos dos senhores da casa, Badia perseguia outra miragem, capaz de fazer seu coração parar a qualquer momento. A imagem do recém-chegado não saía de sua cabeça: vinda das sombras, ela invadia seus sonhos. Um sono leve acabou se tornando uma insônia ardente. Próximo dela, mas ainda assim distante, Hassun se revirava na cama exalando fedor de haxixe. Assim que ele terminava de jantar na companhia apática da prisioneira de sua fortaleza, retirava-se, lançando-se na cama ao lado de Badia feito um tronco seco junto a um riacho de água pura e transparente. Por acaso Hassun não tinha se dado conta de que introduzira na casa o que faltava, a faísca para acender o fogo? A prova disso era a insônia que incandescia a brasa e que Badia se esforçava em apagar, pois se tratava de um sopro de vida infiltrando-se em sua existência carregado pelas garras da morte! Quando o hóspede estava em seu quarto ou a imagem dele se formava em sua cabeça, ela tentava aparentar — diante do marido — uma fria indiferença e até desconforto com a presença do rapaz na casa, a fim de conter dentro de si essa guerra, a mais cruel de todas! Afinal, bastava pôr a mão em um pedaço de gelo para senti-la queimar como fogo. Em contato com o calor, porém, o gelo facilmente se torna água.

O jovem Najib passava os dias no ateliê. Modelava a argila como num chamado da paixão, e ela se submetia aos movimentos que fluíam de seus dedos ágeis e de sua alma. Toda vez que via um corpo feminino admirável, inspirava-se em sua beleza para dar forma a uma estátua. Bastava que seus olhos o avistassem para o coração ser atraído e a mão se estender para alcançá-lo.

"Um presente da beleza para a beleza", dizia assim que terminava uma escultura.

"Fonte de riqueza", respondia o comerciante Hassun ao ver as esculturas serem capturadas pelas mãos dos compradores assim que chegavam às prateleiras. Espalhara-se o boato de que eram possuídas pelo espírito da sorte, concedido àqueles que as adquirissem.

Um presente desse deveria ser concedido unicamente à beleza e jamais ser vendido. Najib sabia que, se respondesse assim a Hassun, certamente ele retrucaria: "Me dê o dinheiro e eu presentearei quem você quiser". Diria isso se estivesse tranquilo, depois de fumar haxixe; do contrário, simplesmente ignoraria a conversa, como se fosse tão irrelevante quanto uma gota d'água ou um punhado de terra.

O jovem ceramista sentia prazer em modelar estátuas inspiradas em mulheres que tocavam fundo seu coração, por isso sentia-se constrangido ao vê-las nas mãos daquele comerciante que as barganhava, obtendo o valor que bem entendesse. Najib sentia-se desconfortável, mas só confidenciou esse sentimento a Maçouda. Foi a ela que revelou que as mulheres mexiam com seu coração e o inspiravam a criar as estátuas. A criada empalideceu ao ouvi-lo. Najib disse a ela que ficava triste por Hassun vender as estátuas como meros artefatos desprovidos do pulsar do espírito de quem as criara.

Maçouda desceu as escadas aflita e ferida. No dia seguinte, contaria a Badia tudo o que ele dissera, deixando a dona da casa ainda mais excitada. A criada sentia um desejo doloroso ao ouvir as histórias das estátuas de Najib, ao passo que Badia, ao ouvir as mesmas histórias recontadas pela criada, sentia um desejo incandescente. Assim, o desejo tanto as unia quanto as separava, numa violenta atração mútua. Por mais que tentassem, nenhuma conseguia esconder da outra seus sentimentos. Todas as noites Maçouda ouvia uma história e no dia seguinte a contava a Badia, e ambas aguardavam a história seguinte com um misto de tensão e desejo.

"Que história vai me contar hoje?", Maçouda perguntou a Najib certa noite.

"Hoje uma mulher chegou na hora mais quente do dia, quando todos no bairro faziam a sesta", Najib começou a contar. "Eu estava sozinho na loja, ao lado do ateliê. Ela entrou e chamou meu nome. Tirou o *nigab*, revelando o rosto que irradiava um misto de brancura e rubor; seus olhos transbordavam de sedução. 'Olhe para o meu rosto', ela pediu, e eu olhei. 'Se o rosto não for suficiente, eu tiro a jelaba para você ver o que há embaixo dela, e também meu corpo inteiro.' Eu respondi que o rosto era suficiente."

O ceramista fez uma pausa e continuou:

"'Não me engane, pois meu coração está mergulhado no azul do céu', ela disse. 'Um artesão não pode se enganar quando se vê diante de tanta beleza', comentei, o que a fez rir de um jeito escandaloso. 'Então vou aguardar o produto final do artesão', ela disse. 'Não vai demorar muito, sua estátua logo estará a caminho', respondi. Dito isso, ela cobriu o rosto novamente e a visão de seus olhos pretos encheu minha alma. Tive a impressão de que ela gostava de como eu olhava para ela, como se quisesse me dizer que o escultor que não domina o olhar — como alguém que não sabe que os prazeres do vinho não estão dentro da uva — não será capaz de criar uma bela estátua. Quando ela saiu, uma brisa leve com aroma de lavanda tinha refrescado o ambiente. Vou lhe confidenciar, Maçouda: naquele momento eu podia ouvir a argila me chamar. Voei para ela nas asas do desejo, a argila se rendendo a mim e eu a ela. A estátua agora está escondida, à espera de ser presenteada àquela senhora como sinal da minha mais profunda gratidão à beleza que gerou outra beleza."

Maçouda ouviu a história com os olhos abaixados, contendo seu desejo. Às vezes, sentia um leve arrepio e virava um pouco o rosto na direção oposta ao narrador, como se quisesse esconder uma lágrima que não conseguira controlar. Quando ele terminou a história, ela se levantou calada, fechou a porta, desceu as escadas e, no escuro da noite, irrompeu em pranto.

De manhã, quando Najib e seu patrão saíram, Maçouda teve que contar a história da noite anterior. Sua senhora a escutou com toda a atenção e com todo o calor do sangue de seu corpo. Só deixou de ouvir quando começou a suar, ofegante, numa espécie de ataque nervoso.

"Senhora, o que foi?", perguntou a criada, ciente do que se passava.

"Nada, preciso tomar um banho", respondeu Badia.

Ela correu para o banheiro, jogou água no corpo ensopado de suor e começou a gritar com a voz rouca e cheia de desejo. Maçouda a ouvia, ela própria num estado de agitação que não conseguia verbalizar.

No passado, o poeta árabe flertava com as mulheres. Seus poemas de amor as orgulhavam, sendo uma celebração de sua feminilidade, algo que desejavam, embora suas famílias desaprovassem. Elas iriam atrás do galanteador, a fim de proibir que ele se aproximasse da amada e ela, dele: a guerra contra o poeta era declarada. A questão poderia resultar em morte ou no encorajamento para que outros o matassem. Uma mulher jamais rejeitava um amante-poeta; poderia até ser ela a tomar a iniciativa de iniciar a relação. Esperava-se que a família tomasse providências caso se recitasse um poema sobre uma mulher daquele núcleo. Esses poemas, conhecidos como *gazal*, transformavam um pedaço de argila em uma estátua em homenagem à beleza, assim como o artesão Najib fazia ao revelar seus sentimentos à argila e trocar segredos com ela.

Uma jovem chamada Sara não teria descoberto esse segredo ao comprar uma estatueta que se parecia exatamente com ela? Quando Sara chegou à loja, Najib arrumava as peças nas prateleiras. Elas sempre chamavam a atenção, provocando emoções misteriosas. Sara fingiu ignorá-las, para não demonstrar seu apreço. O ceramista percebeu e começou a observar os traços e as formas da mulher. Sara, por sua vez, deteve-se em um ponto por onde entrava a luz do sol, permitindo que Najib a olhasse com calma enquanto ela examinava as peças de outros artesãos. Eles conversavam sem palavras. Depois de alguns instantes, ele disse gentilmente: "Da próxima vez, você encontrará algo do seu agrado".

"Voltarei depois, então", ela disse. "Até logo!"

Sara não precisou esperar muito. Em poucos dias, uma estatueta parecida com ela já havia desaparecido da prateleira da loja; ela a comprou por sentir que a peça expressava um inconfundível sentimento feminino. Pagou o preço que o comerciante pediu e, em casa, deixou-a ao lado da cama e passou a olhar para ela mais do que a si própria no espelho.

As histórias continuavam a ser contadas, e todas as manhãs Badia esperava para ouvi-las. Não fosse a obrigação de dormir ao lado do comerciante, certamente gostaria de conhecê-las antes mesmo de o galo cantar, como uma versão feminina do rei Chahriar. No caso, o jovem ceramista seria a versão masculina de Chahrazad, e Maçouda o elo entre os dois. As histórias noturnas chegavam com formatos e enredos variados. Estariam elas protelando a morte do artesão Najib? Ou apressando-a? Maçouda transmitia as histórias para diminuir seu próprio ardor ou para inflamar Badia ainda mais? Queria mostrar à sua senhora que era a pessoa mais próxima do contador de histórias? Ou seria uma forma de disfarçar sua desesperança por conta dele, sentindo que seu papel era apenas de repassar a história para a pessoa pretendida? Seria a pretendida o assunto da história e a história em si apenas um adereço, como o detalhe de uma rosa em uma estatueta? O ceramista, no entanto, orbitava outro universo, disperso... Estaria com medo? Hesitante? Indiferente? Qualquer que fosse o caso, o corpo de Badia estava em chamas; era ela quem se inflamava toda vez que ouvia uma história sobre as outras mulheres.

Se ele não tem coragem de tomar a iniciativa, tomarei eu, prometia a si mesma. Sentia que precisava criar sua própria história, sair da potência para a ação. Nunca sentira sua feminilidade. Nunca se sentira mulher. Sua existência se resumia ao nada. Antes que seu corpo conhecesse todo o seu potencial, ela já estaria enterrada com as cinzas de um casamento frígido e sem harmonia.

Seu pai, um ceramista que trabalhava para Hassun, morrera queimado quando um forno desabou sobre ele. Quando o comerciante foi dar as condolências à família, encontrou a adolescente, a quem tinha visto pela última vez quando ela ainda era criança. Não se passaram nem três meses e Hassun pediu a mão da menina à sua mãe, em troca de uma ajuda à viúva e a seus quatro filhos, dos quais Badia era a mais velha.

A mãe a entregou a Hassun, que se apressou em se divorciar da quinta esposa sob a alegação de infertilidade da mulher, mesmo sabendo muito bem que o infértil era ele e não suas ex-companheiras. Para Hassun, trocar de esposa era como vestir roupas novas em um corpo decrépito. Desse modo, Badia foi morar no riad de um homem impotente e mais velho que seu falecido pai.

A única obsessão do comerciante era ter cada vez mais dinheiro. Quando a entregaram, Badia tinha apenas 17 anos, e agora estava com 23, presa no papel de esposa de um homem 36 anos mais velho. Seu marido era viciado em *kif*, doces de haxixe e derivados de ervas que faziam seu suor e hálito federem horrivelmente. Sofria constantemente de alucinações noturnas. Como diz o ditado: "o que o tempo arruinou não se conserta". Hassun era um homem frio e malcheiroso.

Badia pensava: *Aqui estou, vivendo noites de insônia e dias tediosos. Sou acompanhada por uma velha solteirona e sem vida própria, que à noite me entrega a um homem senil e sem energia, como se me conduzisse a um túmulo de cinzas. Então surge você e estremece meu coração com seu chamado sedutor.*

Suas histórias me atingem como lanças e flechas de fogo. Não importa para onde eu tente fugir, não encontro abrigo!

Maçouda havia começado a fumar *kif* enquanto fazia o *maajun* para seu senhor e, por vezes, pegava um pouco do haxixe e provava o doce que preparava. Hassun sabia disso, mas preferia ignorar. Sentia-se até aliviado ao saber que alguém compartilhava do hábito. Uma tarde, Maçouda estava tão alterada que se pôs a cantar mais alto que o normal. Badia, na sesta, sonhou que se despia na frente de Najib e lhe dizia com toda a eloquência de seu corpo: "Esta visão não seria capaz de animar até a mais inerte das pedras?". Ela o observava examinar seus próprios dedos sujos de argila, sem se virar para ela. A cantoria de Maçouda se misturou a seu sonho como uma intrusa e Badia viu a criada despindo-se para o artesão enquanto cantava. Quando ele se voltou para Maçouda e não para Badia, a dona da casa gritou: "Tragam uma faca para eu cortar os dedos dele! Vou matar os dois!". Acordou nesse instante, ouvindo o canto de Maçouda ecoar pelo riad, e pensou: *São três as minhas desgraças: um marido impotente; uma mulher despudorada que não me deixa só e cujos desejos se chocam com os meus; e um hóspede que me incendeia como se eu fosse lenha.*

Badia notou que Maçouda demorava cada vez mais para lhe trazer as histórias de Najib e concluiu que a criada estava obcecada por ele e por suas narrativas. Confusa, ocorreu-lhe que Maçouda poderia estar lhe contando aquelas histórias para que ela revelasse seus segredos. Ou seria a criada que desejava confessar os seus?

Todas as manhãs, enquanto perfumava seus aposentos para eliminar o cheiro ruim do corpo decrépito do marido, ela ouvia as gargalhadas de Maçouda.

"Maçouda, do que tanto você ri?", perguntou Badia.

"Do meu fracasso", respondeu a criada.

"Em quê?"

"No amor."

"E quem você ama, Maçouda?"

"Uma nuvem de verão, senhora."

"É um enigma?"

"A vida é um enigma."

"O que você quer dizer com isso?"

"Eu gostaria de rolar nua na terra. No final, é para ela que voltaremos, por isso nossos corpos devem abraçá-la enquanto ainda estão frescos e quentes, antes de nela serem enterrados frios e duros."

Badia ficou em silêncio. Observou a grande altura das árvores do riad e como elas se abriam para o sol e o azul do céu, notou as folhas amareladas caindo mortas de seus galhos para o nada, deixando para trás outras verdes e vivas. Em seguida imaginou flores de manjericão lançadas ao forno do comerciante — este sim, pequeno e frio — e sendo queimadas até virarem cinzas.

Naquele ano, o verão foi implacável em suas oscilações de humor. O céu ora abria, ora fechava, e o ar aquecia e abafava. Apesar disso, a janela do quarto de Najib só se permitia uma pequena fresta. A janelinha dava para o pátio interno do riad, onde Hassun e Badia passavam as noites de verão em conversa silenciosa. Por vezes, as pálpebras adormecidas do comerciante pendiam e seu corpo relaxava. Depois ele subia para o quarto, seguido pela esposa solitária. A única coisa capaz de interromper o sono do homem era um acesso de tosse. Badia, por sua vez, queimava em chamas, cada vez tendo mais dificuldade para dormir. O tempo sempre correrá no compasso daquilo que pesa sobre a alma, forçando-a para baixo continuamente, como quando se tenta levar uma rocha até o alto da montanha.

O comportamento de Maçouda vinha mudando nos últimos tempos. Ela tinha contado à sua senhora que era infeliz solteira. Quanto mais se excitava com as histórias de Najib, mais elas lhe doíam, como uma falsa gravidez. Alguns meses antes, uma gata amarela aparecera no riad. Com a chegada da primavera, a bichana no cio soltava um miado sofrido semelhante a um canto e perambulava pelo riad com o rabo levantado, roçando em tudo que encontrava. Seu canto atraiu um gato cinzento enorme, que passou a observá-la da laje do riad com olhos de cobiça, até os dois começarem a interagir em segredo. Uma noite, a gata saiu para dar umas voltas fora do riad e não voltou. O macho carinhoso ficou à sua espera na laje e à espreita pelos cantos, chamando-a. Ele desaparecia por algum tempo, depois retornava, mas não havia nem sinal da gata. Certa noite ele saltou da laje para o piso superior do riad e olhou pela janela que dava para o pátio interno. Maçouda sorriu para o animal, que permaneceu imóvel. Quando ela se aproximou, o gato continuou parado, com um olhar precavido, mas afetuoso. A criada acariciou seu pelo quente, deixando-o mais tranquilo. Ao segurá-lo nos braços, o bichano relaxou e se acomodou. Em seguida ela foi com o animal para o andar de baixo e, do parapeito, viu que Hassun e Badia já tinham se recolhido.

Levou o gato para seu quarto, deu-lhe comida e água, e o pegou nos braços novamente. Carinhoso, ele esfregava a cabeça na axila de Maçouda, sentia o cheiro de seu cabelo, de seu suor, de sua insônia. Então ela desnudou seu colo e o animal começou a roçar na sua pele macia e a lamber seus seios. Maçouda o acariciava e apertava. Deliciou-se com a invasão e o contato físico acompanhado de um ronronar. Fechou e abriu os olhos algumas vezes, até cair num sono profundo e prazeroso. Quando o dia nasceu e ela despertou, deu pela falta do visitante noturno e saiu à sua procura, mas não o encontrou em lugar algum. Esperou que ele voltasse, mas em vão. A noite do gato permaneceu com ela como o lampejo de um trovão, como uma memória dolorosa.

O episódio com o gato fez o desejo de Maçouda aumentar. Seu ardor e as conversas de Najib a consumiam por dentro, enquanto o artesão insistia que a criada permanecesse à noite como mera ouvinte de suas histórias, para no dia seguinte transmiti-las à sua senhora.

"Ouça, Maçouda: hoje, ao amanhecer, um pedaço de argila não quis se entregar a mim quando tentei amassá-lo; manteve-se rígido entre meus dedos. Coloquei um pouco d'água, e ele amoleceu e se expandiu. Acrescentei um pouco mais de argila e ele endureceu outra vez. Disse a mim mesmo que alguém que não consegue sentir a sensibilidade da argila não pode ser chamado de ceramista. Então decidi ouvir o que aquele pedaço rebelde de argila desejava. Sabe o que desejava, Maçouda?", perguntou Najib.

Maçouda não respondeu, apenas olhou-o, admirada.

"Um pouco de leite do peito de uma mulher!"

"Como é?!"

"Para se submeter a mim e se deixar moldar, a argila pediu um pouco de leite de uma mulher", explicou Najib.

"E você conseguiu o leite?"

"Sim, há muitas mulheres amamentando na vizinhança."

"Só nesta casa é que não!", lembrou Maçouda. "O que você fez?"

"Fui até uma anciã e lhe pedi que conseguisse algumas gotas de leite materno. Aleguei que era para curar o olho de um artesão, machucado por uma farpa de madeira."

"E depois?"

"O leite chegou e o derramei na argila. O nó que havia nela se desfez e a argila se tornou completamente maleável. Eu me dobrei a ela e ela a mim. Uma mulher esplendorosa tomou forma, amamentando uma criança igualmente linda."

"E onde está essa estátua?"

"Eu a escondi, para preservá-la. Não é sempre que surgem momentos de inspiração como esse."

Com os olhos em chamas, Maçouda olhava fixamente para o ceramista, enquanto ele seguia distraído, pensando na estátua. Ela se levantou e saiu em silêncio. Num trecho estreito do corredor, de frente para o quarto dele, Maçouda expôs os seios para as estrelas longínquas, para o vento calmo, para a miragem... "Não há leite nestes meus peitos caídos!", exclamou.

Batendo nas coxas, murmurou palavras ininteligíveis e desceu a escada. Ao chegar ao andar inferior, apoiou a cabeça na parede, com o corpo tremendo, e riu de modo sombrio enquanto chorava.

De manhã, ao ouvir a história da argila que pediu o leite do peito de uma mulher, Badia gritou como uma mãe enlutada. Fez sinal para que Maçouda parasse e, com os olhos fixos na janela do quarto do artesão, disse em alto e bom som: "Vou matar esse infeliz antes que ele me mate".

Acompanhada de Maçouda, subiu a seus aposentos, fechou a porta e desabou em lágrimas.

"De que adianta chorar?", disse Maçouda. "A senhora pode afogar esta casa em lágrimas, mas ainda assim nem uma pedra destas paredes me notará!"

"E...?"

"Vou dar um jeito de acabar com esse sofrimento", prometeu Maçouda.

"É arriscado..."

"O que tenho a perder?", respondeu Maçouda. "A vida que já não tenho?"

Badia duelava consigo mesma para decidir o que fazer. Naquela noite, se deu a primeira fase do plano. Com um vestido leve, sentou-se ao lado do marido. Como todas as noites, ele estava alterado pela droga. Ela serviu-lhe um pouco de chá e o acariciou.

"Você parece de bom humor hoje", disse Hassun.

"Quando o tempo está fresco, a alma se abre."

A mão macia dela segurava a mão cheia de veias do marido, e ele se entregou a Badia. Inspirou fundo o perfume do corpo maduro da esposa e se fartou dele com ar de satisfação.

"Parece que você nunca me viu antes", disse Badia.

"Estou vendo você agora como eu quero ver."

Ela fez algumas carícias no marido, depois sussurrou em seu ouvido: "Sabe o que eu quero?".

"Uma pulseira de ouro?"

"Não."

"Um anel ou um vestido?"

"Não."

"O que você quer então?"

"Dançar para você!"

Outra onda entorpecente invadiu a cabeça do comerciante. Ela havia planejado tudo para que ele implorasse pelo prêmio.

"Dance para mim! Dance!", implorou Hassun.

"Aqui no pátio?"

"Isso, nesta atmosfera maravilhosa, antes que eu adormeça em seus braços."

Era difícil entender o que ele dizia e suas pernas quase não o sustentavam. Como uma nuvem branca, a imagem do corpo de Badia com seu vestido esvoaçante flutuava diante dos olhos de Hassun — indo e vindo. Sua roupa revelava lindos detalhes de seu corpo atlético, e sua dança ardente atiçava o fogo de Hassun. A dança pulsava de cada parte do corpo dela, sem necessidade de um ritmo que a conduzisse. Seu único objetivo era ser vista pelos olhos de quem lhe inspirava aquele sentimento, e não pelos olhos sonolentos de uma concha do mar rachada. A dançarina percebia instintivamente que outros olhos a observavam por trás da janela semiaberta no piso superior e através de uma fenda da porta do quarto próximo à cozinha. Somente alguém insensível não se deixaria atrair por tamanha energia...

"Ah, me sinto tão cansado...", balbuciou Hassun.

Se o velho, largado na cadeira, recebeu com indiferença a dança de Badia, ela penetrou o coração do jovem ceramista como um raio de sol, inflamando seu ser. A sensação se estendeu aos dedos de Najib, que responderam positivamente. Não sentia medo, hesitação ou indiferença. No entanto, a sublime beleza se conquista em um momento sublime e único, do tipo que o ceramista nunca tivera, mas que agora chegava a ele como uma chama em seu ser. Sentiu um desejo imenso de mexer com a argila.

Assim que o ronco do comerciante começou a aumentar, satisfeita com a performance-armadilha daquela noite, Badia escapou para a sala próxima ao quarto deles. Enrolou-se num casaco longo e marrom e ficou quieta, escutando. Ouviu passos cuidadosos. *Alguém mais estaria ouvindo?* Olhou para a escuridão fora da sala, mas não enxergou nada. Ainda assim, em meio ao completo silêncio, conseguiu ouvir alguém abrir a porta do riad por dentro — a mão conhecia muito bem as trancas — e fechá-la com cuidado. Quem teria aberto a porta àquela hora da noite? Por que teria deixado seu quarto e saído de casa? Estaria fugindo? Fugindo depois de ter penetrado fundo em seu coração?

O ceramista se afastou da ruela do riad, no bairro de Mauqif, e foi direto para o ateliê em Tabhirt, seguido por um vulto enrolado num casaco. As ruas estavam desertas, a não ser pela presença de poucas criaturas noturnas. Najib corria apressado, como a flecha disparada por um arco. Sentia uma dor dentro de si parecida com uma contração, um anseio de entrar em contato com a argila. Ao longo do percurso, a sombra o seguiu à distância. Ao entrar na loja e acender as luzes, localizou um pedaço de argila que parecia pronto para ser manuseado e moldado. Debruçou-se sobre ele com o entusiasmo de um amante. Com a alma plena e os dedos a postos, a imagem continuava a brilhar em seu coração e na imaginação. Exatamente como o corpo de Badia havia dançado momentos antes, agora eram os dedos dele que dançavam, moldando gentilmente o corpo da argila. A estatueta logo ganhou forma, como se construída espontaneamente por sua paixão. Um toque e os traços se fizeram; outro toque e o gesto acontecia; mais um e o ritmo do movimento se dava. Com uma série de toques concentrados e interligados, a estatueta ficou pronta, envolta em sua própria luz. O ceramista ficou tão feliz que se pôs a cantar, comemorando aquela presença celestial, enquanto a sombra o espiava através da fenda na porta. A estatueta não se parecia em nada com o modelo, pois o artista se preocupara em não revelar sua paixão reprimida. A peça baseava-se numa concepção de amor imaginário; mantinha ambígua a forma real, preservando, porém, a essência. Era um símbolo que abraçava e remetia a cada grão do modelo original, sem jamais revelar o segredo mais íntimo do artista.

Com o nascer do sol, o ceramista se lembrou de levar a estatueta — aquele símbolo — para o forno, a fim de queimá-la. Nesse instante, ao ver a estatueta, o vulto murmurou, revoltado: "Essa estátua não se parece em nada comigo; ela não foi feita para mim! Esse crápula continua me ignorando, apesar de todo o ardor que incitei".

Sob as vestes, o vulto obcecado empunhava com

firmeza uma adaga. Assim que o ceramista se aproximou da porta, a lâmina foi cravada em seu peito, direto no coração. O sangue jorrou, escorrendo pela estatueta que ele levava nos braços com toda a paixão, enquanto sua vida se exortava ao máximo diante da morte derradeira. Então ele desabou e a estatueta se quebrou no piso, a argila se misturando com seu sangue fresco derramado. O vulto fugiu, levando a adaga ensanguentada sob a roupa, e desapareceu na penumbra da manhã que despontava.

Antes mesmo que o sol se mostrasse, já se ouviam batidas violentas na porta da casa do comerciante. Ao saber das notícias, ele saiu imediatamente de casa. As mulheres do riad ficaram em luto profundo. Rumores se espalharam como uma tempestade de areia. Quem teria assassinado o ceramista Najib? Alguma admiradora ciumenta para quem ele nunca fizera uma estatueta? Ou uma mulher que lhe encomendara uma estatueta que ele nunca entregara? Ou teria sido um artesão invejoso? Ou o próprio mestre Hassun teria armado uma emboscada, por ciúme de sua linda esposa? Eram muitas as possibilidades. Os rumores continuavam.

No mesmo dia, Badia e Maçouda desapareceram. As duas abandonaram o riad sem planejar nada juntas, sem se falar e sem que uma soubesse o destino da outra.

A vítima foi enterrada no cemitério de Bab al-Khamis sem que as investigações identificassem o assassino nem o paradeiro das duas mulheres do riad de Hassun. No entanto, dias após o enterro de Najib, o vulto da assassina apareceu à noite no cemitério e caminhou entre os túmulos até encontrar o do ceramista. Debruçou-se sobre a cova, colando o ouvido ao ponto onde estaria o coração do cadáver. Ao ouvir um lamento, exclamou:

"Najib?"

"Sim."

"Por que está gemendo? Precisa de alguma coisa?"

"Por que me matou, Maçouda?"

"Porque eu te amo."

"E quem ama mata o ser amado?"

"Quando se está desesperado, sim; quando o ser amado se nega a fazer uma estatueta sua."

"Você foi dura comigo."

"Mais duro era ver você com outra."

"Você foi insensível, Maçouda."

"Me perdoe, Najib. A morte foi o único modo de ter você para mim!"

Caminhando pelas bordas do cemitério, rente ao rio Issil, ela se lançou no seu trecho mais fundo, desaparecendo de vez em sua nova morada.

O verão ainda não terminara, o calor sufocante não se abrandara. Os dedos de Najib não dançavam mais sobre a argila. Apesar disso, uma mulher já não tão bela continuava a procurá-lo. Por muito tempo, ninguém soube de seu paradeiro, muito menos de onde ela tinha reaparecido no meio daquela tarde quente, descalça, maltrapilha e debilitada. Segurava contra o peito uma estatueta sem as extremidades e tinha o cabelo revolto como uma corredeira. Parou em frente à porta do ateliê, onde outrora os dedos do morto haviam dançado sobre a argila, olhou para o lugar vazio onde ele estaria e chamou seu nome. Primeiro ela riu, depois chorou, fazendo os artesãos do ateliê chorarem também, bem como as pessoas que passavam por ali.

Elas foram se aglomerando a seu redor e algumas sussurraram: "É Badia, a esposa de Hassun. Ela enlouqueceu".

No fim daquela tarde, com sua estatueta em pedaços, ela foi internada em um hospital para pacientes perigosos, ainda que as únicas pessoas que a viam assim fossem aquelas que tiveram suas percepções envenenadas.

Quando todos que viviam com Hassun no riad desapareceram, ele fez uma varredura nos quartos e salas. Depois, como se nada tivesse acontecido, trocou a cama por outra maior, renovou seu estoque de *kif* e se preparou para se casar outra vez.

* *Conto escrito originalmente em árabe.*

A MÚMIA NO PALÁCIO DO PAXÁ

MOHAMED ACHAARI

Dar al-Bacha

Patti estava sentada no jardim da casa que comprara em Marraquexe havia 10 anos — seu primeiro lar de verdade. Como num transe sufi, ela ouvia Charqaui contar a história de uma múmia descoberta pelas autoridades no palácio do paxá.

Charqaui tinha começado a narrativa pelo momento em que a força-tarefa do governador, a polícia, os fiscais do patrimônio histórico e o procurador-geral chegaram à *duairiya* — uma pequena casa com, de um lado, a cozinha, os depósitos e os quartos dos empregados e, do outro, o que havia de mais requintado e ornamental, o banheiro turco, a área de descanso e anexos como o quarto exclusivo para hóspedes do sexo feminino, onde se chegava por uma escada de ébano. Nessa parte da *duairiya*, o paxá instalara um mosaico com ladrilhos azuis, amarelos e verdes que havia trazido de Istambul, a fim de recriar, em seu luxuoso palácio, "um pedacinho da Sulaimaniya". Ele vivia repetindo isso, embora não entendesse nada da construção otomana, e os próprios moradores do palácio chamavam a *duairiya* de *Sulaimaniya*, acreditando que o nome surgira porque alguns demônios do profeta Salomão teriam sido súditos do paxá ali. De madrugada, os moradores ouviam gritos de soldados e serviçais sendo torturados, fustigados por um açoite de couro. Ouvir o que os demônios faziam às vítimas trancafiadas nos porões sob o estábulo ao lado da cozinha era aterrador e, mesmo com os ouvidos tapados, as pernas dos moradores da casa tremiam, tamanho era seu horror.

Assim que a equipe chegou ao local, Charqaui contou que o grupo se dirigiu imediatamente à parede rachada em um aposento abobadado. Dentro da cavidade, que se fez evidente assim que os entulhos da parede começaram a ser removidos, havia um caixão de madeira de excelente qualidade. O encarregado anunciou que ali dentro havia um corpo cuidadosamente mumificado, com a mortalha ainda intacta. Mas quando pediu que levassem o caixão para fora e o abrissem, para fazer o relatório da descoberta da múmia, os demais trabalhadores se recusaram veementemente a obedecê-lo.

Com isso, o encarregado viu-se obrigado ele mesmo a abrir o caixão. No fim, ofegante pelo esforço, revelou aos membros da delegação o corpo fustigado, com marcas assombrosas de chicote — chagas tão profundas que, garantiu, não havia açoite ou ser humano capaz de produzi-las.

Ele teve que solicitar a ajuda do departamento nacional de restauração para retirar o caixão da parede e do palácio do paxá. A peça foi levada pela viatura oficial para ser preparada e ficar à disposição de arqueólogos de países como França e Egito, contratados pelo governo. Os especialistas examinariam a múmia meticulosamente.

No dia seguinte, o encarregado foi levado de helicóptero ao hospital universitário de Rabat, para que examinassem as marcas graves de agressão que sofrera durante o sono — aparentemente de natureza não humana.

Patti adorava as narrativas de Charqaui. Embora ele não contasse com um público cativo na praça Jamaa al-Fna, ao qual pudesse estender o chapéu e receber doações a cada apresentação, ela o considerava um contador de histórias moderno. Achava-o merecedor de todo tipo de presente e reconhecimento e costumava lhe dar alguma coisa toda vez que ele contava uma de suas histórias fantásticas — narrativas cuja matéria-prima vinha do trabalho de Charqaui como porteiro do hotel La Mamounia, onde trabalhava desde os anos 1970.

No início, ele se apropriou das histórias lendárias do hotel e de seus hóspedes célebres: Churchill, Hitchcock, Orson Welles, Marlene Dietrich e De Gaulle (no caso, apenas por uma noite — e ainda foi preciso construir uma cama comprida o bastante para ele). Rapidamente, Charqaui dominou todos os mundos secretos que existiam no hotel — escândalos, noitadas espetaculares e muitos casos de amor. Com esses diversos fios narrativos, ele tecia suas histórias, sempre encontrando um papel para si nas tramas, ainda que fosse preciso pular de uma época para outra, misturar períodos ou juntar acontecimentos com alegações vagas. Depois criou uma rede com funcionários de hotel, fornecedores e motoristas de táxi, todos encarregados de abastecê-lo com notícias da cidade — eventos esportivos, casamentos, embates quixotescos, restaurantes recém-inaugurados e apartamentos luxuosos. Também eram bem-vindas histórias de prostitutas, garotos de programa, gays, casas de swing, antros de prostituição de menores e sets de filmes pornográficos. Ele misturava tudo e dali extraía as histórias da cidade como ela era ou como poderia ser no quesito lendas urbanas.

Charqaui não pensava duas vezes antes de ressuscitar mortos e colocá-los para passear em mercados e bairros; agia assim para poder encontrá-los pessoalmente e enfiá-los — voluntariamente ou não — em suas histórias tecidas de sonhos e ilusões. Patti adorava tudo isso, e de seus olhos fatigados sempre escorria uma lágrima antes de seu corpo acabar sacudindo de tanto rir. Ela dizia a si mesma que a melhor coisa que poderia fazer na vida era colocar seu destino, com todos os seus surpreendentes detalhes, nas mãos daquele bruxo. Assim Charqaui poderia vinculá-la de vez ao solo daquela cidade, até ela se tornar parte da argila avermelhada ou das folhas verde-escuras das palmeiras. Afinal, a melhor forma de se integrar a uma cidade insubmissa é por meio de histórias maravilhosas.

Patti era a pessoa que Charqaui mais amava no mundo. Ele a amava mais que sua própria mãe, que, dizem, o teria trazido ao mundo vinte meses depois da morte de seu pai. Com a inteligência inata de um embrião gestado na tristeza, ele sentiu que a vida sem um pai naquela antiga cidade seria insuportável. Então decidiu permanecer no ventre da mãe até se tornar um pedaço de pedra.

Charqaui não amava a senhora dos Estados Unidos apenas porque ela era generosa com ele (Patti chegara a pensar em comprar uma casa para o contador de histórias em um dos bairros erguidos pela Companhia Omran), mas também porque ela ouvia suas histórias com respeito. Quando ele terminava uma narrativa, Patti derramava duas lágrimas gordas e depois seu rosto se iluminava com uma bela gargalhada. De vez em quando, ele pensava na caridade que aquela boa mulher fazia para crianças de rua e mães solteiras sem nem ser muçulmana. Patti também havia reservado algum tempo para dar aulas a meninas dos subúrbios. *Essa mulher, sim, é muçulmana*, ele dizia a si mesmo. *Se dependesse de mim, eu a nomearia diretora do Conselho Científico de Marraquexe e arredores.* Patti não estava mais casada. Com seu bom coração, foi ela quem notou o antigo mimbar da mesquita Cutubia. A peça arquitetônica fora produzida em Córdoba no século XI d.C. e depois transportada em partes por mar e no lombo de camelos do norte ao sul do Marrocos. Por muitos séculos, a chamada para o sermão de sexta-feira se deu nesse púlpito, mas com o tempo, inevitavelmente, as partes esculpidas em madeira começaram a se soltar, até a peça ser abandonada num canto da mesquita Cutubia. Um jurista melancólico sentava-se ao lado do antigo púlpito para arrancar pequenas lascas de madeira da peça, alegando que eram eficientes contra enxaqueca e dor de dente. Patti foi a responsável por salvar o púlpito de se tornar um placebo.

Uma generosa doação dela e do Metropolitan Museum restaurou o mimbar, concedendo-lhe uma nova vida — como exemplo de peça única da arte islâmica. Eis então uma mulher sensível, que continuava guardando o lugar de seu ex-companheiro à mesa, falecido já fazia um quarto de século. Ela sempre servia a Charqaui a carne de que o contador de histórias mais gostava e seu vinho preferido. Depois perguntava, com um sorriso, se não iria comer seu almoço, já que das outras vezes não havia comido quase nada! Charqaui amava tudo isso — e amava Patti também. E amava Marraquexe, a cidade que proporcionava a seus habitantes histórias espantosas e pessoas com esse tipo de pureza.

Charqaui não acreditou no que diziam sobre a múmia. Se fosse mesmo um inimigo do paxá, como afirmavam os rumores, ou um de seus soldados, ou ainda um escravo fugitivo, certamente o mandatário não teria perdido tempo embrulhando o cadáver, embalsamando-o e ainda se dando ao trabalho de depositá-lo num caixão de madeira envernizada apenas para ter certeza de que os vermes não iriam devorá-lo dentro da parede. O paxá teria simplesmente feito o mesmo que fez Mulay Ismail quando ergueu as muralhas de sua capital, a cidade de Mequinez: enterrar dentro dos muros, ainda vivos, os exaustos trabalhadores, para que se tornassem parte da estrutura de defesa da fortificação.

Basicamente, era impossível fabricar uma múmia do nada. A prática vinha de um passado distante, e qualquer especulação sobre assassinato era ridícula. Pelo menos foi com essa convicção que Charqaui recorreu a todos os seus meios para obter informações a respeito da equipe que examinava a múmia. Era a primeira vez que ele tinha um motivo para abandonar seu posto na portaria do hotel La Mamounia desde que começara a trabalhar lá.

Saiu correndo em direção à casa de Patti e a encontrou ainda na jacuzzi, relaxando o corpo na hidromassagem. Ela percebeu na hora que a chegada de Charqaui mais cedo significava que algo urgente acontecera, algo que não poderia ser adiado nem por um minuto. Para a surpresa dos empregados, instruiu que Charqaui fosse admitido sem demora. Ela o recebeu com seu corpo nu, velho e caído, sem notar a hesitação dele ao se dar conta de que Patti era uma mulher. Sim, uma mulher, embora parecesse ter sido morta com uma pancada no crânio nos anos 1930, havia 65 anos, para ser mais preciso. E era isso. "É assim que as coisas têm que ser", disse Patti, com um brilho diabólico nos olhos.

De volta à portaria do hotel, *o portão do mundo*, como costumava dizer, Charqaui se pegou pensando naquele corpo nu que não era de se jogar fora. Pensou que uma mulher de 86 anos, com aquele brilho nos olhos, ainda podia ser um furacão na cama. Pela primeira vez não sentiu repulsa pelas hóspedes idosas do hotel La Mamounia. Lembrou-se de como elas seguravam jovens rapazes pelo braço, fazendo-se de tímidas quando dançavam, como se tivessem saído diretamente da tumba.

Quando Patti se sentou para tomar o café da manhã ainda pensava nas notícias. Estava perturbada. Sua mente transitava da mesa em que estava no momento para outra, muito distante, à qual se sentara com a amiga Anaïs em Paris, numa manhã de março de 1938. As duas jovens haviam decidido ir para Marraquexe após uma semana maluca, que começara quando Patti abriu um jornal ao acaso e viu a foto do paxá montado a cavalo na primeira página. Ele vestia um traje branco e olhava para o céu como um príncipe combatente saído de um conto de fadas.

Patti disse a Anaïs que iria se casar com aquele paxá. Na sua cabeça, aquele olhar encantador se dirigia a ela e a mais ninguém, com a intenção de seduzi-la. A amiga tentou de tudo para convencê-la de que aquela paixão arrebatadora não passava de um amor platônico extravagante que iria desaparecer depois de uma noite agitada em Paris. Ainda assim, Patti não parou de se iludir e começou a buscar detalhes da vida do paxá em revistas e jornais parisienses. Em pouco tempo, já sabia tudo sobre o palácio dele, seu harém, suas campanhas, sua fortuna, as noites que passara em Paris e seu olhar mágico, que combinava tanto com a moda parisiense quanto com o jazz quanto com o cubismo. Ninguém poderia dizer ter vivido naquele mundo sem ter aproveitado a companhia do paxá pelo menos uma vez. Depois de reunir todas essas curiosidades, Patti ainda convenceu Anaïs a acompanhá-la numa viagem assustadora pelas florestas africanas, onde o líder encantador ainda pendurava inúmeras cabeças cortadas nos portões da cidade, além de ter caçado tigres e leões nas estepes, para depois voltar ao combate em seu harém de beldades, que disputavam sua virilidade.

No fim daquela tarde, Charqaui voltou entusiasmado à casa de Patti para ver que efeitos as notícias tiveram nela e se o olhar dele a tinha afetado depois que a encontrara na jacuzzi. Desta vez, Patti estava relaxando com o rosto corado fora d'água e uma expressão satisfeita, embora o mistério continuasse. A cena o encorajou a abrir sua caixa de histórias mais uma vez: a múmia era de uma mulher, de identidade ainda desconhecida. Quem quer que a tivesse enterrado deixara uma mensagem no caixão: um colar de ouro com uma cruz de pingente.

Nesse instante, Patti deu um pulo. Ela teria dito que conhecia a mulher e o colar, se Charqaui não estivesse tão concentrado em prosseguir com o relato.

"Eu conheço a moça... é a mais jovem de três irmãs que o paxá trouxe da Síria. Ela tocava alaúde e as irmãs eram dançarinas. O paxá se encantou pela garota do alaúde e a levou a Paris. Passou noites com ela no Lido, vestiu-a com roupas das butiques mais finas da cidade. Numa única semana, encheu os dedos dela com dez anéis do melhor joalheiro de Paris. E depois disso ela desapareceu como se tivesse sido engolida pela terra. Ninguém ousava perguntar da moça na presença ou mesmo na ausência do paxá. Com a permissão dele, a irmã do meio casou-se com um comerciante que vivia na medina. Ela deu à luz o cantor mais famoso de Marraquexe. Naquela época, ela se plantava na Bab Amala e berrava a plenos pulmões para que as autoridades encontrassem o corpo da irmã, de modo que ela pudesse ser enterrada e sua alma descansasse em paz em vez de ficar vagando no purgatório."

"E você?", Patti perguntou de repente, com tom sombrio. "O que você acha?"

"Eu?", disse Charqaui. "Eu não acredito em uma palavra!"

Quando Patti e Anaïs chegaram a Marraquexe em março de 1938, a cidade estava envolta em uma luz mágica que abarcava a neve, as palmeiras e as laranjeiras, como se fossem uma coisa só. A cidade exalava um perfume de especiarias, de flor de limão e rosas, o que fazia as pessoas caminharem como se seus pés não tocassem o chão. Tudo isso dava à atmosfera um ar de sedução misterioso, fazendo as pessoas se apaixonarem pelo local num instante. Por isso Patti não tardou em ir ao palácio do paxá lhe entregar seu coração como sacrifício à magia daquele lugar. E o que se passou mais tarde foi inacreditável.

Elas chegaram ao saguão do palácio do paxá um pouco antes do pôr do sol, acompanhadas pelo retratista pessoal do governante. O jardim estava repleto de convidados europeus, generais do exército, funcionários de alto escalão do governo e de tipos que costumam circular nas luxuosas recepções de estreia dos grandes festivais parisienses. Já nas salas ao redor do jardim, havia pequenos grupos de convidados ilustres do paxá. Em uma das salas estava o próprio mandatário, altivo e elegante como sempre. Após um sinal do retratista, Patti e Anaïs se adiantaram para cumprimentar o paxá; ele abriu um sorriso e logo segurou a mão de Patti entre as suas, enquanto Anaïs terminava de apresentar a amiga e traduzir o que Patti dizia sobre seu trabalho como curadora de arte na Europa para museus de Nova York. Em seguida, o paxá segurou a mão de Anaïs, revelando sua surpresa a Patti: "Mas você é tão jovem!".

Sem palavras, Patti limitava-se a olhar maravilhada para a figura do paxá, enquanto ele envolvia sua amiga com o braço e a guiava numa visita pelo palácio. Começaram pela gigantesca porta de cedro da entrada, virando depois à direita para observar as portas trabalhadas e os arcos pintados com extratos naturais de açafrão e anêmonas vermelhas. De vez em quando, o paxá apontava para o teto, destacando como o padrão de folhagem harmonizava com as formas geométricas nas paredes. Ele se deteve um momento para contemplar as presas de leão que decoravam as colunas, bem como os mosaicos que as revestiam. Em seguida, voltou com Anaïs para o saguão de entrada com suas esplêndidas colunas, indicando os detalhes realçados naquela suntuosa estrutura, como tranças, nós e pequenas coroas. Dali, saíram para o Jardim Andaluz, e em seguida passaram pela sala de visitas, pelos quartos do harém e pelo escritório. Por fim, os dois chegaram aos aposentos do paxá, delimitado por uma enorme porta ornamentada. Ele entrou ali com Anaïs e dois guardas sisudos fecharam a porta atrás deles.

Patti e o retratista perambularam por muito tempo pelos corredores do palácio, até que alguém se aproximou para dizer que os levaria de volta ao hotel. Patti passou um mês no quarto sem fazer nada, apenas chorando, comendo e dormindo. Ela nunca mais viu nem o paxá nem Anaïs. O pintor ia visitá-la todos os dias. Passava muitas horas com ela, retratando-a e falando sobre o paxá. Quando começou a seduzi-la, Patti prestou mais atenção nele. Toda vez que o pintor tentava ir para a cama com ela, Patti pedia que primeiro trouxesse Anaïs de volta; só depois disso lhe daria o que ele desejava. O retratista respondia que era mais fácil trazer um leão vivo dentro de um saco do que a amiga dela.

Num dia abafado e muito quente, Patti decidiu voltar a Paris de repente e, de lá, foi para Nova York. Mais tarde, ela se casou com um jovem com quem saía sem pretensões e que usava uma flor ridícula no paletó. Viveram juntos por muitos anos, viajando a lugares distantes para adquirir obras de arte. Mas a única busca de Patti era entender os sentimentos obscuros que a haviam dominado desde o dia em que decidira ir atrás de uma miragem. Com um casamento alicerçado em entendimento mútuo, mas também em profundos desentendimentos, o casal compartilhava a experiência de uma fortuna grandiosa e uma cumplicidade à prova de qualquer obstáculo. Ela só contou ao marido de seu colapso emocional do passado quando ele já estava muito próximo da morte; ele perguntou por que Patti chorava toda vez que olhava para aquela pintura horrível que guardava — uma tela assinada pelo retratista do paxá —, e a mulher explicou que chorava por Anaïs, a amiga que o paxá lhe roubara. Ao ver que o marido não se convenceu totalmente, acabou lhe revelando toda a história.

Depois que Charqaui contou sobre a jovem síria que tocava alaúde, sentiu que alguma coisa ruim havia acontecido. A fisionomia dela demonstrava irritação e Patti cortou a conversa com frieza. Para se livrar dessa sensação desagradável, ele se dirigiu ao café onde seus amigos mais próximos passavam horas tomando chá com menta e se dedicando a rir, algo que em Marraquexe é conhecido como *tamchkhir*. Riam uns dos outros, da cidade que tinha se vendido para os estrangeiros, dos estrangeiros que tinham se vendido para a cidade, das disputas pelas palmeiras destruídas pelos apartamentos, de outros apartamentos onde noitadas privadas aconteciam em Tânger, e riam das próprias risadas, prática das mais antigas por ali.

Quando Charqaui chegou ao café, todos falavam da múmia. Um de seus amigos lhe perguntou em tom enojado o motivo de todo aquele estardalhaço por um punhado de ossos enterrados numa parede. Charqaui explicou que não eram apenas ossos, mas um crime esquecido havia muito tempo.

"Marraquexe inteira está repleta de ossos", retrucou outro amigo. "É só levantar o travesseiro que você encontra uma caveira ou um dos corpos que o paxá pendurava nos becos."

"Se ele procurar debaixo do próprio travesseiro", disse outro, "a única caveira que vai encontrar é a dele mesmo".

"Dele quem?", perguntou Charqaui.

"De quem está na sua frente", o homem respondeu.

Charqaui se virou para o amigo. "Por que você não põe sua cabeça embaixo do travesseiro?"

"Eu tenho medo! Todos os decapitados saem de madrugada", o amigo vociferou, a raiva transformada em histeria. "Eles vagam pela vizinhança e pelas casas enquanto as pessoas dormem. Corpos procurando cabeças e cabeças procurando corpos!"

"Isso é que dá fumar haxixe podre!", respondeu Charqaui. "Misturar haxixe com Marlboro está afetando esse seu cérebro de passarinho, por isso você fica apavorado. É o que acontece com quem esquece o modo certo de fumar *kif* herdado dos nossos pais e avós, e começa a fumar do jeito dos estrangeiros."

Charqaui contou a eles tudo sobre a mulher que haviam encontrado na parede, causando comoção geral.

"Que mulher? Que Deus tenha misericórdia de nós... e de você! Como sabem que eram ossos de mulher, de homem ou de criança?", perguntou o amigo histérico.

"Os cientistas conseguem descobrir a quem pertencem os ossos apenas observando os restos mortais", Charqaui respondeu, indiferente.

"Mas a gente precisa ver a carne. Por isso, doutor, trate de colocar carne nesses ossos!", retrucou um amigo.

No entanto, Charqaui insistiu que havia uma vítima de assassinato. Ele queria que Marraquexe inteira soubesse o que acontecia, que ficasse a par de que um crime fora cometido em algum momento, quem sabe 60 anos antes!

"Pouco importa", outro amigo respondeu.

"Claro que importa", insistiu Charqaui. "Há 60 anos, matar era como beber chá para o paxá e para outras pessoas. E aqueles que matam sofrem uma punição eterna por isso."

Charqaui experimentou o impacto de suas histórias na cabeça das pessoas ao sair de casa no dia seguinte, caminhando lentamente, por pelo menos uma hora, entre os becos e mercados da medina. Em tom de chacota, duas pessoas lhe perguntaram o que Deus teria feito com os ossos na parede. Ele se apressou em corrigi-las, dizendo que não se tratava apenas de ossos, mas de uma múmia inteira com colar de ouro e pingente de cruz. Em seguida, completou: "Nos velhos tempos, seus heréticos, Marraquexe também teve um grande faraó que embalsamava seus mortos. E se hoje ele estivesse vivo, talvez idiotas como vocês já tivessem perdido a língua". Charqaui voltou a caminhar, sentindo um nó na garganta, consciente da séria transformação que ocorria na cidade.

A história foi esfriando, como uma brasa se apaga, até se perder num piscar de olhos. As pessoas pareciam atingidas por uma maldição, como se a praça Jamaa al-Fna passasse de uma encantadora Chahrazad a uma cozinha que fedia a alho e cebola picados. A única coisa que aliviava o nó de sua garganta eram as saudações que recebia na porta do hotel La Mamounia — de taxistas e guias de viagem a funcionários de ônibus turísticos. Quando lhe perguntavam sobre o desenrolar do caso, ele deixava a melancolia de lado e se punha a reconstruir a história com o entusiasmo de alguém que não admitia ser interrompido até chegar a uma conclusão aceitável — apesar do que poderia ter acontecido de fato.

Sua verdadeira tarefa era levantar todas as possibilidades, por mais remotas que parecessem. As autoridades já tinham encerrado o caso, e os relatórios assinados por arqueólogos, médicos-legistas e pelo chefe do Sexto Batalhão haviam detalhado o que e como acontecera. Charqaui, no entanto, não havia conseguido estabelecer uma ligação entre o esqueleto e a jovem síria que tocava alaúde e que, de acordo com a irmã mais velha, desaparecera havia 60 anos. Essa falta de nexo entre um caso e outro se mostrou particularmente significativa quando um novo relatório chegou às mãos do procurador-geral. No documento constava que uma francesa de nome Anaïs também desaparecera 60 anos atrás com um colar de ouro e pingente de cruz que costumava manipular enquanto dormia nua nos braços do paxá!

Quando Patti retornou a Marraquexe 45 anos depois de sua primeira e trágica visita, a intenção era usar a cidade para curar as feridas que ainda lhe doíam. Por muito tempo, ela fez questão de cultivar na memória um jardim de árvores frondosas em que as copas se uniam para impedir que qualquer erva daninha crescesse entre elas. Patti sempre acreditou que as piores coisas que aconteciam às pessoas permaneciam no local onde tinham ocorrido, bem como na memória. A única maneira de expulsá-las seria fazer as pazes com esses lugares, apagando, assim, as marcas dolorosas associadas a eles.

Patti costumava relembrar momentos de sua vida associados a determinado lugar. Sempre que Marraquexe lhe vinha à cabeça, sentia a dor daquela tarde em que o paxá fora para seus aposentos acompanhado de Anaïs e depois da qual ela nunca mais vira nenhum dos dois. Regressou a Marraquexe após ter se submetido a uma delicada cirurgia no coração, acreditando que uma profunda reconciliação com a cidade faria todos os lugares que conhecera na vida se parecerem com a gigantesca nuvem que pairara sobre si quando despertou da anestesia.

Voltou numa primavera de meados dos anos 1990, e tudo que se lembrava da cidade era do imenso portão do palácio do paxá e da porta trabalhada que fora fechada na sua cara. Viu-se no trem para o aeroporto de Casablanca, tensa e irritada. Não pelos dias que passara na cidade, mas porque o retratista do paxá insistiu em lhe presentear com um quadro sem qualquer valor artístico. Ela não teve escolha senão guardá-lo na bagagem, tornando-a ainda mais pesada. Era como se estivesse indo para o lado oposto de seus sonhos.

E ali estava ela outra vez, seus sentidos absorvendo a luz e o aroma pungente de Marraquexe. Deu-se conta de que a humanidade era a árvore que ocultava a própria floresta da cidade. Quando aquele valente guerreiro a tinha atraído para lá, ele também fora o responsável por ela não ter visto muito do local. A partir daquele momento, o paxá deixaria de ser uma ferida aberta para se tornar uma lenda distante, algo quase risível. Ela se dedicaria a manter viva a sua versão da história — em diferentes ocasiões —, a fim de impactar as pessoas à sua volta com um romance insano que atingira sua vida como uma tempestade, mas depois abrira espaço para a bonança que nenhum sentimento de perda teria sido capaz de estragar.

Patti adquiriu inúmeros casarões próximos ao clube de golfe de Marraquexe, longe das vielas da medina e de seus mistérios tristes. Seu faro para os negócios a fez perceber que poderia extrair muito dinheiro daquele sonho da cidade vermelha — um sonho com vista para montanhas nevadas e um deserto cheio de miragens e jardins, que pareciam ter sido trazidos outro dia de Al-Andalus.

Desde o primeiro dia, ela recusou ofertas de corretores imobiliários que costumavam vender riads históricos a estrangeiros que imaginavam que as *Mil e uma noites* iriam saltar das rachaduras dos mosaicos. Patti definia essa obsessão por riads na medina como síndrome da volta do colonialismo: o desejo de reescrever a história da ocupação colonial por meio das boas intenções do turismo. Sem obsessões históricas, ela comprou cinco mansões com acesso ao clube de golfe, às piscinas, aos jardins de palmeiras e aos pomares de laranjeiras. Em seguida, passou a vender estadias mágicas a seus velhos amigos ricos de Nova York, mas sem sexo nem noitadas nem performances folclóricas de mau gosto.

Durante sua prolongada estadia em Marraquexe, ela própria foi vítima de trapaças, chantagens e fraudes de todo tipo, mas não nutriu ressentimentos. Muitas vezes se deixava cair em golpes por diversão, considerando a experiência parte do tempero da aventura. Quando terminou de reformar o mimbar da mesquita Cutubia e o viu exposto no Palácio Badia, teve uma inspiração repentina que a fez estremecer de entusiasmo: iria presentear Marraquexe com um museu. Montaria um acervo com todas as obras de arte que trouxera de lugares como China, Índia, Sudeste Asiático, Mongólia, Turcomenistão, Bucara, Tasquente, entre outros cantos do Oriente. Esse "museu das viagens" lhe parecia o mais belo gesto que podia fazer pela cidade que tanto havia incentivado, ao longo de sua história, as viagens mais empolgantes pelo tempo e pelo espaço.

Quando um burocrata do governo marroquino sugeriu que Patti restaurasse o palácio do paxá para instalar ali o novo museu, ela quase caiu para trás. Ficou tão fora de si que se sentiu flutuar entre o céu e a terra. Teve a oportunidade de percorrer o palácio pela primeira vez desde que voltara. Emocionada, caiu em prantos, como acontecera ao chegar a seu quarto no hotel havia 45 anos. Chorou porque, depois de tudo o que tinha acontecido, ainda conseguia ver diante de si o destino traçado para ela pelas mãos do paxá, como um cavaleiro lendário arrependido do que lhe fizera.

Com a descoberta dos restos mortais, a restauração do palácio do paxá foi interrompida. Os restos em si não eram tão relevantes, mas a história fez com que ganhassem relevância. Uma vez que as autoridades estavam mais preocupadas com a história do que com os aspectos materiais, todos os ateliês de restauração tiveram as atividades suspensas. O jovem engenheiro encarregado da obra passou a ter pensamentos inquietantes que atormentaram a vida de Patti. Ele disse: "Há um interesse por tudo relacionado ao paxá, o que incomoda as autoridades. Eles estão preocupados com a reputação do paxá, um líder tribal, agente do imperialismo francês, que conspirou contra o trono e foi um governante terrível. Só o seu nome já é assustador o bastante para fazer as pessoas molharem as calças".

Com muita sutileza, as autoridades se empenharam em apagar a figura do paxá por inteiro. Começaram por confiscar todos os bens que ele tomara quando ainda tinha nas mãos as rédeas do país e da população, até apagar todo e qualquer vestígio de sua era lendária. Foram tempos em que ele recebia personalidades da Europa em seu campo de golfe de dezoito buracos — sendo Winston Churchill a mais importante —, em que bebia champanhe, organizava noitadas no Lido e muitas outras festas no salão do palácio, com a presença do cantor Farid al-Atrach, da dançarina do ventre Samia Gamal e de poetas sírios e egípcios, que lhe prestavam homenagens. Tudo isso aconteceu nas décadas de 1930 e 1940 do século passado, período em que a maioria dos marroquinos não tinha nem mesmo o que vestir.

O novo museu faria com que a imagem do paxá retornasse com elegância à luz de uma nova fundação de apoio à arte, colocando-o mais uma vez no trono de Marraquexe. Assim, o projeto inteiro passou a ser considerado um ataque feroz à segurança simbólica do país.

Quando Patti ouviu as observações inquietantes do engenheiro, teve um súbito ataque de pânico. Aterrorizada, imaginou que poderia ter o mesmo fim de sua amiga Anaïs. Mas logo Charqaui chegou para acalmá-la com seu repertório diário de histórias sobre a cidade. Começou contando algumas sobre o hotel, que hospedava estrelas do festival internacional de cinema de Marraquexe, depois passou para o Restaurante do Paxá — uma rede internacional que obviamente não tinha nenhuma relação com o paxá deles — e prosseguiu com histórias de alguns riads da medina, que falavam de noitadas e acontecimentos picantes que divertiram Patti. Ela achava engraçados os casos dos franceses que caíam em golpes nos antros de prostituição de menores e nos discretos clubes para homossexuais. Uma semana bastava para que esses escândalos fossem abafados e todos voltassem, com a consciência tranquila, à teia de aranha que era Marraquexe.

Quando Charqaui se preparava para partir, Patti lhe perguntou: "Você gosta do paxá?".

"Eu gosto de você, isso sim!", ele respondeu com franqueza e um brilho nos olhos. Ela gargalhou, o que o encorajou a acrescentar: "Você é mais extraordinária que todos os paxás do mundo!".

Patti disse que não sabia nada do paxá. Contou que o engenheiro lhe dera vários livros sobre o governante, mas que não havia lido nenhum, e que desde que o vira pela primeira vez no jornal, ela logo se deu conta de que ele não passava de um sonho inatingível.

Charqaui gostou de brincar com isso, dizendo que o paxá continuava visitando as pessoas em seus sonhos até hoje. Algumas se levantavam da cama e saíam vagando pelas ruas estreitas da cidade até chegarem a seu palácio silencioso. Nesse momento se davam conta de que ele não estava mais lá, que morrera em meados dos anos 1950; tudo que restava era um medo capaz de fazer as pessoas se encolherem e uma risada capaz de fazê-las chorar.

"O paxá vivia pelo amor das mulheres", Charqaui apontou. "Todo o seu charme era para elas; o resto era um poço de ilusões. Ele tinha duas esposas turcas, outra da Cordilheira do Atlas, no Marrocos, e uma que era filha de Al-Maqqari, o grão-vizir otomano. O paxá possuía 96 mulheres em seu harém e se apoderou de outras 54 de seu irmão quando ele morreu.

"Olheiros em Paris, Tânger e Marraquexe abasteciam sua cama com turistas deslumbrantes e outras companhias. O paxá costumava presenteá-las com pedras preciosas e seda. Havia ainda amantes europeias, entre elas mulheres de diplomatas proeminentes que chegavam a passar dias e noites em seu palácio. Os maridos sabiam de tudo, mas como recompensa recebiam os presentes mais inusitados. Havia uma infinidade de nascimentos — nem sempre conhecidos —, portanto era raro passar um dia sem encontrar um bebê que se parecesse com o paxá. Tanto a elite como o povo acreditavam que ele era pai de um número tão grande de crianças que se poderia encher uma cidade inteira com elas. Assim, minha bela senhora, esse é o faraó com quem você um dia sonhou se casar. Se tivesse casado, hoje seria uma das mulheres mais infelizes do mundo."

"O mais importante é que eu ainda tenho meu sonho, mesmo sem ter conquistado o coração do paxá!", respondeu Patti, rindo.

Não se passara nem uma semana da descoberta dos restos mortais e coisas estranhas começavam a acontecer por toda a cidade. Tudo parecia motivado pelas narrativas recentes de Charqaui, que, segundo ele, provinham de fontes extremamente confiáveis!

A história de marcas de agressão sobrenaturais começou a se espalhar e a atingir novas vítimas, como arqueólogos e autoridades locais. Surgiram rumores de que a múmia escapara, o que fez as pessoas alegarem ter visto o cadáver vagando à noite pela residência do paxá ou caminhando enrolado em sua mortalha próximo a Bab Dukkala. A múmia teria desaparecido por algum tempo e depois reaparecido na Casbá de Taluat. Um dos trabalhadores da restauração do palácio disse ter visto a múmia jogando golfe, sem taco nem bola, próximo aos montes de terra e restos de árvores secas do campo. Charqaui e Patti a teriam visto na jacuzzi da casa da norte-americana, aquecendo seus ossos decrépitos. Esses rumores surgiam de maneira tímida e depois, com o entusiasmo da população, se tornavam verdades incontestáveis.

Devido a essa febre generalizada, Charqaui passou a sofrer seguidas alterações de humor, fechando a porta do hotel La Mamounia na cara de turistas e clientes, sobretudo quando lhe pediam que contasse uma história impressionante. Esses sentimentos ficaram mais evidentes quando Marraquexe começou a se preparar para a celebração da praça Jamaa al-Fna por ter se tornado Patrimônio Cultural Imaterial da Humanidade. Por muitos anos, esse local tinha sido dele. Ao cair da tarde, um círculo de espectadores se formava ali para ouvir as histórias de Charqaui, expandindo-se cada vez mais até virar um enxame de abelhas silencioso que ele dispersaria no final da noite. Mas tudo já havia passado, ele não era mais a mesma pessoa nem a praça era a mesma.

Costumava narrar as *Mil e uma noites*, episódios das sagas de Abu Zaid al-Hilali e trechos de Antara bin Chaddad e Saif bin Dhi-Yazan, bem como histórias de gênios, feiticeiros e homens santos. Até que um dia um maldito verme se infiltrou em seu cérebro minúsculo e plantou ali a ideia de incluir em seu repertório narrativas contemporâneas. Charqaui descobriu que causos ainda desconhecidos sobre o paxá eram terreno fértil e despertavam grande interesse dos habitantes de Marraquexe:

Sozinho em seu palácio, o paxá caminhava à noite em volta da cama, enquanto fazia movimentos com os braços para afastar o som das legiões de pessoas que fugiam do avanço dos combatentes sobre o Alto Atlas e o deserto, sob o fogo do canhão Krupp de 77 milímetros, o único do tipo em todo o reino — o mesmo com que Hassan I presenteara Al-Madani al-Glaui para assumir o controle do Sul até alcançar os limites do Saara.

Lá estava o paxá em seu quarto escuro, só e amedrontado após muitas noites ruidosas, pondo em prática seu ritual diário de terror, o mesmo terror que as pessoas sentiam pelas consequências de seu comportamento tirânico. Passava por uma hora sombria de pânico, soluçava, gemia, imaginando seu irmão Madani aparecendo pelo buraco da fechadura, mesmo depois de morto, e gritando na cara dele: "Você não serve para nada! A França é maior que você! A tribo é maior que você! A única coisa que não é maior que você está no meio das suas pernas!".

O paxá ouvia o irmão falando com o general francês: "Basta uma adaga. Fure-o e guarde a arma de volta na bainha".

O paxá se prostrava aos pés de Madani e implorava que o deixasse ter apenas um pouco que fosse de sua astúcia, assim poderia sentir algo além de medo.

O paxá costumava enfeitar a jovem síria que tocava alaúde com dez anéis, um em cada dedo dos pés. Pedia que ela dançasse sobre o peito dele como Samia Gamal, como se estivesse dançando na palma da mão de um demônio.

O paxá espumava de raiva porque o comandante Hammu, enquanto fingia fazer oposição aos franceses, preparava uma emboscada para ele, sem nunca perder uma oportunidade de demonstrar seu desprezo, vendo-o como um agente do colonialismo.

O paxá tinha o sonho de libertar a Casbá de Taluat das garras de seu cunhado asqueroso, que ele levava engasgado na garganta como uma espinha de peixe.

O paxá ostentava um enorme harém com dançarinas sírias e egípcias, tocadoras de alaúde turcas e massagistas chinesas.

O paxá estava à frente do desfile militar organizado para receber Théodore Steeg, sucessor de Lyautey, com o objetivo de provar que seu predeces-

sor estava certo sobre ele e também para convencer as pessoas de que a presença da França naquele país difícil era algo com o que o paxá estava comprometido a qualquer custo. Até aquele momento, essa presença já havia custado à França 27 mil mortos e 15 mil feridos, enquanto o número de mortos, do lado marroquino, era de mais de 400 mil.

Charqaui estava convencido de que o paxá era um dos grandes milagres de Marraquexe. Não poupava detalhes do grande desfile em que o *caid* Hammu teve um papel fundamental em aterrorizar o novo oficial, enquanto o objetivo do paxá era impressioná-lo. O porteiro narrou a partida da comitiva do paxá desde Marraquexe até o monte Tichka, acompanhada por uma multidão de nativos enfileirados nas duas margens da estrada encharcada pelo gelo derretido. Eles estavam prontos para, a qualquer momento, se necessário, carregar os veículos da comitiva, a fim de que ela atravessasse os vales e as estradas enlameadas. Assim que a delegação francesa chegou à passagem de Tichka, deparou com tendas brancas de pele de bode montadas para receber os franceses. Dez mil cavaleiros reuniram-se em volta da delegação francesa e, sob o comando do paxá, dispararam uma saraivada de tiros sem fim como boas-vindas ao novo oficial francês. Os 200 mil cartuchos gastos na recepção criaram uma nuvem de fumaça que encobriu o topo do Tichka por um tempo considerável.

Charqaui costumava definir os momentos em que se reunia com sua roda de ouvintes como "a nova eternidade". O medo que as pessoas tinham do nome do paxá, no entanto, fazia com que muitas se perguntassem se as autoridades viam com bons olhos essas rememorações da vida do ex-governante.

Então, uma noite, as autoridades arrancaram Charqaui do meio de sua roda durante a apresentação, e ninguém soube dele por meses. Quando por fim reapareceu em Marraquexe, destruído, voltou a trabalhar como porteiro no La Mamounia. No primeiro dia de trabalho, um passante se deteve e lhe perguntou, tímido: "Não foi o paxá quem matou Hammu para ficar bem com os franceses?".

"Sim", respondeu Charqaui, "foi ele quem o matou. Não há dúvida. Mas não por causa dos franceses. Ele queria se casar com Halima, a esposa do comandante e se apossar do harém de Hammu, onde estava a deslumbrante Mina, filha de Al-Haddad!".

Antes que o sujeito se interessasse demais pelo assunto, Charqaui o advertiu em tom grave: "Jamais conte isso a nenhum ser vivo!".

Com o tempo, outras histórias foram substituindo o caso da descoberta da múmia, e, por mais que não pareça, a verdade é que Marraquexe nunca deixa suas histórias morrerem. A cidade sempre as mantém em brasa sob as cinzas, para reavivá-las no momento certo e aquecer suas noites geladas. Quando se reiniciaram as obras de restauração no palácio do paxá, as antigas histórias voltaram à praça.

A morte de Patti não interrompeu os trabalhos no palácio. Ela estava em Nova York, supervisionando a transferência de sua coleção para Marraquexe, quando seu coração parou. Charqaui derramou apenas duas lágrimas: uma por ela e outra pelo apartamento onde não teve seu fim por muito pouco!

Ninguém em Marraquexe imaginou que a Jamaa al-Fna voltaria a ser como antes: a praça onde as pessoas formavam rodas para assistir a espetáculos e ouvir histórias. Em grupos ou dispersas, elas circulavam entre tocadores de flauta e de tambor, mágicos e videntes. A praça voltava à vida não porque a Unesco lhe concedera o título de Patrimônio Cultural Imaterial da Humanidade, mas porque lá as pessoas misturavam o sério com o cômico e podiam brincar: cobras inofensivas eram colocadas no pescoço dos turistas, videntes se escondiam sob guarda-sóis da Coca-Cola e apresentações de dança atraíam personagens como Scorsese, Spielberg, Coppola e Rampling.

A população de Marraquexe começou a fazer algo na praça que nunca fizera: deixou para trás a velha atmosfera de desordem e perdição e se rendeu ao espírito da globalização. O governo tentou promover alguma atividade "poética", que, porém, acabou não combinando com o caráter mais austero da administração. De uma hora para outra, desenterraram-se um punhado de contadores de histórias para reanimar a mesma praça que havia sido abandonada anos antes. Ali estavam eles, gaguejando ao contar causos desconexos, esforçando-se para misturar contos de Antar, o herói pré-islâmico, com o filme *Cotton Club* — tudo para agradar à Unesco. Ninguém tinha a menor vontade de se sentar numa roda desanimada e ouvir aquelas narrativas fajutas; obviamente esses contadores tinham histórias muito mais interessantes na cabeça, que podiam, de repente, levar às gargalhadas.

De fato, Marraquexe era uma cidade mágica, colorida por gente importante de fora, por ricos e pobres, velhos e jovens. No entanto, com o cair da noite, a cidade abria seus dez portões aos simples: amazigues do Atlas e do Hauz, beduínos de Rahamna e nômades do deserto. E assim renascia a cada dia.

Jamaa al-Fna era uma praça adormecida com seus carrinhos de comida. Com a chegada do inverno, a cidade despertou e as *halqas* voltaram, agora rodeadas por especialistas em patrimônio imaterial. Num canto distante da praça, era possível reconhecer uma roda das antigas, bem como seu artista no centro, de turbante *à la* Meca e túnica de pele de camelo. Nada havia mudado, a não ser o fato de Charqaui já não contar histórias para um público que se acotovelava para ouvi-lo. Quem estava lá era pela lâmpada incrementada que o governo lhe dera no dia em que se comemorou o título concedido à praça pela Unesco.

Ele contava a história da moça britânica que se tornara amiga do paxá, com quem ele jogava golfe e saía para cavalgar. Ela ficava horas sentada com o governante, conversando sobre música, cavalos, mulheres, violência e medo. Sempre que a conversa se tornava mais séria, ela desaparecia — assim como as palavras fugiam do paxá. Ele a desejava, mas não conseguia tocá-la. Aquele poderoso paxá, capaz de submeter o mundo à sua força, via-se vencido por uma timidez arrebatadora sempre que pensava em tocá-la. A jovem, por sua vez, entorpecida pela presença do paxá, tornava-se cruelmente cativante, embriagando-se com as histórias dele. Com boa vontade, ela o ouvia compartilhar seus medos e decepções, revelar o que fazia quando estava aterrorizado e sozinho na escuridão de seu quarto. O paxá, que se regozijava ao ver o canhão Krupp estraçalhar a carne dos opositores, quase caía de joelhos aos pés da jovem ao ver o sorriso dela. Ele revelou quanto ódio sentia dentro de si ao se lembrar do irmão, Al-Madani, cuja astúcia impressionava os mais sábios. E toda vez que o *caid* Hammu lhe vinha à mente, ele examinava as feições da jovem e chegava à mesma conclusão: teria sido bem melhor se os ingleses tivessem colonizado o Marrocos, pois eram mais gentis que os franceses. A britânica corava com essas investidas ardilosas, mas o paxá, embriagado pelo rubor instantâneo da jovem, ainda era incapaz de tocá-la. A essa altura, ele havia se deitado com mais de duzentas mulheres, cujos rostos já esquecera, diferentemente do da britânica, que o havia cativado; ainda assim, não conseguia levá-la para a cama. Ela passava o tempo todo com ele e depois o deixava vagando por seu imenso harém em busca de uma mulher que tivesse a luz parecida com a dela, até acabar exaurido na cama, insensível. Ela viajava e depois voltava, e em sua ausência o paxá chegava a adoecer. Partia então para a Casbá de Taluat, onde se entregava a uma vida ascética nas montanhas. Com os olhos marejados, observava o que seu sucessor e rival fazia com as centenas de prisioneiros amontoados em calabouços, acorrentados uns aos outros. Todos haviam perdido a razão, a audição e a visão, e muitos morreram sem que seu paradeiro fosse conhecido.

Em Taluat, o paxá observava cavalos e combatentes, tentando adivinhar os movimentos do *caid* Hammu, buscando sinais de conspiração. Ao regressar a Marraquexe, tentou pensar em um modo de tirar essa espinha de sua garganta e também da garganta da França. Estava consumido pela frustração com o que estava acontecendo em geral e, especificamente, com a jovem britânica — para não mencionar o asqueroso *caid*, que ia conseguindo erguer seu pequeno reino a ferro e fogo. Ele fingia se opor aos estrangeiros, mas tudo que conseguia era a reputação de agente duplo!

Quando a jovem voltou ao palácio do paxá, foi como se velas misteriosas o iluminassem por dentro. Ele passava horas e horas em sua companhia, contando-lhe sobre as pinturas que ia adquirir, bem como sobre projetos de reformas, decoração e mudanças no mobiliário tanto da Casbá de Taluat como de seu palácio em Marraquexe. Certa vez revelou a ela o que faria com o jornal *Mas*[*], que acabara de confiscar. Os comentários do paxá eram carregados de indiretas, insinuações, desconfianças e expressões autoritárias. Concubinas não lhe faltavam, mas ele jamais havia dirigido uma palavra a qualquer uma delas, nem durante nem depois do sexo. Para a surpresa de todos, foi uma jovem loira e franzina — mas de muita opinião — quem fez o paxá ceder pela primeira vez. Ela sabia como puxar a língua dele para fora, mas só a língua, enquanto davam voltas e mais voltas pela residência. Dessa vez, no entanto, quando ela decidiu partir, o paxá lhe estendeu a mão trêmula, que não aparentava já ter assassinado alguém, e, num ataque incontrolável

* *Jornal francês que ficou sob a direção do paxá na década de 1930.*

de fúria, mandou um exército de espiões atrás dela. Estava ansioso para saber se as conversas deles iriam a algum lugar e, em caso afirmativo, onde. Dia após dia, enviava espiões atrás dela e depois se envergonhava quando regressavam sem informações importantes. Até que um dia chegou a novidade: a jovem fora vista com um pianista italiano; ela estava deslumbrante e o acompanhava a uma recepção da embaixada da Itália. O paxá não gostava do país, nem do pianista; não lhe agradava como o governo italiano ocupara a Etiópia anos antes. A Etiópia era a terra natal de sua mãe, Zahra Umm al-Khair. Os italianos haviam assassinado a família dela e ele nunca os perdoaria. Ele nunca perdoaria a Itália por se meter entre ele e a garota britânica, tampouco a perdoaria por sair com aquele pianista atraente, que dias depois perderia os dedos.

O paxá jamais se enfurecera tanto, nem mesmo quando, num acesso de loucura, Anaïs lhe disse: "Você não passa de um monstro! Meu amigo sabe disso muito bem!".

E aconteceu o que aconteceu.

A paixão derrubou o cavaleiro da montaria, lançando-o num inferno de castração sem volta.

E lá ficou o paxá, bebendo sozinho, nu no banheiro do palácio, acariciando com a mão áspera a parede onde a bela mulher repousava.

Já na praça Jamaa al-Fna, as pessoas engoliam pratos condimentados enquanto ouviam, confusas, um novo e exagerado contador de histórias que narrava a vida memorável de Averrois. O tempo todo, pensavam na múmia que os restauradores tinham removido do banheiro do palácio do paxá. Sob sua mortalha, porém, os arqueólogos não encontraram nenhum vestígio da história de amor que o paxá se esquecera de enterrar.

* *Conto escrito originalmente em árabe.*

PARTE 2: VERMELHO E PRETO

O CAMINHO PARA MECA

HANANE DERKAOUI
Riad Zitun

São cinco da manhã no velho bairro de Riad Zitun na medina de Marraquexe. É a primeira sexta-feira do mês de junho. A voz do muezim chama para a oração do nascer do dia; dois jovens do bairro, a caminho da mesquita, cruzam com Hamad, que volta sozinho do trabalho. Ele os cumprimenta sem dizer uma palavra. Tudo que se sabe dele no bairro é que veio de um vilarejo amazigue próximo de Uarzazat e que trabalha como copeiro na casa de um estrangeiro em um dos bairros chiques de Gueliz.

"Escuta, Ali, esse trabalho do Hamad, o *chelh*, é bem estranho. Todo dia ele volta para casa às cinco da manhã."

"Verdade, Ibrahim, meu irmão, a gente cruza com ele todo dia quando vai para a oração."

"Mas, Ali, a gente não vai todo dia para a oração."

"Eu sei, só quero dizer que a gente topa com ele toda vez que vai rezar de manhã."

Os dois estavam atrasados para o rito, portanto apertaram o passo para a mesquita. Como tinham começado a se importar com a religião havia pouco tempo, se esforçavam para parecer verdadeiros homens de fé, do tipo que ora ao nascer do dia e depois se senta com o *faqui* para debater aspectos do *Hadith*, perguntando-lhe sobre assuntos religiosos sem resposta.

Depois da oração, foram para longe da mesquita fumar o único cigarro que lhes restava, pois estavam quebrados.

"E se a gente seguisse o Hamad? Quem sabe ele não tem algum *dirham*?"

"Você não disse que a gente ia sair dessa?"

"Estamos frequentando a oração há um mês e nada mudou. Fora que o dinheiro que conseguimos com o último roubo escorreu entre os nossos dedos num instante."

"Mas nos arrependemos, meu amigo. Roubar é pecado. O *faqui* disse que Deus vai abrir o nosso caminho e guiar nossos passos."

"Deus guia os passos de quem fez faculdade ou pelo menos tem um ofício. No nosso caso, o que Ele vai guiar? Sem diploma e sem um negócio... A gente só entende de roubo."

Antes da época da polícia turística, Ali e Ibrahim eram guias turísticos sem licença. Só conseguia a autorização para trabalhar sem medo quem pagasse propina, o que tornava impossível para eles conseguir o documento. Mesmo assim, circulavam pela praça Jamaa al-Fna e por outros monumentos históricos à procura de turistas. A polícia turística, porém, ficava de olho e ia para cima deles e de seus companheiros. Em 5 anos, foram presos quarenta vezes. Assim, abandonaram o trabalho de guia para entrar no sedutor mundo da delinquência — de porta escancarada para eles —, praticando roubos e outros delitos menores.

Dois meses antes, a dupla havia sentido um repentino impulso religioso que abalou o seu mundo. A vida deles se tornou um caos e Ali e Ibrahim passaram a vagar por uma zona ambígua entre o caminho reto e o da perdição. Embora tivessem o desejo sincero de se tornar o que o imã chamava de muçulmanos obedientes a Deus, eram frequentadores habituais dos piores antros da cidade: submundos de devassidão, prostituição, estabelecimentos com haxixe e casas noturnas. Tudo mudou quando roubaram a casa de uma idosa em Sidi Yussuf Bin Ali e ouviram a velha dizer: "Levem tudo que tenho, só não me matem".

Ali foi o primeiro a se afetar com aquilo. Tentou falar com o companheiro enquanto voltavam com o saque na motocicleta: 500 *dirhams* e um anel de sinete de ouro. Quando chegaram em casa, Ali quis conversar com o amigo sobre como aquela mulher o lembrou da avó, que o havia criado no vilarejo de Smimu, nas proximidades de Essaouira, até que ele partiu para Marraquexe havia 15 anos. Depois de dividirem o dinheiro, Ali disse a Ibrahim com certa dor: "Aquela senhora partiu meu coração. Não quero fazer mais esse tipo de coisa com pessoas de idade".

"E quem a gente vai roubar além de velhos e pessoas debilitadas? A natureza do nosso trabalho nos força a isso."

"E se a gente mudasse de profissão? Se pedisse perdão a Deus e virássemos pessoas de bem como os outros? O que acha de frequentar a oração com os irmãos?"

Ir à oração na mesquita era uma ideia que nunca tinha passado pela cabeça deles, mas que, de repente, se tornou uma opção. Como achavam que só quem tinha um trabalho honesto podia frequentar a mesquita, sempre se mantiveram distantes do reino de Deus e do mundo das pessoas de fé.

Ibrahim respondeu ao companheiro: "E por que não? Quem sabe não seja uma forma de a gente ser honesto e mais autoconfiante?".

No curso primário, que os dois não terminaram, haviam aprendido a rezar e a fazer a ablução. Não aprenderam em casa, pois eram de famílias amazigues pobres das proximidades de Essaouira, ou seja, não falavam árabe.

Ibrahim e Ali começaram a frequentar a mesquita com vagar, no início desconfiados e curiosos, até passarem a gostar do sermão de sexta-feira e a se sentir capturados pela atmosfera da oração ao nascer do sol. Já durante o dia, a mesquita não os atraía tanto. A oração da madrugada com os irmãos bastava para limpar o coração, e por mais de um mês os dois não cometeram qualquer roubo ou delito. Mas e agora? O dinheiro estava acabando e não encontravam nenhum trabalho digno que os livrasse de roubar. Na verdade, ainda nem tinham ido procurar serviço. Junto da fé, desceu sobre eles também uma indolência com a qual não estavam acostumados. Depois de dois meses frequentando a mesquita duas vezes por dia, não sentiam mais aquela descarga de adrenalina que os empurrava para o caminho do perigo; só quando ela abaixava é que conseguiam se tranquilizar.

Agora, ao verem Hamad fechando a janela do quarto, sentiram outra vez a adrenalina de sempre.

"Você consegue imaginar o que ele faz?", perguntou Ali.

"Por que você quer saber?"

"Talvez a gente possa tirar algum dinheiro dele ou até do gringo para quem ele trabalha. Quem sabe a gente não arranja um golpe? Você sabe como os estrangeiros são ingênuos e acreditam em tudo."

"Como é que vamos tirar dinheiro dele ou de quem quer que seja? A gente não pode mais nem entrar nas lojas. Estamos queimados na cidade. Só sobraram os velhos em bairros afastados. Atacamos de surpresa, assustamos com a faca e levamos a grana."

"Por favor, os velhos não. Pessoas de mais idade, não. Vou com você até o gringo. Seguimos Hamad, se você quiser."

Pararam de conversar e voltaram a dormir no quarto miserável em que dividiam suas dificuldades.

Naquele instante, Hamad tirava as roupas masculinas e vestia um robe de seda coral. Envolveu o cabelo num lenço de seda e passou um pouco de perfume. Foi para a cama e, enquanto tentava dormir, ficou pensando na noite que tivera. Uma noite cheia de surpresas. Havia convidados importantes na festa e ele conseguira fazer uma boa grana. Entre os presentes, um homem ficou olhando para ele a noite toda. Mas não pediu que Hamad fosse com ele para um quarto, como os outros faziam. Apenas o observou, olhando dentro de seus olhos. Ele não estava acostumado a ser encarado nos olhos. Nessas festas, os homens só prestavam atenção em seu traseiro, que ele rebolava muito bem nessas ocasiões.

Lembrou-se da infância, quando começou a perceber que era diferente dos demais meninos. Tinha 12 anos quando os garotos de sua idade começaram a falar do tamanho do pênis de cada um e coisas assim. Hamad, por sua vez, sentia vontade de falar sobre o que acontecia com sua bunda, do comichão que sentia ali e com o qual não sabia lidar. Quando se aproximava dos colegas, sua vontade era chegar ainda mais perto. Com o passar do tempo, os meninos começaram a ir para o rio, no trecho da cheia, para mostrar uns aos outros o que tinha crescido neles. Hamad não sentia interesse em mostrar suas intimidades, mas queria se aproximar dos garotos para tocar e lamber aquela coisa maravilhosa deles.

Antes disso, ele brincava com bonecas e de casinha com as meninas. Era uma verdadeira dona de casa. Sabia grelhar bem as aves que caçava e até fazer a *zmita* com cevada tostada, assim como a farinha, algumas vezes usando *uari*, uma planta espinhosa que dava grãos que, quando macerados, ficavam como a *zmita*, exatamente como sua mãe fazia. Hamad morava com ela e a irmã desde que seu pai desaparecera, quando ele tinha apenas um ano. As más-línguas diziam que o homem tinha sido visto no vilarejo de Tighassalin vivendo com uma prostituta. A mãe o criara sozinha. Ela trabalhava nas plantações de outras pessoas, até que vieram anos de seca e ela ficou sem trabalho. Mais tarde, um homem para quem ela havia trabalhado, funcionário do governo vindo do Norte, a empregou como doméstica em sua casa. Hamad lembrava dessa época com muito carinho. Sua mãe era amorosa, adorava apertá-lo e beijá-lo, e sempre dirigia palavras afetuosas ao filho, dizendo como ele era bonito.

Quando fez 14 anos, Hamad não foi com os garotos ver a única prostituta que restava no vilarejo. As pessoas de Tinajdad tinham expulsado todas, com exceção de uma, que permaneceu contra a vontade do povoado e acolhia os rapazes que começavam a descobrir seu corpo. Era com ela que eles aprendiam os fundamentos do prazer proibidos naquele vilarejo extremamente conservador.

Quando Hamad não quis ir ver Yamina com os amigos, eles desconfiaram, e os rumores foram se espalhando: "Ele tem jeito mesmo...", "É, com certeza ele é...".

Não o incomodou que as pessoas apontassem sua feminilidade como algo precoce e preocupante; ao contrário, sentiu-se livre para se dedicar às roupas que gostava de vestir, a usar anéis e, às vezes, até a pintar as unhas. Ali Ukubach já havia aberto o caminho. Mesmo com 40 anos, Ukubach ainda se mostrava extremamente feminino; era, por excelência, o modelo de Hamad. Vestia roupas delicadas, pintava as unhas e passava *kohl* nos olhos. Cantava em casamentos e todos apreciavam sua voz agradável. Todo mundo sabia o que os homens iam fazer com ele quando o visitavam à noite, mas ninguém o reprovava. Hamad se tranquilizou com esse exemplo, acreditando que também seria aceito por todos quando crescesse e que poderia cantar nos casamentos. Também gostava de cantar e sua voz era bonita. Como não aprendera nenhum ofício, pensava que sua profissão seria cantar e dar prazer aos homens, assim como fazia Ali Ukubach. Porém, algo inesperado aconteceu. Ukubach foi assassinado. Encontraram seu corpo apodrecendo no mato do quintal de sua casa em Qsar Ait Assam. Ele havia sido decapitado e a cabeça posta longe do corpo. O crime abalou o povoado, e o coração de Hamad temeu permanecer num vilarejo em que já não se sentia seguro.

Com 17 anos, revelou à mãe seu desejo de ir embora. Ela lhe deu algum dinheiro e se despediu com os olhos cheios de lágrimas.

"Vou para Marraquexe encontrar trabalho e, assim que conseguir alguma coisa, volto para buscá-la."

"Está bem, meu querido. Deus há de abrir caminhos para você."

Durante a viagem, Hamad parou na cidade de Uarzazat e trabalhou num parque de diversões, vestindo roupas femininas e dançando. Adorou os dias que passou ali. Assim que a temporada acabou, partiu com alguns companheiros para Marraquexe. Numa cidade grande como aquela, ninguém o incomodaria.

O que mais chamou sua atenção na cidade vermelha foi a praça Jamaa al-Fna. Nos primeiros dias, ficou completamente atordoado, circulando entre as rodas de artistas, encantadores de serpentes e cantores. Passava a noite indo de uma roda para outra. O cheiro da comida o inebriava, mas, como não tinha dinheiro para comer o que quisesse, era obrigado a se contentar com uma refeição por dia.

No início, não encontrou nenhum trabalho artístico, que era o que ele queria: cantar e dançar. Falou com vários artistas da praça, até que um grupo popular o aceitou. O líder do grupo pediu que Hamad se vestisse de mulher para dançar ao ritmo da música que tocavam e desfilasse de forma sedutora durante a apresentação. Ele se encantou com a proposta. Seu sonho sempre fora cantar e dançar com roupas de mulher. Desde pequeno queria ser mulher, ter seios de verdade e uma bunda feminina. Mas como sabia que as cirurgias de mudança de sexo custavam muito caro, o que lhe restava era se montar com as roupas e a maquiagem que o transformavam numa mulher.

Hamad conseguiu um quarto no bairro de Riad Zitun e precisava apenas cruzar Arsat al-Maach para chegar à praça Jamaa al-Fna. Às vezes pegava o caminho de Kannaria, passando em frente ao Café de France, chegando direto no coração da praça. Fazia questão de não ter contato com ninguém da vizinhança exatamente para não os provocar. Quando alguns jovens do bairro lhe indagavam o que fazia, respondia que trabalhava de copeiro para um estrangeiro. Tentava evitar todo mundo e mal respondia aos cumprimentos na rua. Por meses, viveu das apresentações na praça Jamaa al-Fna. Trabalhava com os olhos pintados e um véu branco e transparente que permitia ver seus lábios vermelhos e carnudos, mas que escondia traços do rosto. A praça o abraçou por alguns meses, até Hamad conhecer Gerard, que mudaria sua vida completamente.

Gerard o viu dançando na praça Jamaa al-Fna e gostou dele na hora. Era um francês de uns 50 anos. Seu coração vinha se recuperando do choque pela morte de seu companheiro Albert num acidente de carro nos arredores de Marraquexe. Gerard aguardou o fim da apresentação e se aproximou enquanto ele recolhia suas coisas. Hamad sentiu o seu hálito quente quando o francês sussurrou um convite improvisado para um chá.

Foram ao Café de France. Subiram até o terraço, de onde se via toda a Jamaa al-Fna com as suas rodas de espetáculos, os restaurantes a céu aberto, as árvores gigantescas do histórico jardim Arsat al-Bilk e as quatro mesquitas que rodeavam a praça. Pela primeira vez, Hamad viu o minarete da mesquita Cutubia de cima. Como era aterrorizante aquela torre alta! Dali a praça lhe parecia mais barulhenta do que quando circulava lá embaixo. Seu desejo era trabalhar num lugar mais tranquilo e viver num bairro melhor do que o velho Riad Zitun. A medina antiga parecia abrigar os lendários riads da cidade. Em Marraquexe havia também casarões luxuosos que ele já tinha visto nas revistas do barbeiro da sua rua. Residências imponentes com piscinas e varandas amplas com jardins de verdade e flores decorando as janelas. Sonhava em ver uma dessas casas por dentro — sua decoração e como viviam os moradores.

No oásis de Tinajdad, Hamad tinha morado num palácio de terra caindo aos pedaços junto de seus familiares miseráveis, todos no mesmo espaço. Em Uarzazat, enquanto trabalhava no parque de diversões, morava num quarto em um edifício imundo da periferia da cidade. Nunca teve a oportunidade de viver numa casa com jardim. Olhou para Gerard e pensou: *Quem sabe ele não tem uma casa com jardim e me convida para conhecer?*

E, de fato, Gerard convidou Hamad para ir à sua casa. Não uma, mas diversas vezes. Na primeira visita, fez café para ele e, nas seguintes, passou a convidá-lo para almoçar. A relação dos dois se estreitou. Até que uma noite se viram juntos, nus, na cama. Apesar de seus desejos sexuais, Hamad nunca tivera a chance de realizar seus sonhos com um homem. Alguns turistas chegaram a lhe oferecer dinheiro em troca de uma noite, mas Hamad não estava atrás de dinheiro. A dança já lhe dava o suficiente para suas necessidades, não precisava de mais.

Com Gerard, Hamad bebia uísque, seu corpo ficava mais relaxado e o sexo era mais fácil. Permitia que o francês fizesse o que bem entendesse com seu corpo. Os dedos de Gerard eram fantásticos, despertando todos os comichões que Hamad sentia no traseiro — sensações que escondera por anos. Sua mãe o havia criado com muito amor-próprio, por isso respeitava seu corpo e nunca o havia entregado a ninguém antes de Gerard. No oásis, pensava que um dia se apaixonaria por um homem de olhos azuis. Gerard era loiro, de olhos verdes e não azuis, mas também o atraía muito.

O francês sugeriu que ele mudasse de emprego e começasse a trabalhar como drag queen na casa dele. Gerard organizava três festas por semana em sua residência, frequentadas por homossexuais — turistas e locais.

Hamad não entendia bem o que era uma drag queen, mas Gerard explicou que ele mesmo iria prepará-lo para aquele exercício instigante, cuidando de sua maquiagem e de todos os detalhes. Hamad estava muito feliz. Havia encontrado um amor, um trabalho de que gostava de verdade e, acima de tudo, uma atividade em que teria que vestir roupas femininas. Pelo que entendeu da conversa com Gerard, aquele trabalho lhe daria a chance de ser a mais linda das mulheres... três vezes por semana.

E assim começou sua nova vida. Passava o dia dormindo para, à noite, cruzar o Riad Zitun por Arsat al-Maach até a praça Jamaa al-Fna. Em frente à mesquita Cutubia, pegava um táxi para Gueliz. Chegava à casa de Gerard às oito e seu amante o montava para a festa do dia. A montagem de drag queen levava um tempo enorme. Eram três horas de preparação, desde os cílios à base no rosto, até a maquiagem completa. Depois Hamad punha o vestido da noite e circulava entre os convidados, que eram, na maioria, turistas de ambos os sexos. Alguns enfiavam notas de dinheiro em seu sutiã. Ele percebeu que as festas eram um sucesso por sua causa e que Gerard lhe pagava bem: mil *dirhams* por noite. Enviava 300 *dirhams* para a mãe e guardava o restante. Não pensava mais em trazê-la para viver com ele, pois agora tudo que queria era morar com Gerard. Ah, como desejava ser a dona de casa de Gerard, se encarregar de tudo, da limpeza dos quartos ao que iria ser preparado na cozinha; dos cuidados com o jardim à massagem no francês. Aquela casa era um paraíso e ele sonhava o tempo todo em morar ali. Gerard o amava e em algum momento certamente lhe pediria que fosse morar com ele. Hamad queria deixar aquele quarto em Riad Zitun e sonhava que um tapete mágico o transportaria direto para o bairro de Gueliz.

Hamad refletia sobre tudo isso, enquanto pegava no sono, na madrugada do dia em que cruzou com Ibrahim e Ali a caminho de casa. Ele tinha respondido à saudação deles apenas com um gesto de cabeça, embora não os conhecesse; eram apenas dois rostos com os quais já havia se deparado mais de uma vez na vizinhança. *Devem estar a caminho da oração na mesquita*, pensou. *Eu também gostaria de ir à mesquita, mas Deus nunca vai me aceitar. Não acho que seja permitido que pessoas como eu cruzem a porta da mesquita.* Mas então sentiu o aroma de seu corpo e perguntou-se como Deus poderia punir alguém com um corpo tão limpo como o dele, alguém com desejos criados por esse mesmo Deus? Havia muitas coisas na fé que Hamad não entendia, por isso deixou para pensar nisso de novo se um dia cumprisse o *hajj*, a peregrinação sagrada. Deus iria perdoá-lo por seus pecados. Dos pilares da religião, o único que lhe importava era a peregrinação a Meca. Tinha vontade de um dia dar voltas com os peregrinos ao redor da Caaba, jogando pedras e dizendo: "Senhor, aqui estou". A frase ressoava em sua mente enquanto o quarto era inundado pelo perfume dos incensos de Meca; Riad Zitun havia se tornado o caminho para a cidade sagrada e, de roupas brancas, Hamad se viu entrando no reino de Deus com os outros. Sonhava com o dia em que o chamariam respeitosamente de Hajj Hamad. Esse sonho o instigava e atraía, tomando-o por completo desde que pisara em Marraquexe. Nos últimos tempos, esse fascínio se tornara recorrente. Dessa forma, foi visitar os túmulos dos marabutos e homens santos da região e, por fim, encontrou refúgio no mausoléu de Sidi Abu al-Abbas al-Sabti, protetor dos pobres e enfermos. Certamente seu coração só iria se curar quando visitasse o túmulo do Profeta e desse voltas em torno da Pedra Preta. Sabia que um dia lhe seria possível ir a Meca, pois Deus não fechava as portas para os homens de bem. Tinha certeza de que aconteceria. Sabia que as coisas tinham seu devido tempo e que o tempo de fazer o *hajj* ainda chegaria em sua vida. Sua imaginação estava a caminho de Meca quando finalmente caiu no sono.

Assim que Ibrahim e Ali acordaram, voltaram a monitorar a janela de Hamad, perguntando-se qual seria o segredo daquele trabalho que ele fazia até tão tarde da noite.

"Ele diz que é copeiro, vamos deixar essa história para lá."

"Copeiro que volta às cinco da manhã?"

"Isto aqui é Marraquexe, meu irmão. Alguns comércios não fecham nunca."

"Acontece que ele não trabalha numa casa de prostituição nem num *nightclub*. Fala que é copeiro na casa de um estrangeiro, mas a gente sabe que nenhuma casa decente fica aberta até as cinco da manhã."

"Essa história não vai dar em nada. Hamad é mais um *chelh* do interior, e com certeza é tão ingênuo quanto o povo lá de Uarzazat. Ele é só um copeiro mesmo."

"Tenho quase certeza de que não é copeiro coisa nenhuma. Esse cara tem um segredo que a gente precisa desvendar. Vamos segui-lo esta noite e descobrir."

Ali e Ibrahim combinaram de seguir Hamad até seu trabalho e só voltar quando tivessem alguma informação concreta. Foram para a rua aguardar e ver se conseguiam alguns trocados para comer. Toparam com Mubarak, um guia turístico também sem licença como eles, mas que era muito esperto e atento — e não tão visado quanto os dois. Mubarak deu 20 *dirhams* a eles. Ibrahim e Ali compraram um sanduíche num carrinho de churrasco e foram se sentar com Auicha, que vendia chá feito ali mesmo no chão. Auicha tinha sido prostituta muito antes de sua beleza se esvair e seu preço cair no mercado de corpos da cidade. Não teve filhos. Sozinha, só lhe restou estender uma manta no chão e vender *harira* de manhã bem cedo e chá ao longo do dia. Perguntaram se sabia alguma coisa de Hamad, e ela respondeu: "Ele é um rapaz educado, nunca fala com ninguém. Tomou chá aqui comigo duas ou três vezes e nunca soltou uma palavra. É um desses *chelh*, bem simples, que teve sorte de ter encontrado trabalho como copeiro num dos casarões".

"Não acredito que ele seja copeiro."

"E por que não? Ele tem um aspecto limpo de copeiro."

"Exatamente! Esse é o problema. Ele é limpo demais! Tem um jeito de engomado, o que é bem estranho. Parece mais um funcionário de farmácia, algo do tipo. E se ele for policial?"

"E o que um policial à paisana estaria fazendo aqui neste beco imundo?", perguntou Auicha.

"Pode estar vigiando alguma máfia das grandes."

"Você anda assistindo muito filme. Aqui neste beco só há infratores pequenos, nada que interesse à polícia."

Eles deixaram Auicha e foram falar com o vendedor de cigarros avulsos. Seu nome era Zerual e ele tinha muitas dúvidas sobre Hamad: "Ele é muito engomado, limpinho demais. Nem parece um desses *chelh* de Uarzazat, um berbere desses, conhecidos pela péssima aparência". À medida que a conversa prosseguia, aumentavam as suspeitas dos três sobre Hamad. O vendedor de cigarros falou com enorme desprezo: "Como um *chelh* pode chegar de um vilarejo do sul e encontrar trabalho fácil desse jeito no casarão de um gringo, enquanto eu, que sou marraquexi, assim como meu pai e meu avô, não consigo nada além de vender cigarros?".

“Marraquexe prefere quem vem de fora”, comentou Ibrahim.

“Isso mesmo, meu chapa, eles chegaram depois da gente e ainda conseguiram licença do Ministério do Turismo para trabalhar como guia, e a gente aqui fica sem nada”, concordou Ali.

Ibrahim e Ali recordavam-se com saudade da época em que trabalhavam como guias turísticos. Tinham sido tempos felizes e de boa vida. Era uma alegria terminar o dia fumando um baseado na casa de alguém. A melhor parte de trabalhar com os turistas era o haxixe e, às vezes, o sexo nas festas. As estrangeiras eram liberais; gostavam de dar e receber prazer quando bem entendessem. Com elas não havia a necessidade de compromisso nem todos os obstáculos que as marroquinas costumavam levantar. Dias de glória, dos quais só restara lembrança, saudade e raiva da polícia turística, que havia prejudicado a vida deles. Enganar turistas era uma prática justificável, afinal todos eram ricos; porém a única coisa que se podia tomar deles sem dar um golpe eram as garotas.

No final do dia, Ibrahim e Ali se despediram do vendedor de cigarros e foram para o quarto se trocar. Vestiram as roupas mais elegantes que tinham: uma boa camisa, jeans e tênis. Ibrahim pôs uma corrente no pescoço e, no pulso esquerdo, um relógio que não funcionava. Da janela, ficaram vigiando Hamad. Assim que ele pôs o pé na rua, seguiram-no pelas vielas do Riad Zitun até Arsat al-Maach e depois até Jamaa al-Fna. O movimento da praça ocultou Hamad por um instante, mas depois Ali o avistou novamente.

“Olha ele lá!”

Hamad apertou o passo em direção à mesquita Cutubia. Eles o seguiram, escondendo o rosto atrás de um jornal, como nos filmes.

Hamad se deteve num ponto de *coche*, uma espécie de charrete-táxi local, e Ibrahim e Ali não souberam o que fazer.

"E agora?", disse Ibrahim.

"Vamos subir no *coche* com ele. Perguntamos para onde ele vai e dizemos que, por acaso, vamos para lá também."

Subiram na charrete com Hamad, que permaneceu em silêncio durante o trajeto até Gueliz. Evitou olhar para os dois e não perguntou para onde iam. Pensava na festa daquela noite, em Gerard e em quando chegaria a hora de morar com ele naquela casa suntuosa. Estava farto de Riad Zitun e daquela balbúrdia. Além disso, mais cedo ou mais tarde seus vizinhos descobririam em que trabalhava e o incomodariam. Isso se não o matassem, como mataram Ali Ukubach em Tinajdad.

Sentiu calafrios de medo ao se lembrar da morte de Ukubach e do cadáver se deteriorando no mato de sua casa. Pensou: *Será que em Marraquexe alguém faria a mesma coisa comigo?* Tentou se tranquilizar levando em conta que a cidade era maior e mais aberta, que as pessoas dali o aceitariam como ele era. Lembrou-se das piadas contadas sobre os homens de Marraquexe, de como gostavam de outros homens, às vezes preferindo-os às mulheres, e de como não se constrangiam por isso. Ainda assim, tinha medo de ser descoberto e sofrer o mesmo destino de Ali Ukubach. Estava seguro de que até então ninguém sabia que tipo de trabalho fazia, nem sua orientação sexual. Continuou pensando em Gerard: *Que maquiagem ele vai fazer em mim hoje?* Na noite anterior ele havia montado Hamad como uma atriz que ele disse ser Marilyn Monroe. Hamad se achou bonito com a roupa de Marilyn. Era um visual mágico. Adorou os cílios postiços, a peruca loira cacheada e o vestido decotado. Percebeu todos os olhares atravessando e desejando seu corpo. Sabia ser alvo de olhares invejosos também, pois os presentes conheciam seu relacionamento com Gerard, que não se cansava de elogiar Hamad, destacando sua devoção, honestidade e sincera falta de ambição por coisas materiais. De fato, tudo que Hamad queria era morar com Gerard e viver uma vida conjugal. O francês lhe perguntou se ele tinha vontade, como a maioria dos jovens de Marraquexe, de emigrar para a França, e Hamad respondeu: "Quero ficar ao seu lado. Se você ficar aqui, eu fico também. E, se for embora, leve-me com você".

O amor dos dois foi crescendo e se fortificando, sobretudo depois que Hamad se tornou drag queen e tantos olhares de admiração se voltaram para ele. Orgulhar-se do ser amado pode inflamar ainda mais o amor, e ele se sentia extasiado quando Gerard o olhava com admiração. Por isso tinha o cuidado de estar sempre bem-vestido, perfumado e enfeitado de anéis. Nunca imaginara encontrar um amor tão rápido, ainda mais um estrangeiro tão sensível e generoso. Tinha certeza de que, ao lado de Gerard, teria uma vida de amor, alegria e felicidade, sem falar nas festas.

Quando deixou seu vilarejo, temia levar a mesma vida de Ali Ukubach, que se envolvera com uma infinidade de parceiros e acabara assassinado. Hamad desejava uma vida estável com um companheiro que realizasse seus desejos e cuidasse dele e de sua mãe no vilarejo. Não chegara a conversar francamente com Gerard sobre a possibilidade de ajudar a mãe, mas tinha certeza de que ele jamais negaria. Certamente iria ajudá-lo a mandar dinheiro suficiente para que ela tivesse uma vida digna. Ao descer do *coche*, decidiu que, assim que a festa daquela noite terminasse, iria falar com Gerard sobre o assunto.

Distraído com seus pensamentos, Hamad não percebeu que Ali e Ibrahim desceram no mesmo ponto que ele. Os dois ainda permaneceram algum tempo conversando com o condutor, pois não tinham dinheiro suficiente para pagar a corrida. Hamad seguiu seu caminho e quase escapou deles; no entanto, Ali e Ibrahim logo se desvencilharam do condutor e o seguiram à distância. Hamad entrou numa casa deslumbrante, cercada por muros altos. Não ficava muito longe do hospital Ibn Tufail, onde existiam vários casarões coloniais como aquele. Ibrahim voltou-se para o amigo.

"Agora você tem que acreditar que ele trabalha mesmo nesta casa."

"Vamos entrar e tirar as nossas próprias conclusões."

"Vão prender a gente."

"Eles estão ocupados, parece que tem uma festa. Ninguém vai nos notar."

Rodearam todo muro da casa e pararam nos fundos. Ali subiu nos ombros de Ibrahim e depois no muro. Em seguida, estendeu a mão para o amigo e o ajudou a escalar. Pularam para dentro.

Ali seguiu Ibrahim. Uma música estranha ressoava no ambiente e os convidados chegavam em grupos. Havia turistas de boa aparência acompanhados de garotas marroquinas seminuas, além de rapazes marroquinos elegantes ao extremo. Pareciam pertencer à high class, todos extremamente arrumados e exalando perfumes de luxo.

"Meu irmão, esse pessoal não é dos nossos."

"Viu só? É gente de Gueliz."

"É a high class, meu amigo."

Ninguém percebeu quando eles se infiltraram na casa. Dois rapazes passaram com taças de vinho e champanhe numa bandeja, e Ibrahim e Ali se serviram como se fossem convidados. Viraram as taças num só gole e foram atrás do garçom para buscar mais.

"Tem certeza que podemos beber?", Ali perguntou. "Agora a gente frequenta a mesquita e o álcool é proibido."

Ibrahim, já um pouco embriagado, respondeu: "Não é proibido. Na verdade, nenhum versículo do Corão proíbe o álcool. Eles só não recomendam. De qualquer forma, não vamos rezar bêbados".

"Tenho medo de fazer a coisa errada. Deus já nos deu uma chance."

"Mas Deus não sabia que a gente ia cair num lugar deste, com toda essa bebida de primeira. Bebe, meu irmão, e não enche o saco. Depois a gente reza."

"Você tem razão. Isto aqui é de primeira."

Aparentemente ninguém se conhecia na festa. Estrangeiros de meia-idade se aproximavam de jovens bem-vestidos que bebiam champanhe e cerveja e se apresentavam. Ninguém cuidava da vida de ninguém.

Ali e Ibrahim circularam à vontade pela mansão. A sala enorme dividia-se em dois ambientes: um em estilo marroquino, com sofás tradicionais revestidos de veludo verde e lilás; o outro, decorado com sofás em estilo europeu laranjas e marrons. Já as cortinas eram marroquinas, tradicionais, com bordados verdes e lilases. No centro da sala, uma escada de madeira levava ao primeiro andar e, no canto, um corredor conduzia a um cômodo diferente dos demais, com uma escrivaninha no centro e prateleiras repletas de livros em todas as paredes. Eram livros de vários tamanhos e de encadernações diferentes, cuidadosamente ordenados.

Ibrahim nunca tinham visto tantos livros. Ele se virou para Ali e disse: "O gringo é um devorador de livros, homem instruído".

"Por isso que a gente não vai conseguir enganar o cara."

"Os que gostam de ler são os mais tontos. Vamos enrolar ele fácil, só me deixe pensar um pouco", disse Ibrahim.

No entanto, Ali não o deixou pensar e o conduziu por um corredor revestido com o *tadlakt* marroquino original, onde se viram a caminho do paraíso. Chegaram a outra sala de estilo europeu, desta vez toda branca, que acabava numa varanda com vista para o jardim e para uma piscina que transbordava tanta água que, por um instante, os dois pensaram estar sonhando. Seria aquele o paraíso de que o *faqui* falava? *Sem dúvida o paraíso se parece com isto*, pensou Ali. O que mais seria o paraíso senão toda aquela água, aquelas paredes lindas de tão brancas e aquelas árvores cheias de frutos, além de uma piscina bem no meio do jardim?

Os dois eram novatos em assuntos de religião e aquele lugar lhes parecia muito com a descrição que o *faqui* fizera do paraíso. Ali, embriagado, soltou então: "Transgressores!".

"São todos infiéis", disse Ibrahim, levantando sua taça. "Morte aos infiéis!"

A vida era muito diferente para aquelas pessoas. Por um segundo, o coração dos dois se encheu de afeto. Mas a fome não cede lugar para o afeto. A fome endurece o coração. A fome os tinha perseguido desde a infância infeliz no vilarejo de Smimu. Tinham passado a vida correndo atrás de um pouco de comida, e a busca incessante por alimento torna o ser humano um bloco rígido. Relaxaram um pouco, depois Ali disse: "Por que a gente não deixa esse cara levar a vida dele? Ele não fez nada para a gente".

"Acorda, Ali! Por acaso quer voltar para o velho Riad Zitun e passar fome? Não temos nem os 20 *dirhams* que ficamos devendo para o Mubarak. Amanhã ele vai cobrar, e o que vamos dizer para ele, seu coração mole?"

"Vamos procurar um trabalho para pagar as dívidas e começar uma vida nova."

"Que vida nova? Sem profissão, sem estudo, com a polícia turística no nosso pé em todos os cantos da praça? A gente nunca vai ter descanso, meu irmão. O descanso é para os ricos, para os convidados desta festa, para aquelas pessoas que a gente viu entrando aqui. Nós... nós tivemos que pular o muro. Ninguém esperava que a gente entrasse nessa mansão."

"Acho que ninguém está me esperando desde que eu nasci", disse Ali. "Meu pai me jogou dentro do ventre da minha mãe e ela me lançou para fora no único cômodo da nossa cabana fria. Nada estava preparado para a minha chegada a este mundo. Sem comida, sem roupa, sem estudo. Por que me trouxeram para uma vida como esta?"

"Te trouxeram para enganar os trouxas e comer um sanduíche no fim do dia. Isso é o máximo que você pode fazer."

"Eu gostaria de casar, Ibrahim. Ter filhos."

"É como diz o provérbio: 'Você está pelado e quer um anel?'. Ficou maluco, Ali? A gente está há dois meses com o aluguel atrasado. Onde a sua noiva idiota vai morar?"

"Quem sabe eu conheça uma jovem que tenha um trabalho... aí a gente divide as despesas."

"E por que uma mulher que trabalha vai querer você? Mulheres que trabalham querem homens trabalhadores e não ladrões."

Ibrahim e Ali pararam de remoer suas dores e se entregaram à música.

"Vou procurar mais bebida, não saia daqui", disse Ibrahim.

Ele voltou com duas taças de champanhe. Foram se sentar na beira da piscina e observaram as árvores em volta, carregadas de frutas.

"Ninguém recolhe as frutas aqui. Como é que elas podem ficar largadas assim no chão?"

"Eu falei que eles são transgressores", disse Ali.

"Infiéis."

Um grupo animado se aproximou aos gritos, rapazes e mulheres que se jogaram vestidos na piscina. Logo ela ficou lotada de corpos. Todos se beijavam, e um jovem marroquino beijava apaixonadamente um estrangeiro de meia-idade.

"Estamos cercados de sodomitas, meu amigo."

"Eu falei, são transgressores."

"Infiéis."

Afastaram-se da piscina trançando as pernas de tão bêbados. Dirigiram-se à sala, onde todos dançavam o *raï* de Cheb Khaled: "*Didi... didi wah... didi*".

Garotas marroquinas se contorciam ao som da música, acompanhadas por assobios e palmas dos estrangeiros. As pessoas estavam abraçadas, segurando copos. A bebida corria à vontade e comidas deliciosas lotavam as mesas.

Ali e Ibrahim pegaram um prato e se serviram de um pedaço de carne vermelha e outro de frango, além de uma salada mista que não faziam ideia de que nome tinha. Enquanto comiam, extasiados, ficavam mais certos de que aquele lugar era de fato o paraíso. Nunca haviam participado de uma festa tão abundante. Verdade que tinham tido contato com muitos turistas, mas era gente de outro nível — podiam ser vistos de manhã e à noite na praça Jamaa al-Fna, mochila nas costas. Eram esses coitados que ficavam como baratas tontas pela praça e eram alvo de golpes e trapaças, enquanto os ricos se refugiavam em casarões e riads luxuosos, e em festas como aquela. Eles não tinham a menor necessidade de um guia turístico.

"Como eles fazem compras, então?", perguntou Ali.

"Com certeza mandam os empregados fazerem para eles."

Depois de comer e se livrar dos pratos, Ali e Ibrahim se preparavam para continuar circulando pela casa quando uma voz anunciou do alto da escada: "*Maintenant, la surprise de la soirée*... A srta. Marilyn Monroe!".

Ali se virou para Ibrahim: "Você ouviu o que ele falou?".

"Deve ser alguma surpresa... algum prato especial."

"Ele falou Marilyn Monroe, seu idiota. A atriz!"

"Acorda, Ali! Ela já morreu faz uns mil anos."

"Juro, ele falou Marilyn Monroe."

Ali e Ibrahim olharam para a escada e viram uma mulher de beleza encantadora descendo com todo o cuidado os degraus de madeira. Era de estatura mediana, loira e com seios fartos que pareciam querer saltar do vestido branco com uma fenda lateral de cima a baixo que acentuava suas curvas. Seus lábios carnudos estavam projetados, como se prontos para beijar um amante imaginário, enquanto ela abria os braços de modo convidativo. A mulher descia a escada bem devagar, na cadência de uma música suave. Era muito sedutora.

Alguns homens gritaram: "Uhuuuu!".

Um rapaz berrou: "*I love you, Marilyn!*".

De forma sedutora, ela levantava e abaixava a barra do vestido, revelando sua meia-calça branca quase transparente, o que aumentou ainda mais seu encanto. A pele coberta pelo tecido fino parecia mais provocante do que se estivesse nua.

Ibrahim se imaginou arrancando aquela meia, despindo lentamente a mulher, enquanto beijava seus lábios carnudos e sensuais. Fazia meses que não tocava o corpo de uma mulher. Não tinha dinheiro para procurar uma prostituta nem coragem para se relacionar com as garotas miseráveis de Riad Zitun, pois podia entrar numa fria e depois ter que se casar.

Na época em que trabalhava como guia turístico, ele não sofria da privação de sexo. Não faltavam turistas com corpos generosos e cheias de amor para dar. Por que se casar, afinal? Todo mundo ficava satisfeito e não havia irmãos protetores, parentes ou tios enfurecidos. Ele só precisava se render ao calor de um corpo deslumbrante que lhe desse prazer, ainda que na maioria das vezes estivesse bêbado e nem soubesse com quantas mulheres se deitara. Nos seus tempos de guia, envolveu-se com uma com quem queria se casar: Zahra. Depois lamentou não ter ficado com ela. Se tivesse se casado, hoje estaria cheio de filhos pulando ao seu redor. Tratou de tirar da cabeça essa história e voltou a desfrutar a cena de Marilyn Monroe. Ibrahim estava atônito de verdade, pois sabia que ela tinha morrido fazia muito tempo.

Ali virou para ele e disse, espantado: "Uau, mas Marilyn Monroe não tinha morrido?".

"Você é tonto ou o quê? É um homem!", disse Ibrahim.

"Um homem?"

"Claro, olha as pernas dele!"

Ali olhou para as pernas de Marilyn e elas de fato lhe pareciam masculinas.

"É verdade, é um homem mesmo... Onde a gente veio parar, meu amigo?"

"No meio do povo de Ló... dos transgressores."

"Dos infiéis."

Os dois aceitavam muitas coisas, mas não um homem vestido de mulher. Achavam asqueroso, um crime imperdoável que ultrapassava todos os limites e tudo que era mais sagrado. Ali gritou, cambaleante: “Quero torcer o pescoço desse gringo afeminado!”.

“Não é um gringo. Ele é marroquino, e a cara não me é estranha...”

“Você conhece ele?”

“Não sei por que, mas acho que sim. Tem alguma coisa nele que me lembra alguém que eu já vi, mas não sei onde.”

“Parece que eu o conheço também, mas de onde?”

“Bom, não vamos esquecer que viemos aqui por causa do Hamad, o *chelh*.”

“É verdade... Eu não vi Hamad no meio dos empregados. Onde ele pode estar?”

Deram mais uma volta pela casa, mas não o encontraram.

“Eu o vi entrando na casa”, disse Ibrahim.

“Eu também. Onde ele pode estar?”

“Vamos dar uma olhada no andar de cima.”

Subiram até o primeiro andar e foram surpreendidos por uma infinidade de quartos dos dois lados de um corredor vermelho decorado com imagens de homens nus em posições sensuais.

“Esse é o povo transgressor!”, gritou Ali, totalmente embriagado.

“Infiéis!”

Abriram a porta do primeiro quarto do lado esquerdo e encontraram um estrangeiro abraçado a uma mulher marroquina. Irritado, ele gritou para os dois: “*Allez vous faire foutre!*”.

Quando Ali fechou a porta, Ibrahim perguntou: “O que foi que ele falou?”.

"Ele falou 'Vão se foder'."

"Que Deus o amaldiçoe. Ele e todos os outros. Povo transgressor."

"Infiéis."

Depois de dizerem isso, Ibrahim sussurrou, excitado: "Ah, se eu estivesse no lugar dele… eu pegaria a mulher pela cintura e ia comer ela até ouvir ela gemer."

"Acredita que nenhuma mulher me deu bola nesta festa?", disse Ali, abatido.

"Você olhou bem para essa gente, viu como todo mundo aqui está vestido? A gente parece uns mendigos. Nem sei como ainda não nos expulsaram."

"Ninguém percebeu que estamos aqui. Todo mundo está bêbado ou na cama com uma gostosa ou com uma bichinha."

Ibrahim abriu a segunda porta e viu dois rapazes nus na cama. Aterrorizados, eles se esconderam sob o lençol.

"Estou quase explodindo", disse Ali. "Quero uma mulher agora, qualquer uma, quero deitar numa cama com uma mulher só para mim."

Como a maioria dos homens de sua idade, Ali pensava em sexo de modo obsessivo. O único jeito de apagar esse fogo seria se casando ou então possuindo uma mulher todos os dias. Porém, Ali não tinha condições de se casar. O sexo parecia torturá-lo ainda mais desde que a religião o tocara. Não imaginou que a religiosidade fosse abalar sua moral até então degradada. Agora sentia-se em pecado por não conseguir dar conta desse desejo pelos meios legais prescritos pelo *faqui*.

Ele se perdia nesses pensamentos, quando Ibrahim o agarrou pelo braço e o repreendeu: "Pare de sonhar acordado e me ajude a olhar nos outros quartos para ver se encontramos aquele maldito *chelh*. Aposto que ele não é copeiro porcaria nenhuma. Só Deus sabe o que está aprontando neste lugar".

Eles o chamavam de maldito *chelh* embora os dois também fossem *chelhs*. No entanto, consideravam-se diferentes dos amazigues da região de Rachidia e Uarzazat, cidades muito mais pobres e atrasadas. Ali e Ibrahim tinham nascido e sido criados num vilarejo muito próximo das cidades de Marraquexe e Essaouira. A cidade vermelha era um dos centros civilizacionais mais importantes do Marrocos, lugar de glórias e conquistas dos berberes, aberta a todas as culturas. Bastava caminhar pela praça Jamaa al-Fna para encontrar gente do mundo todo. Bastava se sentar num café dos mais simples para ouvir metade dos idiomas falados no mundo. Ser de Marraquexe os enchia de orgulho. Como Hamad, aquele maldito *chelh*, podia trabalhar numa mansão que mais parecia o paraíso, naquele bem-bom, tendo nascido no fim de mundo de Rachidia e Uarzazat, onde nem os trens chegavam?

Ali continuava mergulhado em seu sonho de ter uma mulher para esquentar o corpo. Já tinha quase 30 anos e ainda não havia desfrutado do sexo permanente que só um casamento poderia lhe garantir.

"Viemos aqui para procurar Hamad, o *chelh*, e ainda não encontramos ele!", Ali ouviu Ibrahim dizer.

"E como vamos encontrar alguém no meio desta festança, com tanta gente e com todos esses quartos suspeitos fechados?"

"Vamos falar com o dono da casa."

"Boa ideia, vamos perguntar para ele."

Ali e Ibrahim se aproximaram das pessoas que se entretinham com a Marilyn Monroe e perguntaram quem era o dono da casa. Nem foram ouvidos; a música estava alta e os convidados estavam focados em seus parceiros ou parceiras. Os dois, então, resolveram se aproximar de uma jovem marroquina que cambaleava de bêbada.

"É o Gerard! Ele está ali!", a jovem exclamou, apontando para o círculo de pessoas que rodeavam Marilyn.

Os dois foram até o homem indicado, que se apoiava no ombro de Marilyn, de costas para ela e colado em suas coxas.

"*Bonsoir monsieur*", disse Ibrahim.

"*Bonsoir*", respondeu Gerard.

"*Nous cherchons Hamad, le* chelh."

"*Il est là Hamad, c'est Marilyn, ma drag queen préférée!*", disse Gerard.

"Você entendeu alguma coisa?", Ali perguntou a Ibrahim.

"Ele disse que Hamad é a Marilyn."

"Esse *chelh* desgraçado estava tirando sarro da gente esse tempo todo. Ele é um viado, um sodomita!", gritou Ali. "Ou nos dá uma grana agora, ou vamos contar o segredo dele para o bairro todo... para Marraquexe inteira! Vamos fazer como fizemos com a Nadia, aquela dançarina do ventre que pagou nosso silêncio por vários meses e depois desapareceu de Riad Zitun. Onde será que aquela vagabunda se meteu? Transgressores!"

"Infiéis!", completou Ibrahim.

Diversas imagens começaram a invadir a mente de Ali. Lembrou-se de sua mãe advertindo sobre as consequências da fornicação, depois do irmão mais velho reprovando certas práticas entre os rapazes e, por fim, viu o *faqui* condenando a sodomia, a masturbação e todos os pecados capitais. De repente, sentiu um cheiro estranho, que não era nem de perfume nem de álcool. Parecia aquele que acompanhava os peregrinos que regressavam do *hajj* ou que se sentia dentro da mesquita — uma mistura agradável de livro velho com incenso barato e sapato.

Sacou a faca que sempre carregava no bolso, a arma que utilizava para ameaçar os idosos antes de ter se arrependido diante de Deus e deixado de roubar. Ali então se lançou sobre Hamad, o *chelh*, entoando: "Acercando-vos licenciosamente dos homens, em vez das mulheres, realmente sois um povo transgressor".

Era o versículo corânico que o *faqui* havia interpretado para eles dias antes, falando da punição aos sodomitas e de como Deus se alegrava, do alto de seu trono, sempre que um fornicador era apedrejado.

Ali se atirou sobre Hamad e o apunhalou diversas vezes no abdômen. Ele cambaleou e caiu no chão branco já coberto com seu próprio sangue. No mesmo instante, Gerard se jogou sobre ele, gritando histericamente e o beijando. Um tumulto teve início, como se todos na casa paradisíaca tivessem despertado da embriaguez.

Ibrahim, chocado, gritou para o companheiro: "O que você fez, seu animal?!".

Ali não ouvia ninguém. Não via ninguém. Apenas sonhava com o paraíso, com mais vinho, comida boa e mulheres. E repetia, histérico: "Transgressores... infiéis... transgressores... infiéis...".

* *Conto escrito originalmente em árabe.*

O SEGREDO ESTÁ NA PONTA DOS DEDOS

FATIHA MORCHID

Darb Dabachi

Pode me chamar de Chahrazad. Phillipe me deu esse apelido porque eu contava histórias por meio da ponta dos dedos com o mesmo encanto das *Mil e uma noites*.

Adotei o apelido sem titubear, pois me caía melhor que meu próprio nome, que preferi esquecer de vez, certa de que em cada mulher sempre existe uma Chahrazad.

Se as histórias eram o escudo de Chahrazad contra a morte, com certeza a linguagem dos dedos foi meu escudo contra a pobreza.

A linguagem do toque se assemelha a qualquer outra e pode ser aprendida e dominada com algum empenho. E se a pessoa tiver talento, também pode praticá-la de forma criativa.

Descobri meu talento por acaso, como geralmente acontece com as pessoas.

Pode ser que alguns se refiram a mim como prostituta, pois é fácil fazer pré-julgamentos, mas não me considero uma.

Eu me defino assim: uma jovem ambiciosa, de certa forma inteligente, que a vida agraciou com belos dotes físicos, mas que privou do mínimo necessário para sobreviver.

Há quem veja nessa definição pelo menos um indício de prostituição. Afinal, em Marraquexe, quem é bonita e rica é considerada princesa, enquanto quem é bonita e pobre é vista como prostituta.

Quando disse que sou inteligente, não me referia à inteligência de quem se dá bem nos estudos, de quem termina o curso secundário sem grande esforço. Falo da inteligência voltada para o dia a dia, ou o que alguns chamam de "inteligência do coração". Não gosto desse nome, pois meu coração é bem tonto, do contrário eu não teria me apaixonado por Said, o traficante do bairro. Esqueci de contar que sou de Duar al-Askar, bairro habitado por famílias de soldados e hordas de trabalhadores distribuídas pelas diversas fábricas especializadas na produção de alimentos como damascos e azeitonas. É um dos bairros periféricos que cresceram feito fungo para além dos limites da medina antiga de Marraquexe, essa cidade que já foi vermelha antes de se tornar negra como os meus dias.

Desculpe se minhas ideias são meio bagunçadas e eu saio pulando de um lado para o outro como uma doida, como Phillipe costuma dizer. Mas voltemos à "inteligência do dia a dia". Sendo bem realista, a verdade é que ter sucesso nos estudos não é mais sinônimo de ter sucesso na vida. No passado foi assim, mas a nossa geração só estudou o suficiente para partir mais cedo para o campo de batalha. Ninguém quer ter o mesmo fim do dr. Mahjub al-Uafi, que estudou medicina por 12 anos para depois abrir uma clínica em Tamasluht. Seus pacientes vêm dos vilarejos próximos e pagam o coitado com galinhas e ovos... Por isso decidi ser mais prática que o doutor e me perguntei: "Que profissão me daria um futuro promissor?".

Depois de refletir muito, cheguei a uma carreira relacionada à estética, mais especificamente a massagem: massagem relaxante, massagem para redução de peso, massagem tailandesa, chinesa e até satânica.

O importante era que fosse uma profissão independente, que eu pudesse exercer em hotéis de luxo, clínicas de estética ou mesmo na casa das pessoas. Não são necessários aparelhos específicos; apenas dedos ágeis e óleos básicos. É tudo de que se precisa. E o mais importante de tudo: é dirigida apenas a pessoas com boas condições financeiras. Afinal, como diz Said, andar com pobre torna você pobre.

Uma das videntes da praça Jamaa al-Fna me ajudou a tomar essa decisão. Um dia Tia Mannana olhou para as linhas da minha mão e disse: "A sorte vai chegar para você de muito longe, cruzando os mares. Ele é mais velho, mais rico e mais poderoso que você. O segredo está na ponta dos dedos".

Não entendi nada na época. O que os dedos seriam capazes de fazer além de roubar? Até que aprendi a fazer massagem.

Depois desse encontro inesquecível com a vidente, toda vez que eu cruzava por acaso com algum estranho me perguntava se seria ele a felicidade que chegaria de muito longe. Veja só como eu já estava mais que pronta psicologicamente para o encontro da minha vida.

Talvez você ache contraditória a minha relação com as videntes, já que tenho uma maneira muito prática de encarar a vida, mas fica fácil de entender se você acreditar que todas as grandes coisas da vida começam com um sonho. Para mim, as videntes vendem sonhos a quem não ousa sonhar. E elas ainda podem encher a pessoa de autoconfiança por meio de um amuleto que lhe dá uma qualidade específica. Só nós, os marroquinos, entendemos como é isso e o chamamos de *qbul*, ou "aceitação". É um tipo de fórmula para tornar a pessoa amável, atraente e irresistivelmente charmosa.

Então entrei com tudo no mundo da massagem, com uma confiança sobrenatural. Bastava misturar as cinzas do amuleto aos óleos e massagear o corpo dos meus clientes para sentir que eu tinha superpoderes capazes de mexer com os sentidos, as entranhas, o coração e o bolso deles.

Foi assim que conheci Monsieur Phillipe, ou melhor, seu corpo — apenas a massagem nos possibilita conhecer o corpo da pessoa antes do nome. Ele tinha o perfil do tal estrangeiro que me faria feliz. Era um francês no alto de seus 70 anos que havia se estabelecido em Marraquexe para realizar um sonho dele e da falecida mulher. Queriam descobrir o lado vermelho da cidade: a hospitalidade e o senso de humor de sua gente, as comidas apetitosas, o pôr do sol mágico por trás dos corredores de palmeiras, os mercados repletos de cores e aromas, além do exotismo da praça Jamaa al-Fna, com seus acrobatas, contadores de histórias, dançarinos, serpentes e macacos, sem falar de todo o seu agito, que revigorava os visitantes. O francês comprou uma casa antiga no Darb Dabachi na medina, um bairro movimentado por ser passagem para diversas partes da própria medina e a Jamaa al-Fna. O Darb Dabachi também era conhecido por ter abrigado o famoso Cine Ghazala, mais tarde demolido, bem como a loja que atraía pederastas célebres de Marraquexe, o

Ba-Kaman. Depois de reformar a casa e transformá-la num maravilhoso riad, Phillipe quis passar o resto da vida ali, como se estivesse dentro das *Mil e uma noites*. Chamou a residência de Riad dos Sonhos, esquecendo--se de que sonhos podem facilmente virar pesadelos.

Naquela época, graças a Said, o traficante, eu estagiava no centro de massagem de um hotel cinco estrelas próximo à zona das palmeiras. Em Marraquexe você pode se arranjar rápido desde que saiba "se virar", isto é, tirar proveito de qualquer circunstância. E ninguém sabia se virar mais do que Said. Ele sempre repetia o ditado: "Tem que ficar com um olho no gato e outro no peixe". Trabalhava ora como guia turístico, ora como motorista. Também vendia de tudo, de roupas a produtos ilícitos. Tinha uma infinidade de clientes, atraídos muito mais pelo haxixe de Marraquexe do que por suas lindas palmeiras. Muitas vezes me trazia presentes mais caros do que poderia pagar.

Não sei o que me atraía no Said. Ele não era bonito nem boa companhia, mas tinha o carisma de uma pessoa que vive o tempo todo no limite. Eu me sentia segura a seu lado, o que era outra contradição. A polícia podia prendê-lo quando bem entendesse e jogá-lo atrás das grades, mesmo ele tendo alguns policiais no bolso. Alguns continuariam ignorando as atividades de Said e protegendo-o até que surgisse um contraventor mais forte e Said se transformasse em bode expiatório.

Eu era apaixonada por Said e ao mesmo tempo aterrorizada pela ideia de passar o resto da vida com ele. Minhas ambições eram bem maiores do que estar com ele e seus amigos, homens que só tinham olhos para o corpo das mulheres.

No fundo da alma, eu me sentia uma princesa nascida no lugar errado e amando o homem errado. Eu não era parecida com nenhum dos meus parentes. Todos eram feios, a começar pela minha mãe, que pertencia à classe das empregadas puro-sangue, dessas que trabalham diariamente nas casas de família e nas fábricas de azeitona e damasco no bairro de Duar al-Askar para ganhar o pão de cada dia. Já meu pai era empregado de um curtume no fim do mundo, até morrer de câncer nos pulmões de tanto inalar a tinta para o tingimento do couro. Eu tinha apenas 10 anos.

Tenho duas irmãs de pele escura — como minha mãe —, nariz de batata, cabelo crespo e baixa estatura. Só eu nasci com pele branca, cabelo sedoso e porte mais esguio. Às vezes duvido que sejamos filhas do mesmo pai. Minha mãe explicava a diferença dizendo que ela trabalhava na casa de uma linda francesa quando estava grávida de mim, e que os desejos de uma grávida ainda guardam seus segredos e seus mistérios. Vai saber o que aconteceu? Eu seria filha de um dos estrangeiros para quem minha mãe trabalhou? Se isso for verdade, só me resta agradecer a ela por ter me salvado da maldição da feiura, condição que teria me impedido de entrar para o mundo das massagistas.

Tenho também um irmão mais velho que se refugiou na fé para se proteger da feiura e da miséria. Depois que fracassou nos estudos, deixou a barba crescer e abandonou qualquer ambição, passando todo o seu tempo na mesquita. E como o álcool é proibido pela nossa religião, ele o substituiu pelo *maajun*, o doce de haxixe.

No começo, ele tentou exercer a autoridade de homem da casa sobre mim e minhas irmãs, mas o poder do dinheiro que eu lhe dava e o efeito do *maajun* o amansaram até que ele só passou a pedir a Deus que nos mantivesse na senda da retidão.

Se Monsieur Phillipe estava mesmo destinado a me fazer feliz como Tia Mannana havia previsto, era necessário primeiro chacoalhar a árvore para os frutos caírem.

"O senhor prefere uma massagem comum ou especial?", perguntei, fingindo inocência.

"Quero uma massagem para relaxar. Se a especial for melhor, por que não?", ele respondeu.

Ele não parecia acostumado ao "final feliz" que a maioria dos estrangeiros dessa idade esperavam. Isso me fez pensar que às vezes o homem não aprende nada com a idade. Enchi as mãos com os óleos preparados de acordo com as orientações de Tia Mannana e passei os dedos macios na pele seca dele, ao mesmo tempo estimulando sua energia sexual e hidratando seu corpo. Tentava tornar a massagem inevitavelmente provocante. A música lenta, o perfume do incenso oriental e o calor do quarto davam um toque final à música dos meus dedos.

Os clientes que ficavam claramente excitados passavam do constrangimento à confusão e depois ao riso. E nada melhor que o riso para estabelecer uma comunicação. Nesse momento eu intervinha para massagear sutilmente o ego deles, demonstrando admiração por aquele membro tão viril, não importava quão pequeno fosse, e lhes explicava que era uma reação natural nos homens de verdade. E essa era a deixa para o "final feliz". Obviamente, eu não dava a mínima para a tarefa de provocar aquela explosão de energia sexual nos clientes. Minha única preocupação era receber a gorjeta no fim, e da forma mais discreta possível.

Com o tempo fui desenvolvendo a habilidade de manipular qualquer tipo de ser humano, com exceção de Said, que continuava me manipulando.

Não sei por que era fraca quando estava com ele. Seria amor? Seria medo? Com Said, momentos de carinho vinham sempre acompanhados por momentos de violência.

Às vezes ele me batia e logo em seguida se jogava aos meus pés aos prantos, suplicando: "Me perdoe, meu amor. Eu não sou uma pessoa ruim, esta vida de cão é que é!". Então eu o abraçava e chorávamos juntos. Fazíamos amor desesperadamente, sonhando com um amanhã melhor.

Foi ele quem me ensinou as técnicas de massagem provocante e foi no seu corpo que eu treinei. Said me instruiu na arte de usar a ponta dos dedos, mostrando-me como se começava a seduzir alguém e como se terminava. Ele me ensinou a fazer os clientes passarem aos poucos, e bem devagar, do relaxamento necessário ao prazer inesperado.

A verdade é que fiquei muito incomodada quando ele me falou de todas essas coisas. Eu não entendia como alguém que tinha ciúme até da própria sombra queria que eu fizesse massagem sensual para dar prazer aos meus clientes. Ele se justificava: "Não se trata de sexo, porque o seu corpo não tem culpa do que os seus dedos fazem". Como ele podia dizer isso, sabendo que às vezes a coisa poderia não parar só nos dedos? Os clientes poderiam querer que eu usasse a boca também...

No fim, acabei convencendo a mim mesma de que meu corpo não tinha culpa do que minha boca fazia. Assim, entrei de cabeça no mundo da massagem, com todos os meus sentidos.

Concordo que existem certas profissões disfarçadas de prostituição, porém, trabalhando no Riad dos Sonhos, descobri que a prostituição é uma só; suas facetas é que são muitas. Quem nunca pecou que atire a primeira pedra, como Cristo dizia.

Depois da primeira sessão de massagem comigo, Monsieur Phillipe propôs que eu fosse trabalhar em seu Riad dos Sonhos. Mais tarde descobri que nosso encontro não tinha sido um acaso do destino. Said havia planejado tudo, convencendo Phillipe que para o seu riad ser mesmo dos sonhos faltava ali uma bela mulher especializada em massagens. Então sugeriu que ele fosse ao hotel experimentar pessoalmente. Depois disse a Phillipe que eu era sua vizinha e irmã de leite.

Fiquei triste por ele não ter me apresentado como sua companheira. Contudo, ele se justificou dizendo que Marraquexe tem dois ouvidos e muitas bocas, portanto todo mundo sabe tudo de todos, e além do mais o estrangeiro saber da nossa relação não faria diferença nenhuma. E acrescentou, num tom de repreensão, que cabia a ele pensar no meu bem e no meu futuro. Então eu o abracei cheia de gratidão e, como sempre acontecia depois das nossas brigas, encerramos o assunto com sexo selvagem.

Foi assim que começou a minha aventura no Riad dos Sonhos e, ainda que fosse um trabalho sujo, minha família se alegrou.

Infelizmente, por motivos de saúde, minha mãe precisou parar de trabalhar dois meses depois que comecei no novo emprego. Tive eu, então, que sustentar a família toda, comprar remédios e pagar a conta dos médicos, o que me obrigava, algumas vezes, a pedir a ajuda de Said, que passou a se irritar com os pedidos intermináveis que eu fazia.

Certa vez estávamos no meio de uma noite romântica, fazendo sexo às escondidas num dos quartos do luxuoso riad — Phillipe estava em Paris para o funeral de um amigo —, quando Said me pegou de surpresa com esta proposta: "Temos grandes chances de sair deste aperto financeiro em que vivemos se você seduzir Monsieur Phillipe e se casar com ele. Se fizer isso, vai ser a dona deste riad. Imagine o Riad dos Sonhos mudando de nome, passando a se chamar Riad Chahrazad! Mas para isso você precisa me ajudar a fazer os nossos sonhos se tornarem realidade".

A princípio fiquei chocada e disse, irritada: "Como tem coragem de me pedir para casar com ele? Não sente ciúmes? E o plano de nos casarmos? Vai desistir dele?".

Said respondeu, rindo: "Eu tenho minhas dúvidas quanto à potência sexual de Monsieur Phillipe. E é claro que vou me casar com você, mas só depois que nos livrarmos dele e você herdar tudo".

Perguntei, aterrorizada: "O que você quer dizer com *nos livrarmos dele*?".

Said respondeu, acariciando meu cabelo calmamente: "Meu amor, você não percebe que ele está com um pé na cova? Mas isso é trabalho meu. O seu é fazer ele se apaixonar e pedir você em casamento. Depois você vai ver quanta coisa boa pode acontecer com Chahrazad, a Rainha do riad".

Naquele momento, me veio à lembrança o rosto de Tia Mannana, a vidente, enquanto olhava para as linhas da minha mão e dizia: "A sorte vai chegar para você de muito longe, cruzando os mares. Ele é mais velho, mais rico e mais poderoso que você. O segredo está na ponta dos dedos". E se esse fosse o meu destino mesmo? Ninguém pode escapar do que está escrito.

Não nego que realmente sonhei em me tornar a dona do riad, sobretudo porque estava exausta de viver esta enorme contradição: ter saído de um lar sufocante e miserável para um riad luxuoso e repleto de clientes obcecados com seus corpos. Eu me equilibrava entre tradições, crenças e minhas irmãs cobertas e submissas à autoridade e ao ascetismo assustador de meu irmão, e o mundo das massagens com toda a sua licenciosidade.

Quando voltava para casa, rezava com minhas irmãs e minha mãe, postada atrás do meu irmão, que gostava de fazer o papel de imã. Mas ninguém ali fazia ideia do quanto eu sofria.

Eu creio em Deus, mas não posso dizer o mesmo do meu irmão. Além de não ver problema em deixar de trabalhar e viver às minhas custas, passou a pedir com certa frequência que eu ajudasse "irmãos" que, como ele, não trabalhavam para se dedicar exclusivamente a adorar a Deus, embora, para a nossa fé, o trabalho também seja uma forma de adoração.

E eu ainda tinha que aguentar minha mãe me dizendo: "Quando é que o Said vai pedir a sua mão? Seu irmão está ficando incomodado com o que andam falando".

Não sou o tipo de pessoa que liga para o que os outros pensam. Desde bem jovem comecei a me perguntar se devia me preocupar comigo ou com a língua das pessoas — e não demorei muito para me decidir. Fui me acostumando com a ideia de ser a dona do Riad dos Sonhos. Ficava me olhando no espelho por muito tempo. Eu me via como uma princesa andando pelo meu palácio. Por que não? Afinal, luxo e beleza andam juntos. Contudo, não queria que nada de ruim acontecesse com Monsieur Phillipe. Ele era muito gentil comigo e, de todas as massagistas, eu era a sua preferida. Dizia que era a mais bonita e a mais inteligente, e que todos os clientes me admiravam. Mas talvez ele não tivesse a menor vontade de se casar.

Said e eu traçamos um plano para que tudo acontecesse exatamente como calculado. Não foi difícil seduzir Monsieur Phillipe. Said já o vinha cozinhando em fogo baixo, do mesmo modo que as pessoas de Marraquexe preparam a *tanjia*. Depois de algumas semanas, Monsieur Phillipe pediu minha mão em casamento para a minha mãe. Chegou à nossa casa todo constrangido e com um buquê de rosas. Said o levou até lá, envaidecido, como quem havia cumprido uma tarefa difícil.

Meu irmão, em quem não havíamos pensado, se opôs ao casamento, ameaçando pôr fogo no riad. Tremia de raiva enquanto insultava Said: "Como ousa, seu infeliz! Você não é homem... Depois de se fartar da minha irmã, a joga no colo de um gringo velho com idade para ser avô dela!".

Said respondeu no mesmo tom violento: "O infeliz aqui é você! Quer é que a sua irmã continue sustentando você e a sua família. Se fosse um homem de verdade, nem deixaria sua irmã trabalhar!".

O pedido de casamento se transformou numa batalha. Meu irmão tentou me agarrar, me ameaçando de morte, enquanto minha mãe chorava e pedia que ele se acalmasse. Não sei de onde tirei coragem para enfrentá-lo; era a primeira vez que o confrontava. Gritei na cara dele: "Como ousa condenar o que foi permitido por Deus? Phillipe aceitou se converter ao islã. Graças a Deus, pelo novo código, já que não sou menor de idade, não preciso da permissão de ninguém para me casar. O dinheiro de vocês vai continuar chegando como sempre, não se preocupe. Quanto a mim, estou indo atrás da minha liberdade, queira você ou não!".

Fomos embora da casa, Phillipe, Said e eu, acompanhados pelas lágrimas da minha mãe e pelos lamentos das minhas irmãs.

Phillipe e eu nos casamos depois que ele atestou sua fé no islã na presença de um religioso e duas testemunhas: "Não há divindade senão Deus e Muhammad é Seu mensageiro". Não imaginei que seria tão fácil, pois Phillipe era ateu e nunca teve a intenção de se converter a religião alguma. Para ele, tudo não passava de um desafio ou um jogo — era uma maneira de afrontar todas as religiões que ele desprezava.

Depois de uma festa de casamento íntima, tornei-me finalmente a senhora do Riad dos Sonhos, mas os laços com a minha família foram cortados. Meu irmão me repudiou e proibiu minha mãe e minhas irmãs de terem contato comigo.

Phillipe estava feliz com o nosso casamento e fazia de tudo para me agradar; como se costuma dizer, eu havia preenchido a vida dele. Um dia me confessou uma vivência de seu passado com certa amargura: "Fui gerente de banco e tinha muitos amigos lá, mas a aposentadoria revelou a fragilidade do relacionamento com meus colegas. Basta se aposentar para que as amizades do ambiente de trabalho também se aposentem. Aquilo é um teatro. São laços que raramente permanecem para além das paredes do escritório. Assim como as cadeiras e os arquivos, esses laços dependem do lugar, não das pessoas. Apenas com minha falecida esposa meu relacionamento ficou mais forte depois da aposentadoria, e foi por isso que não hesitamos em deixar Paris".

Enquanto Phillipe desfrutava de sua nova vida, eu tentava me convencer de que havia tomado a decisão certa. Uma decisão com sabor de medo e preocupação, sobretudo por causa das demandas financeiras de Said, que, desde o primeiro dia, cresceram junto de sua cobiça.

Ele pediu que eu o colocasse na recepção, com Laila, para controlar cada centavo que entrava no caixa. Nunca gostei dela — havia alguma coisa misteriosa no comportamento dessa mulher que sinalizava um segredo — e também não gostava do jeito como ela flertava com Said. Não era bonita e tinha o perfil das meninas de Marraquexe: pele escura e cabelo encaracolado, mas era atraente e tinha um temperamento dócil, ao contrário de mim. Todos a chamavam de *fli-fla*, isto é, "Pimentinha", por ser picante, mas saborosa.

A falta da minha mãe e das minhas irmãs começou a pesar. Eu me sentia cada vez mais refém de Said. Ele não demonstrava mais o menor interesse pelo meu corpo, com a desculpa de não querer atrair atenção para o nosso relacionamento, pois para Phillipe éramos irmãos de leite, e me dizia que sua proximidade com Laila era apenas um disfarce.

Eu perdia o ar toda vez que Phillipe murmurava que devia haver algo entre Laila e Said, enquanto ela, por sua vez, se limitava a baixar os olhos e a sorrir com a hipocrisia que os marraquexi dominam melhor do que ninguém.

Fiquei à beira de um ataque de nervos. O vírus do ciúme me infectou e comecei a viver uma espécie de vida dupla insuportável, pois ser dona do Riad dos Sonhos me obrigava a ser gentil e diplomática, sobretudo com os clientes que já haviam experimentado o meu "final feliz". Obviamente, depois de treinar duas novas garotas, parei de fazer massagens. Phillipe gostou da atitude, que considerou um sinal de fidelidade.

Fidelidade era uma palavra que não tinha espaço no riad, onde o cliente era o rei e o resto eram escravos. O cliente vinha para viver suas mil e uma noites no Riad de Chahrazad — esqueci de contar que Phillipe mudou o nome do riad na noite em que nos casamos. A ligação de Said com as drogas atraía certo tipo de cliente ao estabelecimento. Por trás do sorriso dissimulado de Laila, e pelas costas de Phillipe, a recepção tornou-se um ponto de negócios ilícitos de todo tipo.

Said se esquivava toda vez que eu tentava pôr os pingos nos is: "Não seja idiota, você vai estragar tudo com o seu ciúme doentio. Por acaso eu fico com ciúme quando você vai para a cama com ele? Claro que não, porque é tudo parte de um plano para depois ficarmos juntos e vivermos nesse luxo todo. Foi escolha nossa. Não banque a maluca!".

O problema é que eu não tinha certeza se o que acontecia à minha volta era realmente uma escolha minha. Eu havia entrado num jogo sujo, acreditando que todas as cartas estavam nas minhas mãos, para descobrir depois que a carta principal era eu, e que estava na mão de Said. Ele tinha se apossado de um quarto no riad. Conseguiu tornar sua presença indispensável ali ao conquistar a confiança de Monsieur Phillipe, que o tratava como um cunhado de verdade. Por que não? Afinal, ele não era meu irmão de leite?

Eu não entendia mais Said. Algumas vezes mostrava-se apressado para se livrar de Phillipe, e eu lhe pedia calma. Passei a ter medo até da minha sombra. Outras vezes eu sentia que ele estava satisfeito com sua nova posição e que não pensava mais em mudar nada.

Numa semana melancólica, recebi a notícia de que minha mãe havia morrido. Foi uma tristeza sem tamanho. Meu irmão me proibiu de ir ao funeral, me acusando de ser a razão da morte dela. Phillipe tentou me tranquilizar e me animar de todas as formas, mas meu luto era da mesma profundidade da minha solidão. Um mês depois da morte de minha mãe, ele decidiu me levar para o seu país, para eu mudar de ares.

Assim que Phillipe e eu começamos a nos preparar para a viagem a Paris, Said me entregou um documento e pediu que eu fizesse Phillipe assiná-lo antes de viajarmos. "É apenas uma procuração para que eu possa comprar os suprimentos do riad na ausência dele", explicou. "E vai nos ajudar a ficarmos juntos no futuro."

"Mas como vou conseguir que ele assine? E se ele perguntar do que se trata?"

Said respondeu com desdém: "É só encher a cara dele de champanhe e fazer uma massagem com seus dedos mágicos, que ele vai assinar o que você pedir com a melhor caneta que ele tiver". Ele me abraçou com carinho, algo de que eu sentia muita falta, a ponto de chorar, e acrescentou: "Está tudo em árabe. Você pode traduzir como quiser. Faça isso, minha Chahrazad, e logo vamos nos livrar do fantasma deste velho".

E assim eu fiz. Phillipe assinou o papel sem titubear, pois eu disse que se tratava de um comprovante de residência, de um documento oficial para comprovar que ele morava no riad. Acrescentei que meu irmão é que havia me pedido.

Quando partimos de Marraquexe, deixamos o riad nas mãos de Said e de Laila. Eu, que havia sonhado tanto em viajar para o exterior, não conseguia desfrutar de Paris, me sentindo melancólica nos braços de Phillipe. Estava insatisfeita com a minha vida e me remoendo de culpa pela morte da minha mãe e pelo desgosto que eu lhe causara. Era estranho como, agora que eu possuía um carro, vestidos caríssimos e tinha à minha disposição pratos preparados por chefs e sessões de massagem exclusivas, a infelicidade me invadia. Minha risada já não tinha o sabor da alegria nem meu sorriso o da satisfação. Sentia um vazio crescendo cada vez mais nas minhas entranhas. Onde estavam aqueles sonhos cor de rosa de antes? Tudo era muito cinza.

Enquanto isso, uma voz me sussurrava que Said estava mentindo. Eu não suportava mais a presença de Laila no riad. Tinha decidido mandá-la embora, mas Said se opôs, argumentando que ela era uma peça importante para a conclusão do plano. Tentei trancar as portas das minhas dúvidas e me convencer de que o ciúme era a causa da minha tragédia e que em breve me livraria de Laila. Enquanto isso não acontecia, era preciso confiar em Said e em seu plano secreto. Mas não era fácil.

Quando voltei de Paris, fui até Tia Mannana, como eu fazia todas as vezes que me sentia para baixo. Ela me recebeu de manhã bem cedo no seu quarto semiescuro no terraço do edifício caindo aos pedaços, em meio à fumaça de incenso. Havia medo em seus olhos enquanto os dedos escurecidos de hena dispunham as cartas em uma mesa pequena à minha frente. "Há uma víbora na sua casa, rastejando debaixo da sua cama. Tenha cuidado com ela, minha filha."

Fui tomada pelo pânico ao imaginar uma cobra se enrolando no meu corpo. Quem seria a víbora? Com certeza era Laila. Eu não suportava mais aquele sorrisinho amarelo dela quando se aproximava de mim todas as manhãs, perguntando com seu sotaque de Marraquexe: "Dormiu bem, Chahrazad? E Monsieur Phillipe?".

As palavras da vidente reacenderam a chama da dúvida no meu coração e fui acometida por um ciúme incontrolável. Então, numa madrugada em que estava mergulhada na insônia e na carência, escapei dos braços espinhosos de Phillipe e desci, na ponta dos pés, até o quarto de Said, atrás de um pouco de amor. Cheia de desejo pelo calor de seu corpo, abri a porta devagar para não acordar os empregados. Para minha surpresa, ele dormia profundamente nos braços de Laila, que deveria estar em sua casa. Quase desmaiei enquanto fugia do espectro da traição e corria para o banheiro. Ali vomitei toda a minha amargura. Phillipe se levantou assustado para me socorrer. Levou-me de volta para o quarto e chamou um médico. "É intoxicação alimentar", disse o doutor. O diagnóstico dele estava certo. Eu tinha acabado de engolir o veneno da víbora e de seu amante, aquele traidor.

Passei uma semana de cama totalmente acabada, enquanto Phillipe cuidava de mim com todo o carinho. Ser tratada com ternura era difícil para mim, pois odiava cada vez mais os homens, o mundo e a mim mesma. Ao longo da semana, pensei muito em como me vingar de Said e de toda a hipocrisia à minha volta. Said, aquele infeliz... O cheiro do sexo dos dois empesteava o riad inteiro e começava a me sufocar. A tirania de Said agora me dava medo e eu me sentia muito fraca diante dele. E se eu exigisse ter uma participação maior no plano? Eu o faria se livrar de Phillipe sozinho, ele passaria o resto da vida na cadeia e eu me libertaria daquela escravidão, de Laila e da minha infelicidade.

Phillipe sem dúvida era bom e me amava. Porém, estava velho — já tinha vivido tudo e realizado seus sonhos. Eu ainda estava no início da minha caminhada e, se não me apressasse, as portas se fechariam para mim. Só tinha a mim mesma.

A sós com Said, perguntei: "Qual é o plano? Vejo que você não está mais com pressa de acabar com Phillipe".

Ele respondeu: "Prefiro manter o plano só para mim, para não comprometer você, minha Chahrazad. Você é muito sensível e num momento de fraqueza pode acabar dando com a língua nos dentes. Deixe tudo comigo e continue tranquila e afetuosa com ele. Não permita que ninguém desconfie de nós. E esqueça Laila. Ela é gente boa e gosta de você".

Como ele tem coragem de defendê-la para mim? Canalha! Quase revelei saber de tudo sobre os dois, mas recuei, com medo de enfurecê-lo e de me enfraquecer diante de sua ira. Said me beijou apaixonadamente e disse em meu ouvido: "Não deixe o demônio brincar com você, minha linda. Você sabe que eu não faria nada sem você. Você é a esposa de Phillipe, a única herdeira dele e, mesmo que eu quisesse só o dinheiro, ainda assim teria que me casar com você para obtê-lo. Além disso, que importância tem o dinheiro dele sem o seu amor?".

O poder de persuasão de Said se equiparava à minha vulnerabilidade ao afeto dele. Decidi me tranquilizar e acreditar que o relacionamento dele com Laila não passava de sexo. Inventei diversas justificativas: ela devia dar em cima dele, na nossa cultura o homem nunca podia recusar uma investida feminina... Depois pensei em falar com Laila — sim, iria ameaçá-la. Quem sabe ela parasse de se oferecer a Said, com medo de perder o emprego no riad.

Com isso em mente, aproveitei uma oportunidade para chamá-la à sala de Phillipe. Em tom falso, disse: "Somos mulheres e nos conhecemos. Por isso, sem rodeios, quero lhe dizer que Said é meu irmão e sei o que está acontecendo entre vocês. Exijo que termine com ele, do contrário vou mandá-la embora do riad".

A reação dela me surpreendeu: gargalhou e me encarou com insolência. Aproximou seu rosto do meu e murmurou em tom de deboche: "Guarde suas mentiras para o seu marido gringo, pois eu conheço o poço, do fundo à tampa, e sei que o ciúme está corroendo o seu coração".

Meu sangue subiu e, sem me controlar, ergui a mão e lhe estapeei a cara. "Respeite a sua senhora, sua imunda!"

Laila não hesitou em devolver o tapa com toda a força. "Você não é senhora de ninguém aqui, sua estúpida!", ela retrucou em tom de provocação.

Começamos a nos estapear, puxando o cabelo uma da outra e disparando uma série de impropérios e ofensas. Ouvindo nossa gritaria do lado de fora, Said irrompeu na sala. Enquanto tentava nos separar, ele gritava: "O que vocês têm? Seus gritos estão abalando a estrutura do riad... Chega!".

Depois que Said nos separou, me virei para ele e disse em tom de reprovação, sentindo o sangue escorrer no lábio inferior: "Viu no que deu tratá-la desse jeito?".

Ele se virou para Laila, segurou as mãos dela e disse com calma: "Não seja tola".

Ela gritou na cara dele: "O tolo aqui é você! Agora vai defendê-la, é?".

Senti minhas extremidades congelarem ao vê-lo abraçando Laila para acalmá-la e dizendo gentilmente: "Acalme-se, por favor, ainda não chegou a hora".

"A hora do quê, seus traidores?", gritei.

Nesse momento, como numa cena dramática de teatro, Phillipe entrou, pálido de fúria. Agarrou Said imediatamente, gritando: “Como fez isso comigo? Você me roubou, seu filho da puta!”.

Said o empurrou e Phillipe caiu no chão. Ele olhou para mim e disse: “Você é cúmplice dele?”.

Eu não estava entendendo nada e perguntei: “O que está acontecendo? O que você fez, Said?”.

“Viu? Este é o momento”, Laila disse a Said enquanto ajeitava seu cabelo bagunçado. Em seguida, se dirigiu a mim: “Fim de jogo. Eu não falei que você não era a senhora de ninguém? O riad não é mais de Monsieur Phillipe. Já foi vendido”.

Enquanto eu ajudava Phillipe a se levantar, gritei, exigindo uma explicação: “Como é?!”.

Laila respondeu: “Alguém mais esperta passou a perna em você”. Virou-se para Phillipe e disse com desprezo: “De que serve ter dinheiro quando já se está no bico do corvo? Vamos embora, Said. Já acabamos nosso trabalho por aqui”.

Laila se encaminhou para a porta, seguida por Said. Phillipe foi atrás dele e gritou: “Aonde você pensa que vai? Não vai escapar tão fácil assim!”. Segurou Said pelo ombro, que se virou e empurrou Phillipe com violência, e o velho desabou no chão. Said se lançou sobre ele, socando e chutando.

“Pare, você vai matá-lo!”, eu gritei, tentando arrancar Said de cima dele.

Ele me empurrou também. Caí no chão e Said voltou a golpear Phillipe. Parada na porta com um sorriso maldoso, Laila disse com insolência: “Chega, querido, rápido, precisamos ir”.

Ele se levantou, deixando Phillipe largado no chão, Virou-se de costas para mim, enquanto, traída, eu tremia de ódio e impotência. Como quem não tem mais nada a perder, fiquei de pé, agarrei uma estatueta de metal e parti para cima de Said com toda a força. Atingi a parte de trás da sua cabeça e ele caiu, o sangue jorrando.

Laila se debruçou sobre Said, gritando: "Você matou ele, sua vagabunda!".

Ao ver todo aquele sangue se espalhando pelo chão, desmaiei.

A voz de um paramédico me fez abrir os olhos: "Você está bem?". A sala estava cheia de policiais.

Ao confessar o crime, Laila contou que era procurada pela justiça da Bélgica por envolvimento com tráfico de drogas. Disse ter planejado tudo com Said, a quem já conhecia antes de trabalhar no Riad dos Sonhos. Confessou que conseguiram vender o riad, com tudo dentro, usando a procuração que fiz Phillipe assinar. Pretendiam fugir com o dinheiro para o exterior. Foi condenada a 10 anos de reclusão.

Depois de passar duas semanas no hospital, entre a vida e a morte, Said foi transferido para a prisão. Alguns policiais que o acobertavam revelaram provas de crimes anteriores que fizeram sua pena chegar a 15 anos.

Quanto a mim, passei alguns meses presa antes de ser solta graças a Phillipe. Ele pagou minha fiança e me perdoou. "Ter se comportado mal uma vez não faz de você uma pessoa ruim." Ele fez de tudo para me ajudar.

Não vou negar que, durante as semanas em que Said esteve no hospital, eu oscilei entre dois sentimentos contraditórios: desejava sua morte, para que Laila ficasse privada de seu amor para sempre, e orava para que ele se salvasse e, assim, eu não fosse privada da minha liberdade. Para a minha sorte, ele não morreu, pois o valor da liberdade é muito maior que o do amor.

Hoje, vivo no Riad Chahrazad sem concorrentes. Cuido de Phillipe (a minha sorte que chegou de muito longe), que acabou de sofrer um AVC. Eu o massageio com todo o carinho, faço-lhe "boas massagens". Quem sabe? Pode ser que ele recupere os movimentos dos membros inferiores... Afinal, o segredo não está na ponta dos dedos?

* *Conto escrito originalmente em árabe.*

DELÍRIO

MAHI BINEBINE

Suq Sammarin

Dividir o mesmo corpo com um ser inconstante não é tarefa fácil. Kamal e eu vivíamos em conflito permanente, quase sempre por bobagem. Não concordávamos em nada e nossas brigas, em geral silenciosas, tomavam proporções que levavam os passantes — que não faziam a menor ideia da nossa história — a pensar que éramos loucos. Porém, num ponto estávamos de acordo: nosso amor por Mama Rosalie — um amor simbiótico e incondicional.

Seria difícil fornecer a descrição precisa do meu companheiro, já que tendemos a ser subjetivos quando falamos de nós mesmos. Mama Rosalie nos contava uma velha história que ouvia de sua avó: *Uma rocha suspensa no céu está fadada a cair sobre a cabeça de quem se deprecia na Terra. Desde o início dos tempos o meteorito está lá, flutuando no firmamento.* Por isso só me resta falar bem de Kamal, pois, por mais que digam o contrário, nutrimos certo afeto um pelo outro. Ele é um pouco eu e eu sou um pouco ele. Somos, assim, um belo rapaz de porte atlético, rosto bonito e olhos de ressaca — avermelhados, mas doces, próprios dos homens que deixaram de sonhar, que jogaram a toalha e já não esperam mais nada de ninguém.

Nosso maior trunfo: a língua de Goethe. Éramos os únicos guias turísticos fluentes em alemão em toda a Marraquexe. Pode-se dizer que éramos os reis do petróleo. Em terras mouras, nenhum salsichão nos passava desapercebido. Herdamos por direito ônibus lotados de corpos brancos, cheios de hormônios, risonhos e gulosos, prontos para gastar fortunas no Sammarin, o maior *suq* da cidade. Levávamos todos para os bazares dos nossos amigos, vendendo para eles a beleza e a elegância do nosso artesanato ancestral, trabalho de gênios que habitavam o país mais bonito do mundo: "Este tapete pertenceu à favorita do rei Mulay Ismail, que costumava beber chá na casa dela, que fica no alto de uma colina com vista para Mequinez; aquela outra maravilha ali foi encomendada pelo regente Ba-Ahmad, que construiu o palácio Bahia com seus 156 cômodos na medina de Marraquexe; esta adaga, que pertenceu a Tachfin Bin Ali, filho do fundador da cidade vermelha, cortou a garganta de um rebelde andalusino que veio à cidade com seus compatriotas para erguer a muralha da medina; já esta caixa diante de seus olhos é uma peça extremamente rara: trata-se dos ossos de um camelo lendário que cruzou o Saara centenas de vezes, incrustados em madeira de tuia pelo mestre dos artesãos judeus de Mogador". Uma pilha de mentiras contadas sem a menor hesitação, acompanhada de boa conversa, inclinação natural para piadas e convicção absoluta. Thomas Mann, Stefan Zweig e Herman Hesse nos acompanhavam nessa vigarice; eram, por assim dizer, nossos cúmplices. Suas palavras davam brilho aos nossos discursos, suas citações nos ajudavam a justificar os preços exorbitantes que os comerciantes cobravam e que apoiávamos assentindo com a cabeça. Uma boa parcela do saque nos seria repassada mais tarde.

Kamal e eu fazíamos uma pequena fortuna toda semana. Parte dela ia para o bolso de Mama Rosalie e outra parte para o caixa do dono barrigudo do Café Atlas.

Na verdade, depois que terminávamos o trabalho matinal no *suq*, passávamos a maior parte do dia bebendo litros de cerveja nesse fim de mundo esquecido por Deus, onde encontrávamos certa paz. Nossos bate-bocas secretos acabavam se atenuando. Admitíamos as deficiências de nossos argumentos aqui e ali, cada um cedendo um pouco, e nossas opiniões flertavam até se tornarem complementares. Se pelo menos tivéssemos dois corpos distintos, poderíamos nos abraçar como dois bêbados.

Toda noite, às nove em ponto, num estado próximo do coma alcoólico, subíamos em nossa mobilete e íamos direto para Mama Rosalie. Voltarmos para casa sãos e salvos era uma espécie de milagre diário. Quando caíamos em alguma viela mais estreita, nos ralando entre os edifícios, quase nunca era grave. Levantávamos e seguíamos bravamente nosso caminho. Assim que chegávamos, uma boa refeição quente (a única do dia) nos era servida por uma jovem empregada de belas curvas que prometíamos a nós mesmos atacar um dia, embora nunca encontrássemos a energia necessária para passar à ação. Mama Rosalie trancava-se no quarto para não ter que cruzar com os infelizes que chegavam cambaleantes todo santo dia. Aguardava até a manhã seguinte, no café, quando voltávamos a ser gente e nossas palavras, inteligíveis. Um instante de misericórdia que apreciávamos. Adorávamos descansar a cabeça nos joelhos dela, enquanto nos fazia um cafuné como nos velhos tempos, quando passava horas vasculhando nosso cabelo em busca de piolho. Éramos viciados em suas carícias e em suas palavras de consolo, que entendíamos quase como uma advertência. O simples fato de sabermos que ela estava ao nosso lado nos dava força para enfrentar mais um dia de luta no *suq* e suas hordas de turistas. Recarregávamos a bateria, rindo com bom humor das mesmas piadas recontadas um milhão de vezes. A isso se resumia nossa existência, a de Kamal e a minha.

O Café Atlas era um mundo borbulhando com todo o lixo e o mofo da cidade, uma confluência natural do sofrimento humano, uma ilha de salvação em meio à tormenta, uma avalanche de histórias destiladas por vagabundos sonhadores em meio à fumaça, alegrias úmidas embebidas nas vozes e nas lágrimas derramadas por gargalhadas sem fim. Um lugar onde era possível estar sem realmente *estar*, um lugar protegido por vidros opacos, trincados pela correria dos passantes, onde o caos nada mais era que um burburinho distante e abafado pela voz onipresente da divina Umm Kulthum, enquanto o vinho e a cerveja fluíam livremente. Ah! O Café Atlas era o nosso paraíso... ou, quem sabe, nosso inferno.

Naquela noite, voltando de mobilete para casa, levamos um tombo brutal. Nosso rosto ficou coberto de sangue e não conseguíamos mexer nem sequer o dedo mindinho. Kamal abriu os olhos e viu uma criança morta no chão, ao nosso lado: um bando de olhares acusatórios se voltavam contra nós como tochas e forcados prestes a nos atravessar, bocas enormes de onde saíam serpentes com chifres e escorpiões amarelos, as mangas das jelabas esvoaçantes movendo-se como numa dança macabra de fantasmas. Gritos e mais gritos. A criança, vestida de branco, levantou e se juntou à dança.

"Ela está morta!", Kamal me disse.

"Quem?"

"A criança dançando. Está escorrendo um sangue preto das orelhas dela."

"Não estou vendo nenhuma criança", falei.

"Ela está perdida no meio da multidão, por isso você não consegue ver."

"Não tem multidão! Só estamos nós dois na rua", insisti.

"Não está ouvindo os gritos?"

"Só estou ouvindo você."

"E o sangue no chão?"

"É nosso. Olhe de perto, a gente acabou de cair. E não é a primeira vez!"

"Você está mentindo. Você se nega a ver o que está na sua cara!", gritou Kamal. "Nunca quer ver nada!"

"Vamos, levanta. Vamos para casa. Tem uma comida quente nos esperando."

"Eu te odeio!"

"Você vai superar."

"Sempre odiei", disse Kamal.

"Porque eu te vejo. Eu não te julgo, mas te vejo. Você não gosta que olhem para você."

Kamal se calou. Eu nunca o tinha visto num estado parecido. Seu rosto fechado erguia um muro invisível entre nós. Tentei mudar o tom e abrandar as palavras, para tentar conversar com ele, mas Kamal não me escutava. Era como se, em um passe de mágica, ele tivesse me apagado da nossa existência. Virou as costas para mim — para *mim*, seu companheiro desde a infância, para o bem ou para o mal. Minhas queixas eram em vão. Eu via minhas palavras batendo em um muro de silêncio, escorrendo como gotas de vapor.

Ele se levantou, subiu na mobilete e arrancou em direção ao *suq*. A maioria das lojas já estava fechada, pois o muezim chamava para a prece da noite. Ele parou na casa do Murad, um amigo que era dono do nosso bazar preferido.

"Me esconde", ele sussurrou. "Me esconde!"

"O que aconteceu?", perguntou Murad.

"Eu atropelei uma criança", Kamal cochichou. "Matei ela."

"Do que você está falando?"

"Eu sou um assassino!", ele berrou.

"Se acalme, entre aqui."

"O menino não tinha nem 10 anos! Merda, merda!"

Kamal tremia e seu rosto ensanguentado parecia confirmar a história.

Murad não fez mais nenhuma pergunta. De onde a gente vem, primeiro somos solidários e nos apoiamos, depois pensamos nas consequências. Ele levou Kamal para o banheiro e o fez tomar um banho. Com o rosto pálido e movimentos lentos, Kamal se entregou aos cuidados de Murad. Mais tarde, o dono do bazar voltou com um *kit* de primeiros socorros e cuidou dos ferimentos de Kamal. Enquanto aplicava os curativos, o cheiro forte de álcool não foi um problema. Depois foi buscar uma gandura limpa e uma babucha — não era difícil achar coisas desse tipo num bazar. Murad levou Kamal para o fundo da loja, a uma sala minúscula atolada de tapetes até o teto.

“Você vai ficar aqui”, disse. “Amanhã de manhã a gente conversa.” Voltou com um sanduíche e depois saiu, dando duas voltas na chave da porta.

Ficamos lá vários dias, numa vaga penumbra, sem trocar uma palavra, como um casal de velhos mal-humorados. Kamal piorou. Desatava a gritar ao reviver o filme do seu acidente imaginário, preenchendo as cenas com detalhes alucinantes. Algumas vezes, cobras se enrolavam em seu corpo para impedi-lo de escapar ou então escorpiões formavam uma cama de pregos de faquir que o deixava imobilizado. Outras vezes, sob luz ofuscante, fantasmas se lançavam sobre ele, mordendo-lhe o rosto. Para mim era muito doloroso não ter como tirá-lo desse pesadelo. Mas o que eu podia fazer? Ele me ignorava completamente. Eu me tornara *persona non grata* em seu íntimo, um estranho tão perigoso quanto os monstros ameaçadores que o cercavam.

Murad ia nos ver na hora das refeições e trazia uma cesta com comida e várias caixas de cerveja. Também trazia notícias do mundo exterior, que rapidamente se tornaram assustadoras. De fato, a polícia estava nos procurando. Dois inspetores circulavam pelo *suq*, indo de loja em loja perguntando por nós. Eu não entendia nada. Tinha certeza de que não havíamos matado ninguém. Eu estava lá na hora do acidente, e bem menos embriagado que Kamal. À medida que a notícia se espalhava, eu sentia crescer a angústia de Murad. Ele não nos abandonaria por nada neste mundo, eu tinha certeza, mas estava com medo. Muito medo. Aos poucos, a dúvida começou a me dominar, inoculando seu veneno perverso, já que eu não conseguia ver lógica na história. Por que diabos os policiais estariam procurando um bêbado que caíra sozinho numa viela deserta? Porque estavam morrendo de tédio e, para passar o tempo, esses demônios se divertiam brincando com o nosso medo, com a nossa angústia, com a nossa vida. Eu sabia um pouco sobre esses sentimentos por estar próximo deles no corpo febril de Kamal. Um corpo que eu não escolhi e que era, por assim dizer, meu purgatório.

Se não tivesse sido tão dramático e terrivelmente triste, o fim dessa história poderia ter saído de uma comédia burlesca representada em um teatro do interior. Mas não, nosso fim foi injusto: não o merecíamos.

Morta de preocupação, e depois de mobilizar toda a família para juntar-se a ela na busca, Mama Rosalie finalmente avisara a polícia do desaparecimento do filho. Os policiais só estavam fazendo o seu trabalho e tentando conduzir Kamal de volta para a mãe. Apenas por esse motivo nos procuravam. Murad só entenderia isso muito mais tarde, depois do nosso desaparecimento. Até então, ele roía as unhas como se fossem tâmaras frescas.

As crises de Kamal não cessavam e agora ocorriam em plena luz do dia. Murad já não aguentava mais os gritos que, mesmo abafados pelos tapetes, assustavam os turistas. Eles acabariam desaparecendo do bazar.

"Isto não pode continuar assim", Murad nos disse uma noite, quando trouxe o jantar.

Com o orgulho ferido, Kamal decidiu ir embora imediatamente. Pensava nas palavras de Mama Rosalie: *Se eu não sou bem-vinda, melhor nem ir!* Então, sem raiva, subiu na mobilete e deixou o esconderijo com toda a dignidade. Parecia quase normal. Sua feição serena me tranquilizou. Saiu da medina, passando pelas muralhas, sem saber que direção tomar. Precisávamos de ar fresco. Estávamos eufóricos, voando na companhia dos pássaros que ainda permaneciam despertos àquela hora da noite. Eu o ouvi murmurar que estava feliz de poder respirar um ar livre da poeira dos tapetes e do odor fétido das ratazanas. Nossa gandura esvoaçava, nos dando uma sensação de leveza. Ao ver uma criança atravessando a via ao longe, Kamal fez uma curva acentuada para um descampado. Ao invés de frear, acelerou, competindo com um bando de pássaros. Depois o silêncio, um silêncio marítimo no fundo de um poço, o crânio rachado, um pouco bêbado, um pouco morto. Nos olhamos pela última vez e eu o vi sorrir. Um arrepio nos atravessou quando vimos, na superfície da água, a silhueta de uma criança dançando.

* *Conto escrito originalmente em francês.*

À PROCURA DE UM FILHO

MOHAMED NEDALI

Bab Agmat

Eram oito da manhã quando o velho Razzuk e sua esposa chegaram à delegacia de polícia: fazia três dias que Abd al-Jalil, o filho deles, não voltava para casa. Verdade que o jovem, de tempos em tempos, passava a noite toda fora, mas raramente acontecia duas vezes seguidas, e nunca sem avisar aos pais.

O policial que os atendeu, um homem de cerca de 40 anos com semblante frio e severo, pediu a Razzuk que descrevesse o desaparecido: "Nome, idade, endereço e profissão".

O velho engoliu em seco. "Abd al-Jalil Razzuk", começou. "Vinte e seis anos; Darb al-Bumba, 11, Bab Agmat."

"Profissão?", grunhiu o policial.

Sem saber o que responder, o velho se calou.

"Desembucha!", exigiu o policial.

Atordoado, Razzuk balbuciou, inseguro: "Nosso... nosso filho foi... ele foi por alguns anos... vendedor... vendedor de cigarros avulsos, primeiro aqui em Bab Agmat e depois em outras áreas da cidade. E depois... ele...".

"Ele subiu na carreira!", interveio o policial, debochado. "A promoção clássica, claro!"

O velho e a mulher se entreolharam estupefatos.

"O que o senhor quer dizer com *carreira, sidi*?", Razzuk perguntou ao policial.

"O senhor não sabe ou está se fazendo de tonto?", retrucou o policial.

"Por Deus, eu não sei!", respondeu o velho.

O policial olhou para ele com uma sobrancelha levantada e o esboço de um sorriso incrédulo. "Nessa eu não caio", murmurou consigo.

"Como assim, *sidi*?", disse o velho. "Não entendi."

"Volte daqui a uma hora!", ordenou o policial. Enfiou a mão no bolso da jaqueta, puxou um celular — um Samsung *touchscreen* bastante sofisticado, com capa de couro preta, desses que custam, por baixo, uns 3 mil *dirhams* — e, compenetrado, começou a mexer no aparelho.

Derrotados, o velho e a mulher saíram pela porta e atravessaram a rua. Eram 8h15 e o sol já castigava, prenúncio de mais um dia escaldante na cidade vermelha. O velho pegou duas caixas de papelão que estavam perto de uma lixeira e entregou uma à esposa.

"Que vamos fazer?", ela perguntou.

"Esperar!"

O casal se sentou à sombra de um eucalipto enorme em frente à delegacia. Tinham 45 minutos pela frente.

"Ali não tem um telefone público?", perguntou a mulher com voz trêmula.

"Quantas vezes eu preciso dizer que ele não atende o telefone!", respondeu o velho com o tom de voz alterado. "Você é surda ou não tem memória?"

Duas lágrimas pesadas se formaram nos olhos da mulher e se empoçaram ali por um instante antes de escorrerem pelas bochechas pálidas. Ela enxugou o rosto com as mangas da jelaba. O velho a observava pelo canto do olho. Instantes depois, ele se levantou como que vencido pelo remorso ou pela pena e foi em direção à loja, amassando um pedaço de papel entre os dedos. A mulher o observou até ele entrar. *Que Deus nos dê um sinal de vida do nosso filho*, ela suplicou em silêncio, olhando para o céu. *Livre-nos desta agonia insuportável!* Dois minutos depois, ele retornou.

"E então?", ela perguntou, o olhar fixo em seus lábios.

O velho sentou-se de novo na caixa de papelão. "Ninguém atende", disse, levando as mãos à cabeça num sinal de exaustão. "Há três dias eu repito a mesma coisa para você, pareço um disco riscado."

A esposa recomeçou a chorar em silêncio, enxugando as lágrimas com a manga da jelaba. Com as mãos no queixo e o semblante apagado, o velho fitava um ponto fixo no chão, com ar de ruína devido a algum pensamento obscuro. Se um dia a miséria assumisse a forma humana, não haveria representante melhor que esse casal da medina, sentado à sombra de um eucalipto enorme, indiferente à sua situação.

A cada cinco minutos, o velho olhava para seu relógio digital, um Casio cinza com pulseira de aço inoxidável. Às nove horas em ponto se levantou. A mulher se juntou a ele e voltaram à delegacia.

"Venham!", disse o policial da recepção com seu conhecido mau humor.

Eles o seguiram por um longo corredor empesteado com cheiro de cigarro acumulado pelo tempo, passando por salas idênticas como se estivessem numa escola. As pessoas aguardavam em frente às portas, inquietas e caladas. Algumas se escoravam de costas na parede, outras caminhavam de um lado para o outro; uma garota chorava sozinha num canto. No fim do corredor, o policial os conduziu por uma escada revestida de mosaicos escurecidos, mal iluminados por uma lâmpada fluorescente dependurada no teto. No andar superior, ele parou diante da primeira sala à direita. *Comissário Hamid Zaghlul*, anunciava a placa na porta. Com o indicador dobrado, o homem deu duas leves batidas na porta, quase inaudíveis. Ouviu-se um "*zid!*" do outro lado. Ele entrou, levando dois dedos à aba de seu quepe, e fechou a porta. Dois ou três minutos depois, abriu a porta novamente.

"Entre!", ordenou ao velho. "A senhora, aguarde ali no banco!"

A mulher obedeceu com relutância.

O comissário Zaghlul era robusto, tinha testa larga, olhos grandes e pretos, bigode de Saddam Hussein e maxilar protuberante. Não aparentava mais que 50 anos.

"Bom dia, *sidi*!", disse o velho ao entrar.

"Bom dia, *charif*! Por favor, sente-se", o chefe de polícia respondeu.

O velho sentou-se em uma das duas cadeiras que havia em frente à mesa. A profunda desconfiança que nutria pelas forças policiais — sentimento amplamente compartilhado no país — só fez aumentar a angústia pelo repentino desaparecimento do filho.

"Lamento informar que seu filho, Abd al-Jalil Razzuk, morreu anteontem, em torno das duas horas da manhã num acidente de trânsito."

Num segundo, uma palidez cadavérica tomou conta do rosto do velho, alastrando-se pelas orelhas e depois pelo pescoço.

"A polícia encontrou o corpo na beira da estrada", continuou o comissário. "O criminoso fugiu — supostamente um motorista alcoolizado. Uma investigação está em curso para determinar as circunstâncias do *acidente*... O senhor será informado dos resultados, é claro. Mais uma vez, lamento muito, *charif*", repetiu o comissário com sinceridade.

"Posso saber a localização exata do *assassinato*, *sidi*?", perguntou o velho Razzuk ao recobrar as forças para falar.

"O *acidente* ocorreu...", começou o comissário, pego desprevenido pela pergunta. "O acidente ocorreu... ocorreu na estrada... Com licença, um momento, vou averiguar no boletim."

O comissário abriu uma gaveta, fechou, abriu outra, tirou dali uma pasta verde, pegou de dentro dela uma folha de papel e buscou a informação. "O acidente ocorreu na estrada paralela ao muro dos jardins de Manara", respondeu enquanto lia. "Próximo do bairro de Larmud, mais exatamente. O senhor sabe onde fica?"

O velho abriu a boca para falar, mas não saiu nada. E assim Razzuk permaneceu, mudo.

O comissário se levantou e pôs a mão no ombro do velho num gesto de sincera compaixão. "Que o Altíssimo tenha a alma do defunto em Sua vasta misericórdia", disse a Razzuk.

O velho continuou ali, petrificado de desolação.

"Agora o senhor deve ir até o procurador do rei munido de uma cópia da sua carteira de identidade. Ele dará a autorização para a retirada do corpo no necrotério do hospital Ibn Tufail, o hospital civil. Se o senhor mesmo não puder ir, pode designar outra pessoa, de preferência um membro da família."

O velho se levantou e agradeceu em voz baixa. Ao se virar para sair, o comissário o chamou novamente. Tinha na mão algumas notas de dinheiro, quatro ou cinco, dobradas ao meio. O velho recusou educadamente; o comissário insistiu.

"É a minha contribuição ao funeral", disse. "Garanto que é de coração."

Razzuk por fim aceitou o dinheiro, mais por consideração ao comissário, que estava sendo tão gentil e respeitoso, do que por estar convencido da bondade dos agentes da lei. Os poucos policiais com que tivera contato até então eram toscos, totalmente insensíveis às mazelas de pessoas comuns como ele. *O comissário deve ser um policial excelente*, pensou, saindo da sala.

O serviço funerário foi realizado no dia seguinte no cemitério de Bab Agmat, um dos mais antigos da medina. Um grande cortejo acompanhou o corpo. Praticamente todos os homens de Darb al-Bumba estavam lá — as mulheres são proibidas de comparecer a funerais nas terras do islã. Além do imã e daqueles que ele escolhera para recitar o texto sagrado, todos vestidos de branco, havia muitas pessoas desconhecidas, levadas por uma espécie de solidariedade muçulmana — ou por pura falta do que fazer. Para Razzuk, essa multidão era a prova incontestável de que o defunto gozava de boa reputação no bairro.

Terminado o enterro, a multidão se dispersou. O velho Razzuk permaneceu aos pés do túmulo: curvado, olhos fechados, as mãos viradas para o céu, murmurou uma longa oração pelo *filho desaparecido*, implorando a Deus, o Clemente e Misericordioso, que perdoasse os pecados de seu menino — cometidos em palavras, atos e pensamento —, a fim de livrá-lo das terríveis condenações do Julgamento Final, e que lhe reservasse um lugar no Seu paraíso, ao lado de Seu Profeta escolhido e dos companheiros da primeira hora, bem como de seus fiéis abençoados.

Assim que o velho disse o *amin* final, um jovem se aproximou.

"Minhas mais sinceras condolências, *sidi* Razzuk!", disse o rapaz, dando-lhe um abraço formal. "Estou muito triste por esse evento doloroso."

Era um rapaz grande e moreno, de olhos cinza brilhantes e cabelo aparado — tão aparado que se via o couro cabeludo. Uma cicatriz enorme marcava o lado direito de seu rosto. O velho ficou olhando para ele, tentando em vão dar um nome àquele rosto. Estava certo de já tê-lo visto duas ou três vezes, quem sabe até mais. Mas onde? Quando? Não fazia ideia.

"Provavelmente, o senhor não se lembra de mim, *sidi* Razzuk", o jovem continuou. "Me chamo Nur al-Din, Nur al-Din Guebass. Abd al-Jalil e eu somos bons amigos há alguns anos."

"Ele era um bom homem, não era?", o velho perguntou, a voz embargada pelas lágrimas.

"Um bom homem", disse Nur al-Din. "E um amigo leal também!" Após alguns minutos de silêncio, acrescentou: "Que seus assassinos sejam condenados ao fogo eterno!".

De repente o velho o olhou com atenção.

"Só Deus sabe quanto eu o avisei", prosseguiu Nur al-Din. "Tantas vezes! Mas Abd al-Jalil não me escutava."

"Avisou?", repetiu o velho, espantado. "Do quê?"

"De que ele já estava há algum tempo na mira do tráfico."

"Por quê?"

"Abd al-Jalil se recusava a pagar a taxa que os traficantes cobram da nossa categoria, algumas centenas de *dirhams* por semana. Além disso, ele tentava convencer a todos a pararem de pagar!"

"Então meu filho não morreu num acidente de trânsito?", o velho perguntou, estupefato.

"Não, *sidi* Razzuk."

"Você sabe como ele morreu?"

"Eu não sei, *sidi* Razzuk, mas... ouvi dizer que arrebentaram a cabeça dele contra uma viga na cela da cadeia."

O coração do velho se apertou, as pernas bambearam. Tudo escureceu ao redor; tudo pareceu sinistro, irreconhecível, e ele desabou à beira de um túmulo velho, com as mãos no rosto, arrasado.

"O senhor está bem, *sidi* Razzuk?", o rapaz perguntou, preocupado.

O velho ergueu o rosto com expressão de dor, a testa marcada por duas linhas fundas. "Diga mais uma vez seu nome, meu jovem."

"Nur al-Din."

"Você quer me ajudar, Nur al-Din?"

"Claro, *sidi* Razzuk!", ele respondeu, um tanto preocupado, perguntando-se o que exatamente o velho iria pedir.

"Vou precisar de você para descobrir as circunstâncias do assassinato do meu filho!"

"O que posso fazer pelo senhor?"

O velho enfiou a mão no bolso e tirou dali uma caneta Bic e um pequeno bloco de notas amarelo. "Por enquanto, apenas me dê seu telefone."

"O que o senhor planeja fazer, *sidi* Razzuk?"

"Vou responsabilizar os culpados. Vou avisar a imprensa, as organizações de direitos humanos no Marrocos e no estrangeiro. Vou escrever ao governador, ao *wali*, ao ministro da Justiça, ao primeiro-ministro! Até ao rei vou escrever! Isso mesmo, vou escrever ao rei! Não é ele o chefe supremo da nação?"

Nur al-Din logo se deu conta do perigo que corria ao se envolver num assunto tão espinhoso. Um perigo verdadeiro, quem sabe mortal. Permaneceu calado, um dedo na têmpora, pensativo. Com certeza o risco era grande, mas não o impediria de fazer algo por aquele que fora seu melhor amigo no submundo. Então deu seu número de telefone ao velho e, antes de se despedir, reiterou suas condolências.

Isso é o que eu chamo de um amigo de verdade!, pensou Razzuk, seguindo Nur al-Din com os olhos até ele chegar ao portão do cemitério. *Não é todo dia que se encontra um homem corajoso assim.*

O velho passou a noite em claro, uma noite cruel. De manhã, voltou à delegacia.

"Que posso fazer pelo senhor, *charif*?", perguntou o comissário Zaghlul educadamente.

"Quero saber a verdade sobre a morte do meu filho!", disparou Razzuk, furioso. "Quero toda a verdade!"

O comissário de polícia se manteve calado, olhando para o velho. Razzuk decidiu ser mais claro: "Meu filho não morreu num acidente de trânsito!".

"O que o senhor está dizendo, *charif*?", perguntou o policial.

"A verdade! Meu filho foi morto pelo tráfico."

"O que o senhor está dizendo é muito sério", falou o comissário com um repentino tom ameaçador. "Muito sério. O senhor tem provas?"

"Provas, não. Mas tenho uma testemunha!"

"E quem é?"

"Um amigo do meu falecido filho."

"Qual o nome e o endereço dele?", perguntou o policial. "Quero interrogá-lo o mais rápido possível."

"Ele se chama Nur al-Din... Nur al-Din..." O velho permaneceu em silêncio por alguns segundos, buscando na memória o sobrenome. "Já vou lembrar... Mas tenho o número de telefone dele." Tirou o bloco de notas amarelo do bolso e começou a folheá-lo. "Aqui está."

O chefe de polícia empurrou o aparelho telefônico para Razzuk e apertou o botão do viva-voz. "Vá em frente", ordenou. "Ligue e peça a ele para se encontrar com o senhor. Num café ou num parque, por exemplo."

O velho discou o número e ouviu uma voz feminina do outro lado da linha: "*Maroc Télécom, bonjour!* O número discado está fora de serviço". Razzuk tentou novamente e ouviu a mesma mensagem. Desligou incrédulo.

"Diga-me, *charif*", o policial perguntou após um momento de silêncio.

"Sim..."

"Onde o senhor encontrou esse tal de Nur al-Din?"

"No cemitério de Bab Agmat, próximo ao túmulo do meu filho."

"Suponho que havia outras pessoas por perto, não?", inquiriu o policial.

"Não, ninguém."

"Ninguém foi à cerimônia?"

"Sim, havia muita gente, até demais!", contou Razzuk. "Mas depois do enterro todos foram embora."

"E o senhor ficou lá sozinho?"

"Sim."

"O que fazia sozinho perto do túmulo?"

"Estava rezando pela alma do meu filho."

"E como o senhor rezava? De pé? Sentado? Descreva com o maior número possível de detalhes", o policial insistiu.

Confuso e desconfiado, o velho olhou para o comissário. "Esses detalhes não vêm ao caso."

O comissário olhou de volta com um sorriso irônico. "O senhor deve compreender, *charif*, que na nossa profissão a verdade é como o diabo: se esconde nos detalhes que meros mortais pensam ser triviais. Um gesto, um olhar, uma besteira, um simples nada — sim, às vezes a verdade se esconde atrás do nada! Acredite: se eu fosse enumerar todos os crimes que resolvemos graças a detalhes insignificantes, ficaria aqui o dia todo."

Embora o argumento do comissário não o tivesse convencido, o velho cedeu: "Eu estava de pé junto ao túmulo, as mãos voltadas para o céu, de olhos fechados...".

"De olhos fechados?", interrompeu o policial.

"Sim, para me concentrar na oração..."

"E foi então que o tal Nur al-Din se aproximou?"

"Sim."

Do nada, o policial empurrou a cadeira de rodinhas para longe da mesa, assentindo com a cabeça como se tivesse encontrado a solução de um enigma.

"Vá para casa, *charif*!", recomendou. "O senhor está muito cansado."

Razzuk se levantou e, sem dizer palavra, foi em direção à porta.

"Um conselho, *charif*!", disse o comissário com o ar presunçoso de quem achava que entendia da vida mais do que a maioria das pessoas. "Da próxima vez que for ao cemitério, cuidado para não rezar de olhos fechados."

* *Conto escrito originalmente em francês.*

MAMÃE AICHA

HALIMA ZINE EL ABDINE

Jamaa al-Fna

Enquanto me preparava para deixar o apartamento mobiliado que alugara no centro de Casablanca, me dei conta de que estava esquecendo o mais importante: o organdi. Para comprar esse corte de seda lilás, eu tinha comprometido metade da minha bolsa de estudos do meu primeiro ano de faculdade em Kawamata, na província de Fukushima, no Japão. O tecido era parte de uma lembrança encaixotada havia mais de 20 anos. Quando cheguei lá ainda jovem, só pensava nas decepções e na opressão que eu sentia. Na mão levava uma pequena mala de roupas e no ombro uma bolsa com o passaporte, a matrícula na universidade e cartões-postais com os pontos turísticos da cidade que mais amei em toda a minha vida: Marraquexe. A cidade que abria as portas para o mundo havia me escorraçado — eu, seu próprio filho.

Meu pai insistiu que eu me refugiasse no canto mais distante da Terra para que as tormentas que varriam nosso país não me atingissem. "Estes são tempos de medo e de morte. Consigo suportar a distância desde que você esteja a salvo, meu filho. Mas não poderia viver com a possibilidade de você ser levado a qualquer momento pela polícia secreta e pelos torturadores, preso por esses traidores e opressores. O Japão, onde seu tio Salem escolheu viver — no mais extremo

Oriente —, talvez seja mais próximo que os corredores da delegacia da praça Jamaa al-Fna... Deixe os gloriosos sonhos revolucionários aqui, meu filho, e vá viver a sua juventude, pois quando crescer vai se dar conta de que nenhuma revolução no mundo foi liderada por estudantes inexperientes."

Foi isso que meu pai disse ao nos despedirmos no aeroporto de Marraquexe Manara no fim dos anos 1970. O sisudo diretor da minha escola secundária, temido por todos os professores e alunos, parecia triste e arrasado. Ao me despedir dele, seus olhos estavam marejados nesse último olhar.

Encolhido em meu assento ao lado da janela do avião, também libertei as lágrimas. Todas as palavras que haviam morrido na ponta da minha língua ressoavam dentro de mim. Tudo que eu não tinha dito ao meu pai. O que fizemos para ser presos e expulsos do país?

Meu telefone toca. Eu o ignoro enquanto tento tirar o carro de um estacionamento que parece um labirinto. Pode ser minha mãe, apesar de eu ter dito — no jantar de ontem — que eu iria hoje a Marraquexe ver Aziz e sua mãe, Aicha.

Estou longe de Marraquexe há 20 anos. Há 20 anos sou a razão das lágrimas de minha mãe. Atrás de distrações, me afundei em livros e teorias. É verdade que acabei vencendo na vida e me tornei professor universitário no Japão. Mas foram vitórias insípidas. Não havia ninguém que se alegrasse por mim e com quem eu pudesse discutir, na minha língua materna, sobre a sombra que apagava meu nome dos diplomas de nível superior que eu havia obtido com distinção. O arrependimento me corroeu de cima a baixo. Não devia ter ouvido meu pai. Acabei em uma prisão ainda maior, arrancado das minhas raízes. Sem amigos e sem companheiros a não ser os cartões-postais. Eu os trazia junto do peito com o pedaço de seda organdi. Via neles os rostos da minha terra. Falava com eles e eles comigo. Passei muitas noites em sua companhia...

A única coisa que me ligava ao tio Salem era o dinheiro que meu pai mandava por ele para que eu me sustentasse nos primeiros anos de exílio. Laços familiares não se compõem de sangue, mas de nascimento e criação, e foi assim que me consolei quando meu tio deixou claro que eu não deveria ser um peso para ele num país em que os filhos cresciam e eram responsáveis por si próprios assim que ingressavam na universidade. Em Marraquexe, de onde eu vinha, os filhos eram sempre crianças aos olhos dos pais, mesmo se tivessem cabelo branco.

O telefone tocou de novo.

Mãe, tenha paciência, não posso atender agora. Estou procurando a saída desse estacionamento surreal que você indicou para que meu carro não ficasse na rua.

Pobre mãe. Talvez ela quisesse ir comigo a Marraquexe. Talvez fosse isso que ela quisesse me dizer ontem, deixando transparecer uma tristeza que criara raízes no fundo dos seus olhos, os galhos brotando no lugar dos cílios: "Na sua ausência, eu quase morri, e foi o colo de Aicha que me confortou. Mas, no fim, eu a abandonei com suas tragédias e vim para Casablanca beber da minha tristeza sozinha".

“Mas você passava as férias escolares na nossa casa em Marraquexe e ficava com ela a maior parte do tempo”, comentei.

Ela observou demoradamente o meu rosto, como se buscasse reminiscências do filho de 17 anos que, depois de arrancado de seu colo, foi parar num país desconhecido em algum lugar deste mundo sem fim.

“É verdade. Não me acostumei a viver aqui em Casablanca. Se os agentes não tivessem começado a vasculhar a nossa vida depois que você foi embora, não teríamos deixado nossa casa, nossos vizinhos e parentes. Seu pai não nos teria feito mudar para esta cidade barulhenta.”

O telefone continuou tocando. Segurei o aparelho com a mão e o volante com a outra. Era Aziz. Encostei o carro. Sua voz soava fraca, mas animada, como se quisesse conversar.

“Por que você não me atendeu?! Estava dormindo? Ou seu celular ainda está no fuso do Japão?”

“Estou a caminho. Chego a Marraquexe em três horas.”

“Me encontre no Café Argana e de lá vamos para a casa da minha mãe. Vamos almoçar lá como a gente tinha combinado.”

“Não quero demorar nem mais um minuto para ver mamãe Aicha.”

“Como ela chorou quando você foi embora... Você ter ficado com ela durante todo aquele ano antes de viajar aliviou muito a dor dela pela minha ausência...”

Como eu havia chorado também...

Havíamos feito um pacto. Se um dos dois fosse preso, não entregaria o outro, mesmo que custasse a nossa vida; assim, quem ficasse livre poderia tomar conta das duas mães.

Aziz cumpriu sua parte, mas eu não. Sob tortura, ele resistiu firme para não me entregar. Já eu, deixei as duas e parti para o exterior...

Na adolescência, tomei gosto pela literatura graças às prateleiras do meu pai. Aziz devorava comigo os romances que eu pegava escondido na biblioteca de casa, sem permissão. Mais tarde, na Casa da Juventude de Arsat al-Hamd, conhecemos outros rapazes da nossa idade, e até alguns um pouco mais velhos, que se preparavam para realizar o sonho de um futuro mais justo. Trocávamos livros proibidos, os livros "vermelhos", e mais tarde nos juntamos ao movimento de esquerda 23 de Março, uma organização secreta. Fazíamos parte da célula de secundaristas. Ali começamos a nos preparar para sonhar de forma coletiva. O sonho já se agigantava dentro de nós quando a polícia começou a nos perseguir.

"Você tem que ir embora. Tem que abrir mão dos seus sonhos. Não há outra opção." Foi o que meu pai falou no dia em que me levou ao aeroporto de Marraquexe Manara. Eu estava apavorado. Ia me lançar sozinho numa viagem ao desconhecido. Eu precisava resistir àquela viagem sem sentido como se resistia à tortura. No fundo do meu ser, lobos uivantes me paralisavam. Eu me sentia um traidor. Queria a mão da minha mãe acariciando meu peito, eliminando aquele frio. Levava comigo apenas aquela ferida aberta e a fragrância do solo da cidade, que eu sentia na cor da minha pele. Aquela mesma terra espalhada pelas encostas do Atlas, abraçando suas palmeiras... Quando eu era pequeno, parecia que o mundo começava e acabava ali. Já um pouco mais velho, entendi que a praça Jamaa al-Fna era o pulmão da cidade e Marraquexe, o pulmão do mundo. Não seria por isso que os turistas vinham de todos os cantos da terra dançar ao som de sua música e cantar sob suas luzes? Não diziam que Marraquexe agraciava os estrangeiros com êxtase, com uma alegria estrondosa, enquanto oferecia a seus filhos uma tristeza silenciosa? Que bom humor é esse que as pessoas de Marraquexe ostentam senão máscaras que vestem para ocultar a amargura de seus dias e sua desventura?

Marraquexe me despistou. Já eu, permaneci procurando-a em vão no rosto alegre de seus habitantes nos cartões-postais espalhados na mesa e no meu travesseiro, para não permitir que minhas lembranças se apagassem, para não me esquecer das cores da cidade que começavam a desbotar em meu coração e em minha mente.

As palavras se incendiavam em mim toda vez que me lembrava do organdi, daquele corte fino de seda que eu tinha comprado sem titubear para mamãe Aicha. O tecido ficou no meu armário todos esses anos. Eu tinha feito uma promessa a mim mesmo, mas não consegui cumpri-la. Marraquexe estava distante e a liberdade com que sonhara foi ficando pelo caminho, completamente mutilada.

Mamãe Aicha foi minha mãe de leite. Aziz e eu nascemos no mesmo ano e fomos amamentados com o mesmo leite. Estudamos nas mesmas escolas, lemos juntos os mesmos livros. E juntos sonhamos com uma revolução cultural que trouxesse prosperidade à nossa gente humilde. Uma revolução que seguisse seu curso com firmeza para proporcionar uma vida digna aos filhos desta nação.

A casa de mamãe Aicha era próxima da nossa, no começo da rua Rahba al-Qadima, a poucos passos da praça Jamaa al-Fna. Era uma casa linda e cheia de vida. As paredes do pátio interno eram adornadas com vasos de crisântemo, narciso, jasmim e açafrão; ramos de manjericão e lavanda se espalhavam pelo piso de mármore.

No centro do pátio interno, havia um canteiro largo com uma amoreira exuberante cujos galhos sombreavam todo o espaço.

No final do inverno, borboletas coloridas migravam para o pátio. O farfalhar de suas asas parecia a música alegre e celestial ouvida em templos sagrados. Quando éramos crianças, Aziz e eu ficávamos observando-as, tentados a aprisioná-las para ouvir aquela música enquanto líamos nossas histórias ou estudávamos. Porém, mamãe Aicha estava sempre por perto para evitar que nos aproximássemos delas: "Estas borboletas vão colocar ovos e deles sairão larvas que mais tarde se tornarão casulos".

Toda vez que ela repetia essa história, ficávamos de boca aberta de tão espantados. Ela ria e nos explicava de novo que a larva era o bicho-da-seda e o casulo era a bolinha de seda.

"Por que a senhora não deixa a gente brincar com as bolinhas de seda?", perguntávamos todas as vezes.

Ao que ela respondia: "Porque vou transformá-las em fios para fazer um tecido lilás chamado organdi. Depois vou costurar um caftan que só as princesas e as mulheres dos reis podem vestir".

E, como sempre, perguntávamos: "Por quê?".

"Porque ninguém no mundo sabe extrair seda de um bicho, apenas uma rainha lá longe, na China. E como ela é rainha, só vende a seda para outras rainhas, e por preços inimagináveis. Eu não sou princesa nem rainha, mas tenho vontade de ter um desses. Prometi a mim mesma fazer um caftan de seda organdi."

Todo ano, mamãe Aicha juntava os casulos. E todo ano ela nos contava da rainha chinesa dona de vastos campos de amoreira-branca que hospedavam em seus galhos milhares de borboletas e larvas que viriam a se tornar a seda para tecer os vestidos de organdi.

Os anos se passaram, Aziz e eu já não éramos crianças. Talvez porque não perguntássemos mais sobre o caftan de organdi, certa vez ela nos confessou com tristeza profunda: "Eu só tenho uma amoreira para alimentar poucas larvas que me dão apenas alguns fios por ano. Quantos anos terei que esperar? O caftan não vai ficar bom em mim quando eu estiver velha". Ficou em silêncio por alguns instantes e logo seu rosto se iluminou novamente: "Mesmo assim, vou continuar cuidando da minha árvore e das minhas larvas. Se eu não usar o tecido, a sua esposa vai poder usar, Aziz; e a sua também, Yussuf".

Mamãe Aicha continuou sentada na lateral do canteiro. Assim que terminou os afazeres domésticos, foi tomar chá. O filho e o marido já haviam almoçado e saído, o primeiro para a escola, o segundo para sua loja no *suq* Sammarin. Ela cantarolava, ao som do rádio pendurado acima da janela do quarto, canções de Umm Kulthum, Fairuz, Abd al-Wahab, Al-Dukkali e Naíma Samih. De sua garganta soprava uma voz angelical como a brisa de Marraquexe no começo da primavera. A plateia eram a amoreira e os pássaros que apareciam de tempos em tempos para caçar as borboletas ou as larvas, além de Aziz e eu, quando não íamos para a escola. Assim que parava de tocar música no rádio, mamãe Aicha nos contava histórias fascinantes sobre sua infância na aldeia amazigue. Histórias que levavam nossa imaginação a mundos fantásticos. Quando a deixávamos para fazer a lição de casa, ela ficava lá conversando com a árvore. Contava-lhe causos, fazia perguntas, revelava segredos. Falava do caftan que ainda não havia terminado. De repente se pegava olhando para o céu enquanto seus pensamentos escapavam para além das órbitas do espaço de sua casa. O céu estava mais perto que a Jamaa al-Fna, onde ela jamais pisara. O burburinho da praça era tudo que chegava até ela. De modo furtivo e com muita curiosidade, ela ouvia os sons que vinham de lá, tentando relacioná-los com o que Aziz e eu lhe contávamos daquele lugar.

Éramos crianças. Contávamos a ela histórias das nossas aventuras e traquinagens, falávamos sobre as rodas da praça, sobre as cantoras que não tinham a voz tão afinada como a de mamãe Aicha, sobre as videntes rodeadas de mulheres tristes, sobre os célebres artistas Bakchich e o Médico de Insetos, bem como sobre o divertido espetáculo do burro que lia.

Saíamos pela rua Rahba al-Qadima e seguíamos em direção à viela de Darb Dabachi, atravessando a praça Jamaa al-Fna; depois cruzávamos a Avenida Prince até chegar ao Hotel Tazi, onde virávamos à esquerda no sentido Arsat al-Maach. Passávamos o dia na escola

Ibn al-Banna. No caminho de volta, no fim da tarde, a praça era parada obrigatória. Ficávamos perto das rodas que tinham acabado de se formar, a fim de voltarmos para casa cheios de novas histórias para mamãe Aicha embelezadas ainda mais pela sua imaginação. Ela se divertia com nossos relatos da praça e nos escutava com um brilho nos olhos. No final sempre pedia mais. Quando mudamos da escola em Arsat al-Maach para o curso secundário na Muhammad V, em Bab Agmat, a praça passou a não ser nosso único manancial de histórias. Outras fontes começaram a transbordar sob os nossos pés jovens, histórias sobre o sofrimento dos marroquinos e revoltas populares. Essas guardávamos apenas para nós. Para nós e nossos colegas do secundário na Casa da Juventude de Arsat al-Hamd. Por isso as escondíamos das mães.

Mamãe Aicha não conhecia ninguém do mundo exterior além do marido, *Si* Muhammad al-Blaighi, de seu filho único, de minha mãe, que era sua amiga e vizinha, e de mim. Nossas casas eram separadas por uma única parede que, se impedia minha mãe de tomar chá na casa da amiga sob a sombra da amoreira, não evitava que as duas jovens mães se comunicassem. Mamãe Aicha nunca pôs os pés fora de casa. Nunca havia saído desde que seu marido a trouxera das terras do Suz na condição de noiva, uma menina de apenas 15 anos.

"Ela era alta e esbelta, com corpo modelado. Era como se Deus a tivesse desenhado em um momento de muita satisfação com o universo. Eu nunca vi olhos tão azuis e cílios tão longos em toda a Marraquexe. Seu olhar era suave, adequado a um mundo de refinamento e alegrias. Quando vi seu rosto pela primeira vez, pensei que fosse o próprio Sol", minha mãe disse à minha avó, quando falou sobre Aicha.

Si Muhammad era apaixonado por ela. Temia que o mais leve vento a levasse embora. Ao sair de casa, trancava a porta com uma chave de metal do tamanho do braço de um bebê. E para que ela não sofresse de solidão na sua ausência, trouxe para a mulher primeiro um rádio, depois uma muda de árvore. Ao plantá-la, contou-lhe a história da esposa do imperador que descobriu a larva branca que comia folhas de amoreira e expelia fios reluzentes nos quais se envolvia. Desses fios a esposa do imperador teceu um vestido de seda encantador, próprio das rainhas: o organdi. A muda se tornou uma árvore. Aicha engravidou. Em seu ventre, os movimentos da criança a encheram de sonhos, amor e dúvidas.

Numa manhã de primavera, ela deu à luz Aziz. Ao celebrarem a *aqiqa*, a alegria transbordava dos olhos de Muhammad, que fez questão de ele mesmo servir as visitas. Nesse dia, não fechou a porta quando foi para o bazar. Entregou a chave na mão de Aicha. Ela finalmente se sentiu livre. Ficou feliz por o marido ter lhe confiado a chave da casa. No entanto, seguiu conformada com a monotonia de seu pequeno e aconchegante lar. Nossas histórias sobre o que se passava no exterior lhe bastavam. Nunca passou pela sua cabeça sair de casa.

Ela vivia seus dias contente, pensando apenas no filho, no marido e na amoreira. Nada tirava sua paz. Viu Aziz crescer, assim como os sonhos que tinha para ele. O esforço do filho e seu sucesso nos estudos enchiam seu coração de felicidade.

Em uma noite de inverno, houve uma forte tempestade. Os galhos da amoreira se quebraram e as flores foram arrancadas dos canteiros. Era como se o céu tivesse transbordado feito um olho d'água cor de terra sob a forma de uma chuva forte. Cada membro da família foi para seu canto tentar dormir.

A certa altura, Aicha começou a ouvir garras raspando a porta e sons parecidos com uivos de lobos do Atlas, onde ela passara a infância. Ela estendeu o braço para acordar o marido, que dormia a seu lado, e gritou com todas as forças: "Muhammad, os lobos vieram nos pegar!".

Ele continuou dormindo, sem ouvir o grito preso na garganta de Aicha.

O espectro do filho apareceu aterrorizado diante dela, correndo de um lobo com os caninos à mostra. Aicha despertou apavorada, ensopada de suor. O marido abriu os olhos e perguntou: "Quem bate à nossa porta no meio da noite com um temporal desses?".

"Não atendam!", gritou Aziz, entrando no quarto vestido com roupas de inverno e tênis.

"Você não estava dormindo?", perguntou o pai, espantado.

"Estava, mas acordei com as batidas na porta. Pai, não abra. É a polícia."

"Como assim?"

"É a polícia. Vieram me levar."

"Mas o que você fez? Cometeu algum crime? A polícia só aparece no meio da noite para pegar bandidos perigosos. Diga, Aziz, o que você fez? Quando? Onde? Responda, por favor!"

As perguntas se sucediam, mas Aziz permanecia em silêncio. O pai se levantou da cama e segurou o filho pela mão.

"Filho, me diga o que você fez para eu saber o que fazer!"

"Não cometi nenhum crime, pai."

"Então o que você fez?"

"Eu sonhei. Apenas sonhei, pai. Sonhei com pão decente, com roupas novas para todas as pessoas nas celebrações do Eid al-Adha, sonhei com cadernos e lápis para todas as crianças..."

Desnorteada, mamãe Aicha enxugava com a manga da blusa as lágrimas que escorriam sem parar. Tentou falar, mas as palavras foram incompreensíveis. Aziz tomou o rosto da mãe com as mãos, enxugou suas lágrimas e a beijou.

As batidas violentas na porta continuavam. Aziz se desvencilhou dos braços da mãe ao redor de seu pescoço e disse: "Não tenham medo. Não vou deixar que me peguem. Vou fugir".

A porta não resistiu por muito tempo aos fortes golpes e desabou. Quatro homens de uniforme preto entraram. O maior vinha na frente, parecendo à mamãe Aicha um lobo com as presas à mostra.

Gritou com voz de trovão: "Onde está Aziz?".

Não houve resposta. Ele perguntou mais uma vez, e de novo não houve resposta.

Fez um sinal para seus companheiros e num piscar de olhos eles se espalharam pela casa. Derrubaram armários no chão, espalharam roupas e rasgaram os colchões com suas garras, fazendo o estofamento de lã esvoaçar pelos quartos. As lágrimas de Aicha se confundiam com a forte chuva que caía sem parar no pátio central da casa. Ela se perguntava: *O que meu filho pode estar escondendo no colchão? Como alguém que chora pela morte de uma borboleta poderia esconder uma arma ou algo do tipo?*

Um dos homens retornou do quarto do rapaz e disse: "Encontramos cadernos com o desenho de um sol nascendo e os lápis de cor utilizados".

A mãe voltou a se fazer perguntas: *Desde quando desenhar é crime? E qual é o problema com os lápis de cor?*

Um sujeito magro com cara de mau ordenou que algemassem o pai, que ficaria preso até que o filho se entregasse. Vendaram seus olhos e o jogaram num carro preto que desapareceu como uma flecha.

Mamãe Aicha fez menção de sair da casa, mas o agente da polícia encarregado de monitorá-la a impediu.

O tempo passava muito devagar. Ela sentia um desespero mortal no peito. Os segundos pareciam meses e o ponteiro do relógio não girava. Será que alguém a escutaria? Alguma mãe no mundo já teria passado por uma catástrofe dessas? Quem poderia lhe dizer onde seu filho e seu marido estavam?

Lágrimas escorriam sem parar. Ela vagava a esmo pelos cantos da casa. Batia com as mãos nas paredes, gritava. Quem sabe sua amiga Zahra a escutasse. Gritar! Essa foi a única consequência boa de sua provação. Deu-se conta de que tinha boca para erguer a voz.

Si Muhammad voltou para casa dois dias depois, dois dias que pareceram uma eternidade. Ele chorava de tristeza, sem se preocupar em esconder as lágrimas da esposa. Mamãe Aicha soltou um grito ao vê-lo e, soluçando, perguntou: "Não, por favor, não diga que pegaram ele...".

"Aziz não conseguiu fugir. Tinha guardas e espiões em todas as ruas. Eu vi quando tiraram nosso filho de um carro velho e arrastaram ele pelo chão, com fios de sangue escorrendo da boca. Aziz abriu os olhos e me viu correndo para abraçá-lo e protegê-lo das chibatadas que levava no peito, mas os policiais me seguraram..."

"Ele falou alguma coisa? O que ele disse para você?"

O marido reproduziu a fala do filho em tom grave: "Não chore, pai! Não fique triste... eu não vou morrer... eu vou voltar".

Mamãe Aicha ficou esperando o filho voltar. Primeiro... segundo... terceiro mês, e nada. Então decidiu sair de casa para tentar encontrá-lo ela mesma.

Sua amiga Zahra lhe perguntou: "Minha irmã, onde você vai procurar? Nem eu nem você sabemos andar em Marraquexe. Quem vai nos ajudar a chegar até ele?".

"Vou procurar as videntes da praça Jamaa al-Fna. Você vai comigo, Zahra? Quem sabe elas possam me revelar o destino de Aziz e me dizer como encontrá-lo."

As duas vestiram suas jelabas, cobriram o rosto com véu e seguiram para a Jamaa al-Fna. Mamãe Aicha, surpresa e confusa, tropeçava ao caminhar pela praça. O barulho ficava cada vez mais alto. Música, cantoria, invocações religiosas, insultos, gargalhadas insanas, palavras vulgares. Os corpos se comprimiam em meio ao tumulto. Um corpo masculino se aproximou de mamãe Aicha por trás. Minha mãe a puxou pela mão, determinada, depois se virou para ver um corpo enrolado em uma velha jelaba de inverno. O capuz escondia o rosto, exatamente como muitos homens faziam para tentar se esfregar por trás nas mulheres no meio da multidão da praça Jamaa al-Fna. “Saia daqui, que Deus o amaldiçoe!”, xingou minha mãe com um tom vacilante. Apesar de mamãe Aicha estar mais preocupada com o filho do que com seu próprio corpo, sentia-se à beira do colapso devido à aglomeração e ao sentimento de vergonha e humilhação.

Sentaram-se com a primeira vidente. Ela perguntou a mamãe Aicha: “Quer que eu revele a sua sorte ou os segredos de um homem na sua vida?”.

“Nem uma coisa nem outra. Só quero saber onde está meu filho.”

A mulher olhou para as cartas por algum tempo e respondeu: “Seu filho foi enfeitiçado por uma mulher que o afastou de você”.

Ela foi procurar outra vidente e recebeu dela a mesma resposta, apenas com outras palavras. Ficou claro para as duas amigas que as videntes da praça Jamaa al-Fna estavam programadas para responder que a mulher era fonte de perdição e causa de todo mal. Elas não encontrariam qualquer resposta ali. Uma mulher que as observava lhes indicou dona Ruqia, uma vidente que ficava perto do mausoléu de Mul-al-Qsur. O poder de sua visão a tornara famosa dentro e fora de Marraquexe. Quando a mulher percebeu que elas não sabiam onde ficava o mausoléu, se ofereceu para acompanhá-las até lá.

A vidente era magra e bastante alta. Tinhas olhos esbugalhados e um estrabismo assustador, de causar aflição. Seus olhos negros apontavam um para o outro. Se não fosse o nariz protuberante a separá-los, formariam um único e tenebroso olho. Mamãe Aicha pediu proteção a Deus ao ver uma criatura tão horrenda. A mulher que as guiara até o mausoléu contou que essa vidente já havia sido linda e sedutora. Mas o príncipe dos gênios a viu e se apaixonou por ela, e para que nenhum humano a cobiçasse amaldiçoou sua beleza. Para compensá-la por haver retirado sua graça feminina por culpa de seu amor egoísta, o gênio revelou a ela todos os segredos do mundo invisível, removendo os véus que a impediam de ver o futuro.

A vidente perguntou o que mamãe Aicha queria saber e ela respondeu: "Meu filho desapareceu, minha senhora. Quero que me guie até ele...".

A vidente acendeu incensos, espargiu água de rosas no ambiente e desandou a recitar fórmulas em que só se reconheciam os nomes dos reis, dos gênios e dos santos humanos. Ela estendeu a mão em direção a um pequeno armário coberto com um fino veludo verde e retirou dali uma caixa de madeira pintada de dourado. Dentro dela havia areia, conchas e pérolas. A vidente depositou a caixa na sua frente, enfiou a mão na areia e moveu os lábios como se lesse um segredo, enquanto seus olhos se deslocavam rapidamente da direita para a esquerda, em direções opostas. Um medo mortal invadiu as duas amigas quando de dentro da garganta da vidente saíram sons que mais pareciam o eco de canhões. Rapidamente, a mulher escancarou a boca como a entrada de uma caverna e começou a falar com voz rouca: "As cartas... as cartas... Sim, meu senhor, as cartas...". Espalhou um baralho na sua frente, a garganta ainda emitindo aquele som perturbador. Em seguida perguntou: "Seu filho tem um uniforme do Makhzan?".

Imediatamente ela se animou e respondeu: “Sim!”, pois sabia que tiravam as roupas dos presos e lhes davam um tipo de uniforme.

“Seu filho viajou em alguma coisa de metal?”

Os batimentos de mamãe Aicha se aceleraram ao ouvir a voz do pai de Aziz ecoar em seu ouvido: *Eu vi quando tiraram nosso filho de um carro velho e arrastaram ele pelo chão, com fios de sangue escorrendo da boca.* Ela respondeu à vidente: “Sim”.

“Ele está com um grupo de companheiros?”

“Disso não duvido, porque em qualquer viela da cidade há uma mãe que perdeu o filho”, lhe diria depois Yussuf, que continuou visitando mamãe Aicha desde que aquelas mãos imundas arrancaram seu filho, seu bem mais precioso, da cama.

Depois de ter fornecido informações precisas, a vidente, no entanto, disse algo que acabava com qualquer incerteza: “Me traga uma peça de roupa íntima dele. Eu vou escrever um encanto nela e por três dias você vai queimar um pouco dela a cada dia. Depois de um tempo que não será nem muito longo nem muito curto, você vai tê-lo de novo ao seu lado. Seu filho vai enjoar das noitadas e vai passar a odiar essa indecente que o levou à perdição”.

Desanimada, mamãe Aicha se levantou e gritou: “É isso que o gênio que é seu amo falou? Pois diga para ele olhar as cartas de novo. Meu filho não é de farra nem é vítima de artimanhas femininas. Meu filho, meu bem mais precioso... Vou procurá-lo sozinha! Levante-se, Zahra, todas essas mulheres não passam de impostoras”.

“Eu sabia disso, mas achei que sair de casa pudesse fazer bem para você.”

"Não se preocupe, Zahra, vou romper esse cerco e libertá-lo eu mesma."

Mamãe Aicha disse isso com estranha determinação. Era como se emergisse uma voz forte que não era a dela, a voz de uma mulher que não conhecíamos.

O marido, além de não a impedir de sair de casa, também lhe indicou pessoalmente o caminho até as catacumbas onde os melhores alunos e professores do secundário ficavam amontoados.

Mamãe Aicha se viu, enfim, diante da prisão. Não se tratava de algo secreto, fora das vistas, como havia imaginado, e sim de um prédio elegante em estilo colonial localizado no lado norte da praça Jamaa al-Fna, não muito longe das rodas de cantores, bailarinos, acrobatas, encantadores de serpentes e carroças de comida. Nem a cantoria dos artistas nem a voz dos contadores de histórias ou o barulho dos adestradores de macacos atraíram a atenção de mamãe Aicha. Ela sempre sonhara com um espacinho da praça alegre, mas agora que se via no meio daquela balbúrdia nada fazia o menor sentido. Seus olhos estavam fixos no edifício imponente. Permaneceu ali contemplando a delegacia que engolira seu filho, observando o rosto dos policiais e dos guardas de segurança ao redor daquela construção aterrorizante.

Avançou em direção ao edifício com passos vacilantes. Com quem devia falar sobre o filho? Qual era a acusação contra ele? Por que tinha sido sequestrado? Será que conheciam Aziz? Aziz, o belo rapaz dono de um sorriso encantador? Um jovem gentil e bom nos estudos que desenhava astros coloridos? Desenhar um sol nascente por acaso era motivo para aquela punição?

As perguntas se acumulavam em sua mente. Pensou em se aproximar de cada policial postado fora do edifício e perguntar sobre o filho. Contudo, foi só quando um guarda corpulento e de cara fechada foi até ela e ordenou que se afastasse dali que mamãe Aicha percebeu que estava praticamente paralisada diante do edifício. Suas lágrimas abundantes molhavam o véu, escorrendo de seus olhos bem abertos. O policial repetiu a ordem para que ela saísse dali: "Não está ouvindo? Eu disse para ir embora. É proibido parar aqui. Não tem nada para ver. As rodas de apresentação ficam lá atrás, sua maluca. Saia agora, vá para o inferno!".

Ela respondeu com a língua adormecida de terror: "Eu não vim ver nenhuma apresentação. Quero meu menino... meu filho".

"Seu filho? Por acaso ele é policial? Trabalha aqui?"

"Meu filho é apenas um estudante secundarista, senhor. Desde que entrou na escola, é o primeiro da classe. Ele tem 17 anos e se chama Aziz."

"Achei que você estava procurando algum funcionário. Esse edifício não é nem escola nem casa da juventude. Vá procurar seu filho em outro lugar..."

"Mas meu filho está aqui, meu senhor. Está preso há três meses."

O policial ficou constrangido. Não passava de um mísero soldado de guarda. Não sabia nada do que se passava lá dentro, muito menos como se comportar numa situação como aquela. Incomodado, tentou acabar com o seu constrangimento insultando e gritando: "Eu já disse para você sair daqui, sua vagabunda! Tome seu rumo ou vou quebrar a sua cara. Aqui não é escola nem prisão. Se seu filho é um criminoso, vá procurá-lo no presídio de Bulmaharez. Suma da minha frente!".

Nunca ninguém havia xingado mamãe Aicha em toda a vida. "Vagabunda." Era a primeira vez que alguém lhe jogava na cara palavra tão ofensiva. Ela, que não conhecia o mundo, que partira de seu pequeno vilarejo amazigue direto para a casa do marido em Marraquexe. Nunca seus ouvidos tinham se sujado com palavra tão obscena. Na praça, enquanto caminhava entre os grupos de videntes, chegou a ouvir obscenidades que lhe deixaram perplexa. Mas esse insulto explodiu em seu rosto como uma bomba. Tinha sido dirigido a ela.

Vagabunda? Eu?

Ela correu para longe do policial que a havia aniquilado, ferindo-a tão fundo. Enquanto se afastava, o rosto do marido se materializou à sua frente com os olhos inundados de lágrimas. Com que cara ela iria olhar para ele agora? Como poderia encará-lo depois que um estranho havia enlameado sua honra com uma ofensa que jamais lhe passara pela cabeça? Andava apressada, como se quisesse fugir de si mesma, mas também da palavra "vagabunda", que a perseguia. De repente se viu no meio da roda dos Abidat Rama, que dançavam e entoavam suas canções beduínas. Era como se ela pudesse desaparecer. Para escapar da culpa, meteu-se no meio da roda de espectadores. Tropeçou e desabou sentada no chão, na primeira fileira da roda. Com o véu cobrindo o rosto, permaneceu olhando fixamente para os dançarinos, mas sem vê-los. Suas lágrimas silenciosas molhavam o véu, escorrendo em sulcos pelos cantos do rosto. Seu sangue fervia nas veias enquanto ouvia a voz dos artistas e os instrumentos. A dança continuava diante dela com entusiasmo, mas Aicha não conseguia ver. Era como se não enxergasse nem sentisse mais nada.

A caminho de casa, desolada, avistou um grupo de pessoas não muito longe da delegacia, próximo ao ponto de táxi. Seu coração guiou-a até eles. Ouviu alguém lamentando, agoniado: "Como posso falar com o delegado para saber do meu filho? O exame final está chegando e ele está lá dentro, proibido de ir à escola".

Aziz, então, é só mais um? Viu na boca de todas aquelas pessoas seu próprio questionamento. Pais, mães, esposas e filhos cansados de esperar. O acaso os reunira no mesmo local. Chegaram separados e se encontraram ali sem que tivessem combinado. Eram mães contando o caso dos filhos e pais indignados com a brutalidade com que trataram seus meninos no momento da prisão. Eles protestavam aos gritos. A polícia os dispersava, mas eles sempre voltavam. A mãe de Aziz sentiu-se unida a todos na semelhança de sua dor, o que a fez esquecer o insulto sofrido e pelo menos sentir que não estava só.

A notícia do presídio secreto se espalhou pela cidade, embora a cadeia para onde levavam os detidos não fosse assim tão secreta. Tratava-se da delegacia da praça Jamaa al-Fna. Como as prisões não paravam, também o número de manifestantes não parava de crescer no entorno da delegacia. As mães começaram a se reunir no meio da praça. Elas descansavam nos bancos dos vendedores de comida. Em pouco tempo a praça Jamaa al-Fna se tornou um campo de protesto. Os frequentadores da praça, bem como os turistas, marroquinos e estrangeiros, acomodavam-se normalmente nas rodas da praça, sem se dar conta do enfrentamento que ocorria entre as famílias dos detidos e as forças policiais, que afastavam os manifestantes do prédio sempre que eles se movimentavam em bloco para lá.

Um dia, sem aviso e sem julgamento, os detidos começaram a ser soltos. Todos os dias eram liberados um, dois ou até mais presos, que traziam a informação de quem seria o próximo a sair.

O número de pessoas na praça foi diminuindo, mas as que se mantinham lá não arredavam pé das proximidades da delegacia. A preocupação inicial se convertia em esperança de que a perseguição aos jovens detidos na cidade chegaria ao fim.

Numa manhã de janeiro, bem cedo, enquanto a chuva limpava a praça suja, como era comum acontecer nos dias frios, as famílias se surpreenderam ao ver, entre os pingos da chuva, luzes na entrada da delegacia. Todos correram até lá para saber o que estava acontecendo. Era a luz das viaturas Jeep transportando o restante dos presos.

Mamãe Aicha viu o filho ser empurrado com violência para subir no carro. Tinha a cabeça raspada e uma venda nos olhos. Levando as mãos ao rosto, ela gritou: “Aziz! Meu filho! Para onde você está indo?”.

Aziz a ouviu. Ele ergueu a mão algemada para cima com um punho cerrado. Os gritos se tornaram mais altos. Os nomes dos presos ecoavam por todos os cantos da praça Jamaa al-Fna. O coração de mamãe Aicha estava apertado. Ela havia abolido as lágrimas dos olhos. Tentava não se mostrar derrotada.

Mamãe Aicha sofria, confusa, em meio ao frio e à escuridão da madrugada, com medo daqueles lobos que buscavam um bode expiatório.

Os carros começaram a se mover e as famílias entraram em pânico.

Rumores na cidade garantiam que os presos acusados de conspirar contra o coração do regime seriam transferidos para a penitenciária de Qunaitra e executados após rápido julgamento. A parte mais importante do processo já teria transcorrido na delegacia da Jamaa al-Fna. Outros, porém, afirmavam que os presos não haviam deixado Marraquexe, que estavam encarcerados no porão secreto do palácio Badia, onde os reis saadianos costumavam enterrar vivos os prisioneiros portugueses. A mãe de Aziz pensou em ir até lá, mas não encontrou ninguém que a guiasse. Ela continuava se reunindo regularmente com as mães, os pais e as esposas dos detentos. Os encontros se davam próximo à delegacia da Jamaa al-Fna, no parque Arsat al-Bilk, sob a sombra das enormes árvores no perímetro da praça. A polícia secreta os monitorava de perto, mas eles não davam a mínima. Ofereciam suporte uns aos outros e, juntos, se defendiam do desespero cultivando sonhos e esperança, por mais irreais que pudessem ser àquela altura. Já haviam se passado 3 anos de espera, e as famílias continuavam tecendo juntas seus fios de esperança.

A busca inicial humilhante se transformou em um ato ferrenho de protesto e depois na conscientização de que outras ações eram necessárias para descobrir o destino dos familiares detidos. A primeira marcha organizada pelas famílias, que contava com mamãe Aicha, dirigiu-se ao governador.

O governador, de início, os recebeu com extrema cordialidade. Explicou que, por sorte, estavam todos sob um estado de direito, em que mesmo os piores criminosos recebiam penas previstas tão somente pela lei. Se todos ali acreditavam que seus parentes, supostamente presos pelo Estado, não haviam cometido nenhum crime, pois então que fossem procurá-los longe das delegacias, pois o Estado não prendia pessoas de forma arbitrária, mandando-as para qualquer outro lugar que não fosse o presídio civil de Bulmaharez. O governador, então, acrescentou de maneira ríspida: "Por isso aconselho que vão procurar seus filhos longe daqui. E que cada um o faça por conta própria, pois aglomerações sem autorização são expressamente proibidas. Este país possui regras, e não vamos permitir que vocês continuem espalhando rumores e causando todo este caos".

A resposta do governador devorou o que restava de medo nas entranhas de mamãe Aicha. Sentindo uma força estranha correr pelo corpo e pelo espírito, ela tomou a frente do grupo e, com um tom ao mesmo tempo ferido e determinado, disse: "Nós viemos até aqui porque o senhor é o representante de Sua Majestade em Marraquexe. O senhor representa o rei aqui, o senhor é a maior autoridade na cidade. Se nossos filhos estão mortos, então, por Deus, nos entreguem os corpos para podermos enterrá-los; e se estão vivos, então os transfiram a um presídio para que possamos vê-los... Já faz 3 anos que eles desapareceram".

"Cale-se! Vá para casa ou vou prender você e todos estes que estão com você. Fui muito claro. Não vou admitir que se dirijam ao Estado e aos seus representantes dessa maneira."

Ao deixarem o prédio do governo, os manifestantes pararam na porta do edifício para se recobrar. Mamãe Aicha dirigiu-se a eles: "Isto é mais penoso que a ameaça de prisão que nos fazem engolir dia após dia. Nossa corrida frenética pelas ruas feito cães sem dono não é pior que a prisão? Esta perseguição que sofremos não é uma forma de tortura? Esta espera pelos nossos entes queridos, que podem ou não estar mortos, não está nos matando aos poucos? A mim, nem a prisão nem a morte amedrontam. Vou buscar meu filho. Ou tiram ele da prisão, ou me colocam com ele lá dentro...".

"Iremos com você aonde você for, Aicha", disse uma das mães, "assim nossas palavras se tornarão cada vez mais fortes".

"Então vamos voltar à praça Jamaa al-Fna. Vamos protestar na frente da delegacia. Vamos exigir que nos digam para onde levaram nossos filhos naquela madrugada fria..."

O grupo que voltou a se reunir na praça era dispersado e no dia seguinte voltava. E lá estava de novo na semana seguinte, e no mês seguinte. Cedo ou tarde as mães voltavam. Por vezes, não bastava dispersá-las, a polícia tinha que as prender. Mamãe Aicha e suas companheiras foram detidas mais de uma vez. Um ou dois dias depois, eram soltas. A cada vez, mamãe Aicha saía mais feroz e mais determinada. Não se importava mais com a morte nem com a prisão.

Uma tarde, quando voltou para casa, encontrou sob a porta uma folha de papel verde dobrada no formato de envelope, com um carimbo circular no verso. Ela abriu e viu que havia algo escrito. Um arrepio percorreu seu corpo, apesar do calor que fazia em agosto. Seus sentimentos ganharam tons de alegria e tristeza. Ainda que não soubesse ler, sabia que era uma carta do filho. Não podia esperar até o marido voltar. Enfiou a carta entre os seios e foi direto para o *suq* Sammarin. Mamãe Aicha não respondeu quando ele perguntou por que tinha ido vê-lo na loja, coisa que nunca fizera. Suando, suspirando, ela se pôs a procurar a carta guardada no peito e entregou-a ao marido.

"É de Aziz."

"Como você sabe? Quem contou para você que é dele?"

"Meu coração contou."

"É dele, sim, Aicha! É do nosso filho. Ele e os companheiros foram transferidos do calabouço em que estavam enterrados em algum lugar aqui em Marraquexe para o presídio de Ghbila em Casablanca. Agora pode receber visitas. Diz que podemos visitá-lo aos sábados... de manhã."

"Sábado? Sábado é amanhã!"

Não dormiram naquela noite. Foram para a cozinha juntos e prepararam o prato preferido de Aziz: ensopado de frango com cebola e passas. Pegaram no armário do filho as roupas de que ele mais gostava: camisas leves de verão, a calça jeans nova que ele tinha vestido só uma ou duas vezes antes de ser preso, roupas íntimas limpas e o tênis Adidas.

Antes de o sol nascer, já estavam na estação de trem.

Chegaram cedo ao presídio. Mamãe Aicha e *Si* Muhammad permaneceram na fila de familiares que se estendia ao longo do muro alto, aguardando serem chamados para a área de visitantes. As horas se seguiam e mamãe Aicha contava os segundos. Seus olhos não desgrudavam dos lábios do guarda, atenta ao menor movimento, com medo de que dissesse seus nomes e eles não ouvissem. Estava neurótica, temendo que o horário de visitas acabasse e não conseguissem entrar.

Finalmente entraram. Ela enfiou a cabeça entre as grades da primeira janela, os olhos buscando o rosto do filho em meio às cabeças uniformes por trás da segunda janela. Cabeças raspadas, rostos amarelos, ossos salientes, olhos esbugalhados. Não teve tempo de falar com o filho. Fecharam a cortina; o horário de visita terminou. Ela grudou na janela e gritou com toda a força: "Não vou sair daqui sem ver meu filho!".

Sua ira se espalhou entre os outros familiares. Ela se negava a sair, em protesto contra o curto tempo da visita. Dez minutos não eram suficientes nem para subir e baixar a cortina. O presídio se mobilizou para controlar os protestos das famílias — protestar era proibido — e para contê-las os guardas recorreram a ameaças, mas sem efeito. Rapidamente um esquadrão armado interveio para retirar as famílias à força. Alguns pais foram presos e as pessoas que ainda aguardavam na fila do lado de fora foram impedidas de entrar. Em seguida, os presos anunciaram greve de fome, sem prazo para acabar, exigindo melhores condições no presídio e uma data para o julgamento.

As mulheres decidiram que os homens deveriam se manter longe das ações de enfrentamento; poderiam observar à distância e monitorar a situação dos presos.

Mamãe Aicha saiu de mãos dadas pelas ruas com outras mães e esposas, exigindo melhores condições na prisão e que se anunciasse o mais rápido possível uma data para o julgamento dos presos. Protestaram em frente ao Ministério da Justiça. Passaram a invadir reuniões dos partidos políticos; queriam envergonhar seus representantes por seu silêncio. Levaram abaixo-assinados e denúncias à imprensa. Foram às faculdades e universidades falar aos estudantes sobre a causa de seus filhos.

Alguns presos foram soltos, para acalmar os ânimos, e, em seguida, veio o julgamento. As penas variavam entre 5 anos de detenção e prisão perpétua. Aziz foi condenado a 20 anos. Depois disso, os presos entraram novamente em greve de fome, sem prazo determinado para acabar, em protesto contra as condições de deterioração da cadeia para onde foram transferidos após o julgamento.

A casa de mamãe Aicha na rua Rahba al-Qadima se transformou em ponto de encontro de mães e esposas dos presos, que se reuniram ali para pensar em estratégias e ações que denunciassem as condições precárias do presídio e o mau tratamento recebido dos carcereiros. Na pequena casa de Aicha no centro antigo de Marraquexe, as mulheres planejaram a ocupação da mesquita Al-Sunna, a maior da capital Rabat. Com o apoio de estudantes, organizaram uma manifestação jamais vista na Universidade Muhammad V, em Rabat, desde o banimento da União Nacional dos Estudantes do Marrocos. Na casa de mamãe Aicha, as mulheres prepararam as faixas que levantariam nas marchas do Primeiro de Maio. Na ocasião, ergueram a voz para expor a realidade dos presos privados do direito de estudar e de atendimento médico. Numa das vezes que se reuniram em frente ao Ministério da Justiça, o ministro as recebeu, prometeu atender as reivindicações dos presos e garantiu que enviaria uma delegação para negociar o fim da greve de fome.

As exigências dos presos foram atendidas, mas o sacrifício teve um custo imenso. Ao fim da greve, que durou quarenta dias, todos os presos estavam esqueléticos. Uma jovem de Marraquexe, chamada Saida Munabhi, morreu na greve. Mamãe Aicha estava ao lado de Fakhita, a mãe da mártir, para ajudá-la a receber o corpo e preparar o funeral. Muita gente, jovens e velhos, compareceu à cerimônia fúnebre de Saida em Marraquexe e acompanhou o corpo. Homens e mulheres. Ativistas de esquerda de todas as cidades marroquinas caminharam lado a lado com as mães Fakhita e Aicha num funeral que jamais viria a se repetir na cidade.

O telefone tocou, era Aziz.

"Alô, Aziz. Acabei de chegar, meu amigo. Estou na praça Jamaa al-Fna. Já estacionei o carro. Em cinco minutos estou aí."

Entrei no café e procurei Aziz, mas não o vi. Parei no meio do restaurante, liguei para ele e de repente ouvi sua voz numa mesa próxima. Vi um homem de meia-idade com semblante triste e cabelo branco. Ele me olhou e tentou sorrir, mas não o reconheci. Aproximei-me dele para perguntar de Aziz. Quem sabe fosse seu amigo. Talvez Aziz tivesse ido ao banheiro e já voltaria. No entanto, os olhos apagados do homem olharam para mim e ele disse, sorrindo: "Finalmente, Joseph". Tentando se levantar para me abraçar, ele repetiu: "Finalmente". Merda... era ele mesmo. Costumava me chamar de "companheiro Joseph" e eu o chamava de "Azizovic".

"Não me reconheceu, Yussuf ? Mudei tanto assim?"

Se ele havia mudado? Meu amigo era outra pessoa! Eu não o reconhecia. O rosto era outro. Os traços eram diferentes. Só a voz era a mesma do Aziz dos velhos tempos.

"O que fizeram com você em todos esses longos anos de prisão?"

"Não me lembro mais, Yussuf. Não me lembro de nada. Nem gostaria de lembrar. Sofro apenas com a dor que a minha condição física causou à minha mãe e ao meu pai, que viam a morte se aproximando aos poucos do meu corpo. Se você soubesse o quanto mamãe Aicha lutou para eu voltar vivo, Joseph. Se você soubesse..."

"Eu sei, meu amigo. Minha mãe me contou todos os detalhes da resistência de mamãe Aicha ao lado das outras mães e esposas dos presos políticos. Antes que fosse decretada a anistia a seus filhos e maridos, elas conseguiram expor o regime para toda a sociedade internacional. Mamãe Aicha e suas companheiras estiveram por trás das muitas mudanças que este país presenciou. Eu acompanhava as notícias do Japão quase todos os dias, antes e depois da internet. Elas criaram a Comissão de Equidade e Reconciliação que levou à libertação de vocês, além da indenização aos antigos presos e da abertura de aeroportos e fronteiras para nós. Só não voltei naquele momento porque tive medo de encarar vocês. Eu temia o momento em que meus olhos se encontrariam com os seus, companheiro."

"Meu amigo... meus olhos se apagaram completamente. Não tenha medo deles. Esqueça o seu amigo

Aziz. Ele agora não passa de um fantasma. Levante, vamos ver Aicha, sua segunda mãe. Ela nos aguarda com um cuscuz de sete verduras que preparou especialmente para você."

Mamãe Aicha me recebeu com um abraço caloroso. Beijava-me sem parar, como se eu fosse uma criancinha fofa. Uma mãe beijando seu filho. Seus olhos brilhavam. A casa continuava igual a quando saí de lá pela última vez. Botões de flores ainda enfeitavam as paredes do pátio. A amoreira continuava frondosa. Mamãe Aicha parecia menor que o filho. Devia ter cerca de 54 anos. E, não fosse a tristeza que se instalara no fundo dos seus olhos, eu diria que não havia mudado nada. Estava linda e radiante como a tinha visto pela última vez 20 anos antes. Entreguei-lhe meu presente, embrulhado em papel-celofane vermelho. Ela o desembrulhou e seus olhos abriram um enorme sorriso.

"Um tecido de fio de seda lilás... organdi. Meu maior sonho. Que maravilha, Yussuf, meu filho. Como é lindo... É um tecido para sultanas, Aziz. Amanhã mesmo vou levá-lo ao alfaiate e em um mês, no máximo, vou ter um vestido. Quando você vai se casar, Aziz? Quando, meu filho? Preciso de um motivo, de uma celebração para usar esse vestido."

* *Conto escrito originalmente em árabe.*

PARTE 3: FORA DOS MUROS

O MONSTRO DE FRANKENSTEIN

MULAY SEDDIK RABBAJ

Sidi Yussuf Bin Ali

Marraquexe é conhecida por seus sete santos protetores. É chamada de cidade dos sete homens. Os devotos que a visitam costumam fazer uma peregrinação que conduz de um mausoléu a outro, permitindo, desse modo, conhecer os cantos mais íntimos da cidade. A visita deve começar, obrigatoriamente, por Sidi Yussuf Bin Ali, cujo nome verdadeiro era Abu Yaqub Sanhaji. Esse venerável sábio escolheu viver fora dos muros da cidade vermelha antes de morrer no ano de 593 da Hégira, mais de um século depois da construção da capital dos almorávidas. Por ter lepra, manteve-se distante do mundo, metido em um buraco que ele mesmo abriu para se isolar e orar. Esse santo homem jamais imaginou que uma comunidade surgiria em sua homenagem ao redor desse local e que ela se expandiria ao longo dos séculos até se transformar no atual bairro de Sidi Yussuf Bin Ali, que se distingue não apenas por seus limites — localizado entre o campo e a cidade —, mas também pelo caráter dos habitantes. Quando alguém se apresenta como "filho de Sidi Yussuf Bin Ali", ou seja, como morador do bairro, os demais marraquexi reagem com uma estranha mistura de admiração e desconfiança. Os "filhos" desse santo são conhecidos pela engenhosidade, por uma malandragem que beira a trapaça.

Após sua morte, o santo continua a velar por seus filhos, preparando-os para a vida e incutindo-lhes um caráter particular. Tudo tem início no próprio bairro — sobretudo mais ao norte, nas proximidades do santuário —, onde se começa a ganhar a vida muito jovem. Diversos negócios brotaram ao redor do túmulo do marabuto, e é exatamente aqui que trabalhamos, nós, os pequenos moradores deste bairro.

Nossa carreira começa aos 9 anos, aproximadamente, com a venda de velas avulsas na frente do santuário. As mulheres pobres, que não podem comprar um pacote para fazer a oferenda à alma do santo, se contentam com algumas unidades que a zeladora do local recolhe e nos dá para revenda. É um negócio que permite — a nós e à nossa fornecedora — voltar à noite para casa com um pouco de dinheiro no bolso. Como na Roma Antiga, onde os escravos juntavam de pouco em pouco o valor de sua emancipação, são essas migalhas que nos permitem comprar nossa liberdade. Nossos pais nos deixam por nossa conta. Desde pequenos já cuidamos de nós mesmos, ou melhor, o santo olha por nós.

Conforme crescemos, mudamos de profissão. Passamos a ser carregadores, mas não de bagagem, e sim de crianças de 2 ou 3 anos, que levamos para uma câmara estreita debaixo da terra. Fechamos cada uma ali sozinha por algum tempo, ouvindo com satisfação seus gritos cortando a escuridão do porão. Na verdade, nosso santo é conhecido na cidade pelo poder de curar bebês chorões. As mães trazem os filhos que sofrem desse mal, bebês que choram sem razão aparente, como se estivessem em uma crise de nervos.

Elas confiam o bebê a um de nós, que vai entregá-lo nas mãos do santo. E antes que a criança engatinhe de volta pelas escadas como um gatinho, nós a largamos ali perdida no meio da escuridão da câmara estreita, como se estivesse no fundo de um poço. Ela se esgoela com todas as forças e logo se liberta de sua aflição.

No verão, vendemos jujubas aos turistas que visitam o mausoléu. Damos essa fruta às crianças em vez dos doces, e elas são adquiridas por serem boas para a tosse. Quase todas as famílias produzem uma pasta de jujuba para o inverno. O verão é o período de que mais gostamos. É o momento das férias escolares e quando conseguimos ganhar dinheiro. Catamos as frutas no cemitério de Bab Agmat para vendê-las à tarde nas proximidades do santuário.

Apesar de tudo, nossas manhãs são muito divertidas. O cemitério é o nosso parquinho, o lugar ideal para o esconde-esconde, nossa brincadeira favorita. São inúmeros os esconderijos à disposição de quem conhece bem esse lugar. Há plantas selvagens e jujubeiras que têm a altura de uma pessoa, túmulos expostos pela erosão do solo e crateras profundas de origem desconhecida. Alguém até poderia pensar que surgiram pelo impacto da queda de um meteorito.

Temos um acordo tácito de nunca deixar partes dos mortos desenterradas. Assim que encontramos uma omoplata, uma tíbia, uma fíbula, uma falange, uma costela, um crânio ou qualquer tipo de osso humano, os levamos para um buraco largo no chão, que provavelmente é uma sepultura vazia ou mais uma cratera do cemitério. Não temos ideia de quem foi o primeiro a deixar um osso ali, mas continuamos com o gesto, como se fosse nosso dever, um ato de fé ou um rito de passagem para frequentar o cemitério.

Nesse espaço, nos tornamos mais livres do que em qualquer outra parte. Perambulamos pelo cemitério agindo de formas que não podemos em outros lugares: correndo atrás de cachorros de rua, caçando passarinhos, nos masturbando em grupo... Nos permitimos excentricidades que libertam a gente de certas tradições que não fazem sentido para nós.

É nessa época do ano que nos permitimos entrar no Cine Al-Hilal. Depois que o mausoléu fecha, vamos para casa jantar, levando uma melancia, um melão, alguns pêssegos ou qualquer outra fruta da estação, até mesmo uns poucos *dirhams*, que vão direto para o bolso das mães. Essa contribuição se torna obrigatória assim que começamos a ganhar dinheiro. Damos para a casa o proporcional do que conseguimos no dia. Depois do jantar estamos livres para ir e vir como bem entendermos. Quando se é um filho de Sidi Yussuf Bin Ali, pode-se viver a liberdade dia e noite. Normalmente vamos em bando ver a sessão dupla, quase sempre um filme de kung fu e outro indiano, mas, se estamos curtos de grana, vendemos o segundo ingresso a algum espectador com pouco dinheiro e, assim que o primeiro filme acaba, saímos para comprar um lanche com o dinheiro.

Uma vez fui a uma sessão noturna na companhia de uns amigos e foi muito estranho: estavam exibindo um tipo de filme diferente. Chamava-se *Frankenstein ou o Prometeu moderno*, de Stefano Massini, baseado no romance de Mary Shelley. Contava a história do dr. Frankenstein, que cria um monstro grotesco sem nome e sem família, uma criatura feita com partes de diversos cadáveres que se rebela contra seu criador e é capaz de cometer crimes terríveis.

Não precisávamos saber muito francês para entender o filme. As imagens eram eloquentes o bastante. Assistíamos aos acontecimentos que se davam diante de nós cada vez mais afundados no assento. Bem na hora em que o monstro correu para a câmera, parecendo que ia atravessar a tela, a luz acabou. Ouviram--se vozes por toda a sala; gritos de insatisfação, mas também de medo e pânico. Não fazíamos ideia do que estava acontecendo. Será que o monstro tinha saído de trás da tela para causar toda essa confusão e correria? Ou foi o terror guardado no nosso coração que se manifestou naquele momento? Estávamos acostumados com longas quedas de energia em Sidi Yussuf Bin Ali. Às vezes elas aconteciam em momentos importantes, como festas de casamento e outras ocasiões não menos relevantes, mas uma queda de energia nunca me parecera tão estranha quanto a daquele momento. Agarrei-me num amigo e tentei seguir a fila de espectadores para encontrar a saída no meio da multidão. Eu pulava de susto quando qualquer pessoa encostava em mim e percebi que meu amigo também agia assim.

Na manhã seguinte, como de costume, colhemos jujubas antes de nos dedicarmos às nossas brincadeiras favoritas. Estávamos no trabalho quando um amigo chegou dizendo que os ossos que tínhamos deixado na cratera recentemente haviam desaparecido. Nos entreolhamos em silêncio. O Cine Al-Hilal ficava na frente do cemitério de Bab Agmat. Perguntas espocaram como relâmpagos por nossa cabeça. Imediatamente associamos o filme ao desaparecimento dos ossos. Será que tinham sido reunidos para formar uma criatura, como acontecera com as partes dos cadáveres do dr. Frankenstein? Ou o próprio monstro teria pulado o muro para se esconder no cemitério? Será que ele se alimentava de ossos humanos? Mil perguntas pipocavam em nossa mente, distraindo-nos do trabalho.

"Olha! Olha lá!", gritou uma voz apavorada antes mesmo que os meninos indicassem com a mão a presença de um ser enorme, de aparência humana, mas proporções levemente exageradas. Era alto e magro, com um tufo de cabelo em cima da cabeça, e maltrapilho — usava jelabas rasgadas que mais pareciam asas às suas costas. Seus passos enormes foram se aproximando de modo firme. Àquela hora, o cemitério estava sempre vazio. Sem coveiros ou *tulbas* — recitadores corânicos que liam versículos do livro sagrado para apaziguar a alma dos mortos —, nunca havia nenhum sinal de vida antes das nove da manhã. Conhecíamos todos esses homens pelo primeiro nome. A criatura ali entre os mortos naquela manhã era um estranho. Assim que nos demos conta disso, saímos correndo da sombra da jujubeira como um bando de pássaros selvagens fugindo de um predador. Alçamos voo em direção à saída, sem prestar atenção aos túmulos em que tropeçávamos nem às plantas com espinhos que arranhavam nossos tornozelos. Deixamos para trás a colheita do dia, abandonando o único lugar em que nos sentíamos bem de verdade.

Contamos nossa descoberta a todas as crianças da vizinhança, relacionando-a com Frankenstein. As poucas que ainda não tinham visto o filme subiram no muro do cemitério para ver por si mesmas. Voltavam com o olhar petrificado, pálidas, mal conseguindo assentir com a cabeça para confirmar a existência da bizarra criatura que parecia humana, ainda que não fosse exatamente.

Nos dias que se seguiram, a história rapidamente se espalhou por Sidi Yussuf Bin Ali. Nossos pais foram os primeiros a parecer preocupados com o perigo iminente. Ao mesmo tempo que temiam por nós, também se viam privados da nossa preciosa ajuda em casa. Desde o incidente, não tínhamos trabalhado. O cemitério, nosso território de abastecimento de jujubas, estava interditado. Já não ousávamos pôr os pés naquele paraíso terrestre, não importasse a hora do dia ou da noite. Nenhum de nós era capaz de enfrentar o terror que nos dominava só de pensar nisso. Visitávamos o santo todos os dias, rezávamos para que nos livrasse do monstro e voltávamos para casa de bolsos vazios. Na nossa idade ainda não podíamos vender velas nem levar bebês para o subterrâneo próximo ao túmulo do santo. Vender jujubas era tudo que nos restava.

Os adultos acabaram confirmando a existência da criatura monstruosa. Um dos coveiros disse ter visto um estranho no cemitério que não falava com ninguém e permanecia ali o dia todo. Ficamos nos perguntando do que ele se alimentaria e o que fazia naquele local de repouso absoluto.

"Não podemos aceitar que nossos filhos não consigam entrar lá", os pais concluíram. Então, foram até o comissário do sétimo distrito para relatar a existência de uma criatura na vizinhança, alguma coisa que não era humana — o monstro de Frankenstein. Ninguém teve coragem de pronunciar o nome Frankenstein, ainda que alguns tivessem certeza de que era ele, com medo de ser ridicularizado.

O comissário fora nomeado para comandar esse distrito logo após sua criação, ocorrida depois de um protesto dos moradores do bairro contra o alto custo de vida, uma manifestação que levou o rei Hassan II a chamá-los de "bárbaros" em um pronunciamento televisivo. Ele assegurou a nossos pais que enviaria o agente Chalula para cuidar do caso. De fato, Chalula fazia todos tremerem no bairro. Ele conhecia praticamente todo mundo, até mesmo as formigas que circulavam na sua jurisdição, sabendo dizer quais eram fêmeas e quais eram machos. Quando Chalula se encarregava de um caso, só o abandonava quando encontrava a solução.

Os moradores ficaram bastante satisfeitos, porque sabiam muito bem do que Chalula era capaz. O agente também ficou feliz, pois sentia que aquele caso podia melhorar ainda mais sua reputação — o que ninguém poderia prever foi o que aconteceu em seguida.

Depois de se informar de todos os detalhes de sua mais nova missão, Chalula foi para casa almoçar. Seu plano era fazer uma operação no cemitério bem cedo na manhã seguinte, de modo que seus homens surpreendessem a criatura ainda dormindo. No entanto, por volta das duas da tarde, quando voltava a pé para o trabalho, junto ao muro do cemitério, algumas pessoas viram Chalula se dobrar em dois como se tivesse levado um tiro. Correram para socorrê-lo, tentando afastar suas mãos da barriga, enquanto limpavam a espuma que saía da sua boca como se ele fosse um cachorro raivoso. Os esforços, porém, foram em vão. Sua alma já havia deixado o corpo e ido se juntar àquelas do outro lado do muro, seus olhos arregalados fitando o cemitério.

A inesperada morte de Chalula aterrorizou a vizinhança, para não dizer o próprio comissário de polícia, que sentiu seu fim próximo também. O policial passou a noite em claro, atormentado por pensamentos horripilantes. Já não temia por sua vida, mas pela dos filhos. Tinha medo de que algum mal os atingisse.

No dia seguinte, antes do enterro de Chalula, o comissário reuniu todos os seus homens, inclusive o sentinela, e como um enxame de abelhas a equipe invadiu o cemitério para fazer uma busca minuciosa. Passaram um pente fino em tudo: não deixaram um único buraco ou canto inexplorados, não pouparam nenhum arbusto. Mas foi em vão: o monstro havia evaporado.

O comissário convocou, um por um, todos os meninos que tinham visto a estranha criatura pela primeira vez, e pediu que falássemos dela. Todos relatamos a mesma história e descrevemos a criatura da mesma forma. Ele ficou convencido de que o monstro tinha mais de dois metros de altura, mas não que houvesse escapado da tela do Cine Al-Hilal, diretamente do filme *Frankenstein ou o Prometeu moderno*, para aparecer no cemitério de Bab Agmat, ou mesmo que fosse feito dos ossos depositados na cratera. Tudo isso lhe pareceu irracional demais, supersticioso em excesso. Entretanto, alguma coisa nele o conduzia na direção de uma explicação sobrenatural. Afinal, ele era marroquino e não podia apagar o que lhe fora ensinado desde menino: que o fantástico e o racional podiam coexistir harmoniosamente.

Enquanto investigava a morte de Chalula, o comissário recebeu a notícia de que uma estranha criatura fora avistada em Bab Rubb, cemitério onde estava enterrado o imã Suhaili, um dos sete santos da cidade. A descrição dessa criatura tinha muitos pontos em comum com o nosso relato. Escoltado por dois de seus melhores homens, ele correu então até Bab Rubb para prender o monstro de Frankenstein. Não foi tarefa fácil. O demônio resistiu, aplicando socos e pontapés para todo o lado. Era tão ágil que o comissário por um instante chegou a pensar que estava se confrontando com um ser sobrenatural. Mas, graças a certas técnicas, seus homens finalmente conseguiram encurralá-lo e conduzi-lo à delegacia em Sidi Yussuf Bin Ali.

No final das contas, o suposto monstro não passava de um pobre-diabo. Um homem tão desgostoso de viver entre os vivos que passara a preferir a companhia dos mortos.

"Como se chama?", perguntou o policial num tom agressivo.

"Eu esqueci e não quero lembrar", respondeu o homem, olhando fixamente para um ponto invisível na parede da delegacia.

"Por que vive em cemitérios?"

"Pelo menos lá no reino dos mortos ninguém me incomoda", ele disse.

O comissário logo entendeu que o monstro sobrevivia se alimentando de plantas e de alguns animais que conseguia caçar no cemitério. Para ele, todos os animais eram bons para comer: cães, gatos, pássaros...

Quando lhe perguntaram por que havia deixado o cemitério de Bab Agmat, o homem respondeu, depois de longo silêncio — que irritou seus interrogadores —, que os vivos estavam indo ali para perturbar os mortos, e ele não gostou disso. Achava que os vivos deviam era cuidar de sua própria vida.

O comissário sentiu o sangue ferver. Teve vontade de dar um belo murro naquele idiota, que ousava zombar deles, mas se conteve com medo de perder alguma pista preciosa para a investigação.

"Explique o que você quer dizer com isso."

De novo o silêncio recaiu sobre o sujeito. Os policiais não ousaram instigá-lo, pois perceberam que aquele homem diante deles estava buscando as palavras ou então que, para falar, precisava reunir as forças que havia perdido depois de ter se mantido tanto tempo em silêncio.

"Uma mulher e dois homens foram ao cemitério duas vezes no meio da noite. Desenterraram um corpo e depois o devolveram ao seu devido lugar. Na noite seguinte, voltaram para a mesma cova e, sob a lua cheia, exumaram o corpo e depois o enterraram de novo."

A informação deixou os interrogadores petrificados. Não tinham dúvida de que o que acabavam de ouvir era verdade. A experiência os havia ensinado a ler a sinceridade nos olhos das testemunhas. Ainda assim, não conseguiam relacionar essa história com a morte de seu colega.

"Vamos supor que de fato seja por isso que deixou o cemitério de Bab Agmat. Mas e o inspetor Chalula? Você ainda não falou nada sobre isso", disse de repente o comissário para surpreender o pobre-diabo.

"Quem é o inspetor Chalula? Não o conheço, nunca nem ouvi falar dele."

"Chalula é o homem que você matou antes de desaparecer."

"Eu não matei ninguém, nunca matei ninguém, foram os outros que me mataram diversas vezes", explicou o homem.

"E os ossos que desapareceram do cemitério?"

"Eu enterrei. O que está no chão deve permanecer no chão", disse o homem. Em seguida, silenciou de novo e se recusou a responder mais perguntas.

O comissário pediu a prisão preventiva do pobre-diabo e mandou convocar outra vez as testemunhas que haviam presenciado a morte do inspetor. Todas afirmaram nunca ter visto aquele homem e que Chalula caminhava sozinho quando sofreu o ataque fulminante.

Os resultados da autópsia deixaram o comissário diante de um novo desafio; tudo indicava que seu colega tinha sido envenenado.

Depois de informar seus homens sobre a conclusão da autópsia, os detetives decidiram que o melhor a fazer era reconstituir os passos de Chalula naquele fatídico dia. Souberam que em casa ele havia tomado café da manhã e almoçado e, no trabalho, apenas bebido um café preto. Assim, colheram uma amostra dos grãos da cafeteira de seu escritório e a enviaram para análise no laboratório, que confirmou que o café era de boa qualidade e não continha qualquer componente nocivo. Depois convocaram a esposa de Chalula, muito abalada e sem condições de falar. Embora a conhecessem, os policiais não a pouparam do constrangimento de um interrogatório. Ela descreveu as refeições que preparou para o marido no dia de sua morte, também consumidas por toda a família. O comissário notou que toda vez que a palavra "envenenamento" era dita a viúva ficava aterrorizada e seus lábios tremiam de forma incontrolável. Então decidiu arriscar tudo e se dirigiu à esposa de Chalula com toda a convicção: "Por que matou seu marido?".

Essas poucas palavras bastaram para que a viúva desabasse em lágrimas. Entre soluços, ela contou que uma curandeira tinha lhe vendido uma pasta que passara uma noite na boca de um cadáver, com a promessa de que a substância faria seu marido se tornar manso e incapaz de elevar o tom de voz, assim como ocorria com os mortos. Com isso ela poderia fazer o que quisesse com ele, a velha lhe explicara.

Trouxeram a charlatã, que, vendo a viúva em lágrimas, confessou o crime.

Mais tarde se descobriu que o cadáver em cuja boca a tal pasta era guardada fora um encantador de serpentes. Ele teria se esquecido de remover a glândula de veneno de uma serpente após capturá-la e, ao colocá-la no cesto que carregava nas costas, a víbora se aproveitou de um momento de distração e deu o bote, fincando as presas no pescoço do homem.

* *Conto escrito originalmente em francês.*

UM E-MAIL DO CÉU

YASSIN ADNAN

Massira

Cibercafé *Achbal al-Atlas*: um nome bonito — os filhotes de leão do Atlas —; um nome muito bem-sucedido. É verdade que já não há mais leões ou leopardos na cordilheira do Atlas, vizinha a Marraquexe, mas, pelo menos, é possível encontrar macacos. Macacos e javalis, além de um ou outro lobo. Mas tudo bem. O nome não passa de uma metáfora, o nome metafórico de um espaço virtual. O café é espaçoso, Rahal. Não como aquela *téléboutique* minúscula onde você enterrou 10 anos da sua vida. Desde que se formou em Literatura Árabe na Universidade Cadi Ayyad em 1994, você tenta a sorte todo ano em concursos para ingressar na École Normale Supérieure para professores sem sucesso. A lista de aprovados sai sempre no começo de outubro, mas seu nome nunca está lá. E, feito um rato, você volta para sua toca na *téléboutique* para vigiar a vida dos outros detrás da velha escrivaninha de madeira.

"Alô, Fatima."

"Alô, Hajj."

"Alô, Hajja."

"Alô, minha linda."

"Alô, meu amor."

"Alô. Alô! Alô? Você desligou na minha cara, vagabunda. Vai ver quando eu puser minhas mãos em você. Você não perde por esperar!"

É um sem-fim de ligações. Você se entretém fornecendo fichas aos clientes e escutando os telefonemas escondido, ouvindo as vidas alheias. Mas tudo começou a mudar. Com os celulares, os clientes desapareceram, o dinheiro que entrava na *téléboutique* foi minguando e a vida nessa loja minúscula foi ficando cada vez mais chata. Mas as coisas voltaram a melhorar. O espaço é amplo como você nunca sonhou. Os monitores espalhados em todos os cantos da loja são a razão da sua felicidade, Rahal. Você tem uma nova missão: abrir as portas para os clientes atravessarem a noite em direção aos redutos de luz e aos ancoradouros de éter virtual azul — missão que enche seu coração de orgulho.

Meus parabéns! Computadores lado a lado no fundo da loja permitem que os clientes naveguem sem que seus olhares fujam dos monitores pendurados nas paredes. Assim, Rahal, você pode espiar de seu posto todas as telas por trás dos clientes, de modo que o único com as costas voltadas para a parede é você, que controla e monitora tudo na sala. E sempre que se cansa de espiar os computadores dos outros, tem o seu próprio monitor diante de si. Também pode abrir sua conta no Hotmail com nome falso e desfrutar de uma vida virtual feliz como todos os outros. Na internet, a vida é muito melhor, Rahal. A vida é mais bela e mais brilhante. Experimente e vai ver.

Novos cibercafés se espalharam pela avenida Dakhla, bem como em diferentes ruas do Massira, bairro criado pelo governo como um projeto residencial gigantesco na metade dos anos 1980. Incialmente, seriam conjuntos habitacionais para a classe média. Mais tarde, prédios mais baratos proliferaram como mofo — em vez de áreas verdes bem planejadas —, atraindo grande número de trabalhadores, antes que o Massira estivesse apto a receber o povo dos vilarejos próximos. Eram vilarejos de zonas rurais cujos habitantes trabalhavam no campo, cultivando a terra ou pastoreando animais a oeste de Marraquexe, por toda a extensão da estrada que leva a Essaouira. Essas terras dariam lugar a conjuntos habitacionais e pequenos prédios. Projetos de reestruturação acabariam tendo êxito na integração desses vilarejos, cujos jovens se misturariam aos filhos dos trabalhadores de classe média no Lycée Zarktuni, tornando-se, por sua vez, os "meninos do setor". Esses jovens queriam deixar claro que pertenciam ao Massira e, por isso, se apropriaram de todos os cibers da avenida Dakhla.

Os clientes vêm e vão. Mas um pequeno grupo começa a se formar em torno de Rahal pouco a pouco. Salim, estudante do secundário fascinado pelo novo universo virtual, tem duas contas de e-mail até o momento: uma do Hotmail e outra do Yahoo. Algumas vezes, chega acompanhado pelo pai, outras pela irmãzinha Lamia. Salim foi o primeiro a apontar a Rahal que ele precisaria de uma impressora. Salim está sempre atrás de novas fontes de informação na internet e precisa do resultado impresso das pesquisas diárias para se gabar delas com os colegas na escola.

Samira e Fádua sempre chegam, sentam e se vão juntas. Sua especialidade: as salas de bate-papo. Elas se fundem numa única personalidade virtual e adoram conversar com rapazes em árabe, francês e inglês. Seu nome de guerra: "Estrela de Marraquexe". Dois em um: como xampu e condicionador. É só Qamar al-Din al-Suiuti avistá-las para pegar no pé das duas. Qamar al-Din é filho de Chihab al-Din al-Suiuti, um dos professores de educação islâmica mais conhecidos no Lycée Zarktuni, e o maior alvo de piadas dos alunos.

"Qual de nós é o xampu? E qual é o condicionador?", Fádua pergunta.

"Para ser sincero, não tenho certeza ainda. Quando eu decidir se você é o xampu, eu te aviso."

Qamar al-Din conhece todas as histórias da Estrela de Marraquexe, porque Fádua e Samira pedem a ajuda dele para ler as mensagens que recebem em inglês. Ele elucida para elas o que não está claro e em seguida corrige suas respostas, de modo que os e-mails possam viajar pela rede com o menor número de erros possível.

O inglês de Qamar al-Din é bom, assim como o francês. Porém, ele vive repetindo, não importa a ocasião, que seu árabe é um pouco fraco, infelizmente. Sua expressão não revela pesar algum quando confessa a falha; muito pelo contrário, ele deixa transparecer um orgulho sarcástico. Será que diz isso para alfinetar o pai, Chihab al-Din al-Suiuti, o professor de árabe que passou a ensinar educação islâmica, não por amor à religião, mas por preguiça e para se livrar das aulas de gramática e sintaxe? A disciplina de educação islâmica não é obrigatória, nem para os alunos do currículo científico, nem para os de humanidades. São duas horas por semana para cada grupo. Muitos alunos consideram essa aula um intervalo para jogar bola na quadra ou matar tempo na frente da escola, ou ainda para ir ao Rahal — para aqueles que podem arcar com o preço de deslizar pela tela do computador e surfar nas ondas de luz artificial —, sobretudo porque al-Suiuti nunca aparece para dar aula.

Para falar a verdade, Qamar al-Din não tem problemas com o pai, mas odeia falar dele. Prefere andar com amigos que nunca frequentaram o Lycée Zarktuni e, por isso, não sabem nada sobre o professor Al-Suiuti, incluindo as piadas e as histórias engraçadas. Fádua e Samira são exceção. Apesar de terem sido alunas de seu pai, a relação delas com Qamar al-Din é fruto do Café e não da instituição de ensino. Ademais, ele é bonito e habilidoso com idiomas. Por isso, a amizade dele foi um verdadeiro ganho para a "Estrela de Marraquexe".

Qamar al-Din não arreda o pé do café, a ponto de Rahal deixá-lo cuidando do negócio quando tem que sair por algum motivo de força maior. Em troca, ele é mais maleável com o garoto nas cobranças. Algumas vezes, Qamar al-Din usa a internet por cinco horas e paga somente por três. Rahal o promoveu a um assistente não oficial, muito embora Qamar al-Din não esteja ciente do seu cargo subentendido.

Ele começou a se divertir com as aventuras da "Estrela de Marraquexe" e seus pretendentes virtuais a leste e oeste do globo. Este é sério. E este gentil. O outro tem intenções nobres. Este daqui precisar vir a Marraquexe passar num oftalmologista e gostaria de dicas de hotéis e companhias aéreas. Este outro sugere que ela vá a Londres e está disposto a pagar a passagem e recebê-la em seu apartamento por uma semana ou até um mês inteiro, se ela puder — de forma respeitosa, claro. Outro sugere, com subserviência duvidosa, que ela vá para a Meca sagrada durante a peregrinação da Umra.

Quando a nigeriana Amelia chega ao café, a Estrela de Marraquexe é eclipsada. Fádua percebe que Qamar al-Din perde completamente o foco toda vez que esse sol nigeriano negro desponta. Às vezes Amelia aparece sozinha, às vezes acompanhada pela amiga Flora. Yakabo sempre se junta a elas mais tarde. Quem sabe não seja um plano para que Rahal não proíba o trio de se sentar numa única máquina. A regra do local é clara: no máximo duas pessoas por computador.

Ninguém sabe qual o tipo de relação que Yakabo tem com Amelia e Flora. Seria irmão? Parente? Namorado de uma delas? Com os africanos é sempre difícil saber. De toda forma, eles têm sorte: os donos dos apartamentos não pedem documentos. Não pegam no pé como fazem com os locais. Os rapazes marroquinos enfrentam muita dificuldade para viver com a namorada sem a certidão de casamento. Já para os africanos, nunca se pergunta nada, mesmo que sejam muçulmanos do Mali ou do Senegal. É por isso que vivem todos juntos. Conseguem empilhar entre cinco e dez pessoas em um apartamento de dois cômodos. Qamar al-Din não presta atenção a esses detalhes. Não está apaixonado por Amelia, só feliz de vê-la. Ela alegra o dia com seu sorriso, e isso é tudo o que ele precisa. Também é uma oportunidade para praticar o inglês com alguém que domina o idioma. No entanto, há mais um motivo... algo mais sensível. E é melhor guardar para ele mesmo, sobretudo na frente de Fádua e Samira.

Qamar al-Din quer sair do país assim que der. Não aguenta mais o pai e a vida tediosa em casa e na faculdade. Até essa droga de cibercafé parece ter se tornado um vício. Não suporta mais Rahal espiando seu computador. Sempre que olha para trás, lá está ele monitorando sua tela. Está cansado das conversas entre os professores de história da escola. Eles vêm em grupos separados ao café, como se fossem à mesquita, ocupam os computadores e, em vez de cada um surfar na sua onda na net, começam a tagarelar como se fosse a sala dos professores: contam que a vida durante o reinado de Hassan II era abominável e que as condições do país melhoraram muito com o novo rei.

Passou a existir mais liberdade, mais vigor e iniciativas por mudanças. Qamar al-Din não presta atenção nas histórias dos colegas de seu pai. Ele não vê mudança alguma. Além do mais, quem se importa com o que eles pensam da vida nos tempos de Hassan II? Ele era apenas uma criança na época. E agora sente que cresceu e não quer olhar para trás. Já não tem tempo a perder com esses papos.

Qamar al-Din quer outra vida, a vida que vê nos filmes e na televisão. A vida do povo escolhido de Deus no Norte. Ele quer fugir. Emigrar é um direito sagrado. Não compreende por que está fadado a ficar num lugar que o asfixia, com criaturas de que não gosta. Não compreende por que não tem o direito de expulsar esse mundo incômodo de todos os dias e noites de sua vida, de seu futuro, e seguir em frente.

"Claro que sou cristã, por que está perguntando?", respondeu Amelia.

"Apenas por curiosidade. Podemos falar lá fora?"

Ela deixa Flora olhando fixamente para a tela, dizendo que vai sair por um instante. Utiliza seu dialeto nigeriano, por isso Qamar al-Din só consegue distinguir o nome "Yakabo", repetido três vezes. Do lado de fora, ele a convida para ir ao Milano, um café do outro lado da rua. Só então descobre que ela fuma. Assim que Asma, a garçonete, serve uma xícara de café, Amelia tira do bolso o maço de cigarro Marquise, acende um e estende o maço para Qamar al-Din.

"Obrigado, eu não fumo. Também não quero tomar o seu tempo. Quero aprender sobre o cristianismo. Quer dizer, quero saber mais. Li na internet sobre a Trindade e o Unitarismo. Sobre a natureza divina e a natureza humana de Cristo. Sobre as diferenças entre a Igreja Ortodoxa do Oriente e o Catolicismo, e entre luteranos e anglicanos. Li também sobre o Sermão da Montanha umas dez vezes, e memorizei trechos em árabe, francês e inglês. Quer ouvir? Escuta uma passagem: *Ouvistes o que foi dito, olho por olho, dente por dente. Mas eu vos digo, não resistais ao perverso; mas a qualquer que te ferir na face direita, volta-lhe também a outra... e qualquer que... que...* Espera, esqueci. Aqui vai outra: *Ouvistes o que foi dito, amarás teu vizinho e odiarás teu inimigo. Mas eu vos digo, amai a vossos inimigos e orai por aqueles que vos perseguem, que sereis filhos do Pai que está no céu. Ele faz o sol nascer para os maus e para os bons e faz chover para os justos e para os injustos.* Também tem esta: *Pedi e vos será dado*. Eu decorei todas elas. Ouça..."

"Não! Ouça você, Qamar al-Din."

“Abd al-Massih, o servo de Cristo, este é meu novo nome. Você é a primeira pessoa para quem revelo. Que fique em segredo entre nós.”

“Escute, Abd al-Massih, parece que tem um mal-entendido aqui. Quando disse que era cristã, eu estava falando da religião da minha família. Acredite, não sou tão cristã quanto você imagina. Não vou à igreja, não leio a Bíblia e não memorizei o Sermão da Montanha. Sou cristã e só. Simples assim. Vamos voltar para o café, por favor. Flora está me esperando.”

Qamar al-Din está decepcionado. Ele acaba de descobrir o cristianismo. Tudo começou com os sites pornográficos. E como aquele filho da puta que toca o café vigia tudo que ele acessa, Qamar al-Din sempre tinha que mudar para uma página de emigração. Depois, saltava entre grupos aleatórios na internet. Até que certo dia, navegando à toa, caiu por acaso numa praia e acabou seguindo Jesus Cristo: “*Mestre, seguir-te-ei para onde quer que fores*”, e Jesus respondeu: “*As raposas têm as suas tocas e os pássaros do ar seus ninhos, mas o Filho do Homem não tem lugar para repousar a cabeça*”. “*Acredito, Mestre, o Filho do Homem não tem onde repousar a cabeça.*”

Qamar al-Din está chocado com a resposta fria de Amelia. Ele precisa com urgência de alguém que o apoie nesse momento de busca virtual pela verdade. Amelia é seu anjo negro, sua responsável no cibercafé. Mãe, irmã, não tem diferença. Ele encontrou no sorriso dela a bondade de uma santa. Mas ela o decepcionou, o que lhe causa muita dor. Dá para imaginar? Não lê a Bíblia nem conhece o Sermão da Montanha!

Amelia também está espantada. Flora e Yakabo já a tinham alertado de que Qamar al-Din gostava dela. Ou, pelo menos, estava bastante interessado. Desde então, ela também passou a observá-lo. Amelia o acha bonito e gosta das provocações, da alegria e da educação dele; do seu bom inglês, do seu modo polido de falar. Por que não? É apenas um cara gostoso que quer a atenção dela. Amelia estava pronta para qualquer coisa com Qamar al-Din — de uma paixão ardente a uma aventura passageira. Quando a convidou para o café, ela foi sem hesitar, feliz e animada. Mas o idiota puxou uma conversa pesada sobre a Trindade e o Sermão da Montanha. Amelia conhece a obsessão de Qamar al-Din pela emigração, mas nunca imaginaria que essa loucura iria levá-lo a escolher o cristianismo como desculpa para deixar o país.

Além do mais, sua família é cristã há gerações, de avô para pai e de pai para filho. Se seguir Cristo ajudasse a viajar para a Europa, ela teria ido direto de Lagos, de forma digna, em vez de percorrer a difícil rota através do Saara, e acabar, ela e seus companheiros, presos no Marrocos.

Não tiveram sucesso em cruzar para a Espanha, tampouco podiam voltar para a Nigéria e encarar família e amigos, derrotados depois de gastar o dinheiro dos pais numa viagem cansativa, longa e sem sentido.

Qamar al-Din parece gostar de ser amigo de todo mundo no café. Vai de máquina em máquina como se fosse a borboleta do Windows: ora ajuda Salim com o dever de casa; ora ajuda Fádua e Samira a ler uma mensagem em inglês que acaba de chegar na caixa de entrada do Hotmail da "Estrela de Marraquexe". Às vezes, quando Rahal se ausenta, Qamar al-Din se senta no lugar dele. E, às vezes, cochicha com Yakabo, depois de descobrir — um pouco tarde, infelizmente — que o rapaz nigeriano é mais religioso que as amigas.

O oposto dele é Abu Qatada. Entra no café com o pé direito, recitando suratas do Corão para pedir proteção a Deus. Obviamente, saudar muçulmanos é imperativo. No entanto, Abu Qatada sente dificuldade em dizer *assalamu alaikum* toda vez que entra no cibercafé, afinal, há sempre duas moças seminuas, Fádua e Samira, no ambiente, e entre elas aquele cafetão imoral chamado injusta e falsamente "Qamar al-Din", isto é, a lua da religião.

Lua da religião? Lua de merda! Do inferno, isso sim. Deus amaldiçoe seu nascimento!

Quanto aos africanos, Abu Qatada prefere manter distância do grupo. É verdade que não existe diferença entre árabes e não árabes, nem entre o branco e o preto, exceto no temor a Deus. Ainda assim, para Abu Qatada a cara escura dos africanos não inspira decência, tampouco obediência a Deus. Não por serem pretos, longe disso! Todos sabem que Bilal, o muezim do Profeta — que recaia sobre ele a oração e a paz —, era negro abissínio. Ele recebeu um status respeitoso dentro do islã quando o profeta Muhammad o definiu como "homem do paraíso" e disse a seu respeito: "Bilal é o senhor de todos os muezins e eles terão os pescoços mais longos entre todos no dia do Juízo". Abu Qatada notou que o pescoço de Yakabo era longo e fino como de uma girafa. *Mas essa cara escura está longe de emanar a luz do islã, e o mesmo vale para essas duas mulhe-*

res feias que nunca saem do seu lado. Parecem duas cabras. Que Deus amaldiçoe todos!

Seu nome verdadeiro é Mahjub Didi. Ele trabalha na estatal fornecedora de luz e água. É casado e tem dois filhos. O que mais o incomoda é um colega chato que sempre canta para ele "Didi, didi, didi". Por ser muito durão, os outros colegas evitam cantarolar a famosa música de Cheb Khaled na sua frente, ainda que riam disso nas suas costas. O segundo nome, Abu Qatada, foi cunhado por um irmão, que Deus o abençoe, durante uma cerimônia de *dhikr*. Desde então, ele usa o codinome tanto em encontros religiosos como em websites, em referência a um dos companheiros do Profeta, o nobre Abu Qatada al-Ansari al-Khazraji, que Deus o abençoe.

"*Big Brother is watching you!*"

Qamar al-Din repete essa frase vez ou outra para tirar sarro de Rahal.

"Perdão, perdão. Eu quis dizer: '*Little Brother is watching you!*'"

E o cibercafé todo cai na risada.

É preciso reconhecer que o inglês de Rahal está pouco acima de zero. Ele conhece tanto de literatura inglesa quanto Amelia conhece da escola de jurisprudência maliquita. Em todo caso, Rahal é estudante de literatura árabe e sua especialidade é poesia antiga, isto é, tudo que vai dos poemas pré-islâmicos até a poesia omíada e abássida, a literatura andalusina e marroquina. Quanto à prosa, ele não lê nem em árabe, a única língua que domina, então como leria romances em outros idiomas?

Como ninguém lhe explicou que era uma referência ao célebre romance *1984*, de George Orwell, em que o Grande Irmão vigiava a todos, sempre se pergunta no íntimo por que Qamar al-Din insiste em falar de dois irmãos, um mais velho e outro mais novo, sendo que ele tem apenas uma irmã, na pós-graduação, na capital Rabat.

"*Little brother is watching you!*"

Essas alusões não incomodam Rahal. Ainda assim, Qamar al-Din perde a paciência com Rahal por ele invadir a privacidade dos clientes, fixando os olhos como o ponteiro do mouse na tela das pessoas sem um pingo de vergonha. Na primeira fase da vida virtual de Qamar al-Din, quando estava viciado em sites pornográficos, isso o incomodava muito. Até hoje odeia quando alguém o espia enquanto lê sites religiosos. Por isso, começou a evitar páginas com imagens de igrejas, ícones e afrescos. Muitas vezes, copia o texto e o cola numa página em branco, e então lê o conteúdo no Word. Quando termina, ele coloca o arquivo na lixeira e sai do computador.

Contudo, no reino de Rahal, não há espaço para lixeiras. Assim que o último cliente sai do cibercafé após a meia-noite, ele leva alguns minutos, às vezes até uma hora, para limpar os computadores. Ele inspeciona um por um, vasculhando os arquivos e descobrindo os segredos do mundo digital dos clientes. Muitos deixam as contas de e-mail abertas, ou mesmo os perfis nos fóruns. O irmão Abu Qatada, por exemplo, logo após ouvir a chamada para a oração, fecha as páginas e sai, mas seu perfil continua logado nas conversas com os membros da irmandade.

Às vezes tratam do dever de combater e se sacrificar caso o invasor ponha os pés em território muçulmano; outras vezes debatem como fraudar as eleições para chegar ao poder e conseguir cargos. Dessa vez a discussão está acalorada e, como sempre, envolve o tema das eleições.

A irmandade se opõe à heresia da autopromoção dos candidatos e à ideia de que todos os membros da sociedade tenham vozes iguais, independentemente de seu grau de instrução e de fé. Quanto aos cursos de Abd al-Massih e às passagens das sagradas escrituras, Rahal resgata tudo na lixeira e copia as versões em árabe no seu computador privado para poder ler no dia seguinte.

É claro que isso exige de Rahal um esforço extra antes de fechar a loja, mas é ele quem habilita cada máquina para os clientes pela primeira vez. Ele guarda de memória todos os nomes de usuários, reais ou pseudônimos, bem como as senhas. Levantam-se os véus e eis todos os segredos. Rahal conhece tudo dos súditos de seu reino cibernético feliz. Nem mesmo a comunidade nigeriana no Cibercafé Achbal al-Atlas teve seus segredos poupados depois que começaram a frequentar o mundo virtual. Amelia e Flora são sapatonas, pertencem ao povo dos sodomitas. Amelia é loucamente apaixonada por Flora, mas ambas se prostituem — com homens, obviamente — enquanto esperam para entrar no crescente e promissor mercado lésbico em Marraquexe. Yakabo trabalha para elas como acompanhante, guarda-costas e cafetão. Seu relacionamento com Flora é de fachada, pobre Qamar al-Din. É apenas de fachada, seu tonto!

De fato, Rahal. Você os vê movendo-se como bonecos na sua frente. Eles não sabem que estão nas suas mãos: nomes verdadeiros e pseudônimos, sonhos e ilusões, amizades virtuais inocentes e aventuras ilícitas. Tudo na sua mão, Rahal, mas você tem que ser esperto. Seja cauteloso e guarde esses segredos na manga, mantenha tudo para si mesmo, sua doninha. Caso contrário, se Abu Qatada souber que Qamar al-Din desviou do caminho do islã, convertendo-se ao cristianismo, e que mudou seu nome, ou então que as nigerianas são meninas da noite, ele é capaz de declarar guerra santa do nada e começar uma batalha civil no meio do seu cibercafé. Rahal continua então a espiar a vida dos membros da sua nova família, enquanto permanece empenhado em fornecer a sensação de segurança a todos. Estão todos em casa, com sua família feliz, na selva virtual do Cibercafé Achbal Al-Atlas.

Rahal cometeu um grande erro pedindo que Abd al-Massih ficasse de olho em Abu Qatada.

Sempre que Rahal tem que sair, repete no ouvido de Abd al-Massih para cuidar bem de Abu Qatada: "O irmão Mahjub Didi é um asno quando se trata de computadores, se afoga num copo d'água. Por isso, lembre-se, Qamar al-Din, que se deixar ele sozinho e desorientado, ele vai se irritar com você e o café vai perder dinheiro até eu voltar para reconectá-lo a seus irmãos em Deus. Então, considere que é um cliente valioso".

Por isso, Abd al-Massih sempre se oferece para ajudar Abu Qatada. Da última vez, depois do computador do Didi entrar em pane, solicitamente o colocou em seu computador favorito no café. O que não sabia é que com aquele nobre gesto acabava de cometer o maior erro da sua vida.

Abu Qatada não podia trair seu irmão em Deus, Chihab al-Din al-Suiuti. Os dois rezavam juntos na mesquita Al-Massira, e entre eles criou-se um laço de confiança e amizade. Logo, como podia saber de um segredo desses e não informar ao seu irmão? Seria uma traição sem tamanho. Abu Qatada nunca trairia o professor Chihab al-Din. Então, contou com precisão o que havia visto.

"E não testemunhamos senão do que sabemos, e não podemos ser custódios do invisível, verdadeiro é Deus todo-poderoso. O filho do senhor estava em contato com Jirjis, o copta, como se fossem — Deus não permita — da mesma religião. Qamar al-Din se referia a ele como irmão Jirjis, e o egípcio, por sua vez, o chamava irmão Abd al-Massih. Então o copta inimigo de Deus escreveu para ele um verso, que parece ser do livro que chamam sagrado, e que sabemos ser falso e cheio de desvios: *Assim como o corpo é um e tem muitos membros, e cada um tem sua função, nós também somos muitos em Cristo, e todos somos membros uns dos outros*. Nesse ponto, professor, o muezim chamou para a oração e vim trazer as novidades diretamente para o senhor. Enquanto corria, vim repetindo a súplica relatada por Aicha, que Deus a abençoe, atribuída ao profeta: *Ó, Senhor que controla todos os corações, faça que meu coração fique firme em sua religião*."

Chihab al-Din nem espera a oração começar, por acreditar que já rompeu seu estado de pureza. Sai da mesquita correndo para o café. Rahal já está de volta e Abd al-Massih está lhe mostrando os recibos dos clientes quando Chihab al-Din entra num estado em que ninguém nunca o viu antes: ofegante, como se tivesse corrido muito para chegar até ali. Trêmulo como se não visse nada à sua frente. Abd al-Massih não entende o que está acontecendo quando o professor pula sobre ele, derruba-o no chão e desata a dar-lhe pontapés em falso. Ele não chuta, apenas tenta sem saber como fazê-lo. Agora tenta morder, mas seus dentes não dão conta. Então, puxa o cabelo do filho, puxa com as duas mãos, e o arrasta com violência e joga sua cabeça no chão, gemendo feito um lobo ferido, o sangue fervendo nas veias. Esbofeteia a cara do filho e grita: "Cristão, seu cachorro! Cristão, seu apóstata! Quando você terminou o colégio e não quis ir para a faculdade, pensamos que tinha uma visão diferente da vida e do futuro, então deixamos você à vontade. Quando parou de ir à mesquita, dissemos: 'Ele é muito jovem, ele vai amadurecer', e acabamos deixando para lá. Desde que começou a frequentar esse antro, pensamos: 'Vamos deixar ele descobrir o mundo sem ficar no pé dele, perguntando o tempo todo'. E o resultado disso? Virou cristão! Seu cachorro! Se ainda fosse um sodomita com os fornicadores correndo atrás do seu rabo, pelo menos poderíamos pedir pela sua proteção. Se duvidasse da existência de Deus, poderíamos argumentar que até o profeta Abraão titubeou, questionou, mas ainda assim seu coração se acalmou, e pediríamos que você fosse guiado na senda reta. Mas cristão, seu cachorro, um nazareno, como se Deus todo poderoso não tivesse escolhido esta comunidade e nos tivesse enviado seu último Mensageiro!".

Muitos não entenderam o que se passou naquela noite. Chihab al-Din teve que ir de ambulância para o hospital, vítima de colapso nervoso. Já o filho passou a noite no café, pois não poderia encarar a mãe depois dessa notícia vergonhosa. Quanto a Mahjub Didi, ficou sem dar as caras no café por mais de mês. Estaria com medo de Qamar al-Din ou de Rahal? Até que, ao retornar ao café uma tarde, ninguém falou com ele e nem ele com ninguém.

"Você é uma pessoa boa, Estrela de Marraquexe."

Fádua e Samira insistem em visitar Chihab al-Din na clínica. Salim e sua irmã as acompanham. Rahal se desculpa. Mas o que as duas não esperavam era que Yakabo, o nigeriano com pescoço de girafa, insistiria em visitar o professor também. Sua obstinação pareceu estranha à primeira vista, sobretudo pela delegação ser apenas de ex-alunos do professor, mas ninguém podia impedir Yakabo de se juntar a eles. O que deveria ser uma rápida visita de dez minutos para saber o estado do professor e em seguida partir acaba durando exatamente duas horas — afinal, tudo com Yakabo é imprevisível —, tempo suficiente para secar o estoque de suco para as visitas ao lado da cama de Chihab al-Din pelos últimos dois dias.

Fádua é a primeira e fala que ele não deve acreditar no que estão dizendo sobre Qamar al-Din, sobretudo vindo de Mahjub Didi.

"Todos no café sabem que Mahjub não se dá bem com Qamar al-Din, apesar de seu filho nunca hesitar em estender a mão sempre que a máquina dele tem algum problema. Mas o coração de Mahjub é cheio de ressentimento. Ele odeia todo mundo no café, sobretudo Qamar al-Din. E, por isso, temo que tenha passado informações mentirosas ao senhor, sem nenhum embasamento."

Yakabo então entra na conversa. Seu francês pode ser confuso, mas suas ideias não; são bem claras e seus argumentos fizeram o professor se sentar na cama. "*Monsieur* Al-Suiuti, há algo de verdadeiro no que disse Mahjub. Seu filho é de fato fascinado pela ideia de emigrar e quer, sim, sair do país a qualquer custo. Ele inocentemente pensou que se dissesse que era cristão poderia ser mais fácil se mudar para a Europa. Chegou mesmo a perguntar para mim diversas vezes sobre o assunto. Ele provavelmente usou um pseudônimo cristão para entrar em contato com aqueles que, na sua cabeça, poderiam ajudar. Mais tarde, começou a falar da Geórgia. Não sei quem deu ideia de ele ir para lá. Talvez porque muitos egípcios coptas começaram a emigrar para a região. Isso, porém, não quer dizer que Qamar al-Din se converteu ao cristianismo. Jamais... isso é impossível.

"Antes de tudo, para que seu filho se converta ao cristianismo, ele deve ser batizado. O próprio Jesus foi batizado. Foi João Batista quem fez a cerimônia, imergindo-o três vezes nas águas do rio Jordão. Sei que nenhum sacerdote chegou a imergir Qamar al-Din na água, nem mesmo espargiu um pouco de água benta nele em nome do Pai, do Filho e do Espírito Santo. Antes de ser batizado, é necessário que a igreja escolha novos pais que estão de acordo em adotá-lo. Ele então assumiria o sobrenome deles e eles escolheriam um novo nome para ele. Nada disso aconteceu com Qamar al-Din. O senhor é o único pai que ele tem diante de Deus, dos anjos, dos santos, da mesquita, da igreja e de todo o mundo. Quanto ao nome Abd al-Massih, que Mahjub mencionou, trata-se de um dentre tantos pseudônimos usados por ele online. O filho do senhor é imprudente, mas não é cristão. Para ser cristão, é necessário praticar o ritual de confissão, e seu filho nunca confessou nada, nem a um padre nem a ninguém. Não houve confissão, apenas essa difamação errônea da parte de Mahjub Didi, em quem, infelizmente, o senhor acreditou sem questionar. Mas não se preocupe: Fádua, Samira e eu voltaremos amanhã para visitá-lo e traremos Qamar al-Din conosco para que vocês dois possam se abraçar. Amanhã de manhã, *Monsieur* Al-Suiuti."

Chihab al-Din al-Suiuti treme de emoção. Aquela nuvem escura sobre a sua cabeça desaparece. Fica sem palavras para responder àquele africano magro de pescoço comprido. Sente vontade de abraçá-lo antes mesmo de abraçar seu filho na visita do dia seguinte. O pai de Qamar al-Din está completamente surpreso. Confuso. Mas, lá no fundo, feliz. É uma felicidade que não consegue expressar. Abre mais uma caixa de suco e oferece ao grupo: "Bebam, meus filhos... bebam um pouco de suco".

Zou-l3izah@hotmail.com. O e-mail é um pouco estranho, referência a um dos noventa e nove nomes de Deus. No campo "assunto" da mensagem, aparece entre reticências: ...*adverte*...

"E adverte, pois a advertência beneficia os crentes. Verdadeiro é Deus, todo-poderoso. Mas vá em frente, abra o e-mail, Abu Qatada." Sua mão treme. Não sabe por que, nem como. Só sente que treme. E na primeira frase já entende que a coisa é séria:

Meu bom servo Mahjub Bin Yamna Didi, conhecido como Abu Qatada de Marraquexe, minhas saudações chegam a você e meus olhos o protegem.

Não estranhe que minha mensagem tenha chegado até você e sinta-se merecedor por Deus todo-poderoso o ter favorecido com este e-mail, em vez de outros. Tenho questões que os meus servos não conseguem ver, por isso, peça meu perdão e refugie-se em mim contra o insidioso.

Ó, meu bom servo, nós concluímos as mensagens do Sagrado Corão e enviamos o profeta verdadeiro, fazendo dele nossa clemência para todos. Contudo, não há nada mais controverso que o homem. Por isso, eu o escolhi entre os melhores, Mahjub, para erguer meu estandarte e recordar a todos da minha mensagem e que me peçam perdão, pois sou o Clemente.

O rosto de Mahjub fica completamente pálido. Ele pensa em como o Profeta Muhammad, o melhor dentre todos, deve ter sentido pânico ao receber a revelação.

Isto, porém, não é uma revelação, Abu Qatada. Você não é profeta para ser inspirado. Pois Muhammad Bin Abdallah foi o último dos profetas e dos mensageiros. Ainda assim, o seu Deus o abençoou e o escolheu, em vez de outras criaturas, para receber este e-mail.

Bom, mas o que está fazendo aqui ainda? Deixe este lugar e vá para casa imediatamente. Ore e peça perdão, enquanto aguarda a ordem do todo-poderoso.

Mahjub sai como um sonâmbulo. Sua mente está abduzida e o rosto pálido. Sai com a cabeça erguida, movendo-se vacilante, como quem pisa em nuvens. Não olha para Rahal nem pensa em pagar a conta.

Abu Qatada está ausente, alheio e desligado. Quase cego.

Abu Qatada desaparece por três dias inteiros. Ao voltar, não se preocupa em cumprimentar ou mesmo dirigir o olhar a ninguém. Simplesmente corre para o primeiro computador disponível e acessa sua conta de e-mail. Porém, assim que sua caixa de entrada carrega, sua expressão fica decepcionada, como se não encontrasse o que esperava. Rahal o observa surpreso. Não entende o que se passa com Abu Qatada. Mahjub continua fixo em frente à tela por mais de dez minutos. Nem o mouse ele toca. Está paralisado feito um ídolo de pedra. De repente, sua expressão relaxa, a face se ilumina e ele começa a gritar: "*Allahu Akbar, Allahu Akbar*!".

Amelia, Flora e Yakabo se entreolham. Salim e sua irmã movem os olhares de Abu Qatada a Rahal, que continua surpreso. Qamar al-Din está ocupado com seu computador, compenetrado com sabe-se lá o quê. Ele vem evitando Mahjub completamente desde que foi dedurado para seu pai.

A mensagem dessa vez não veio diretamente de Deus Todo-Poderoso, mas de um anjo que não se identificou. Segundo o e-mail, sua posição entre os anjos do Clemente é 8.723, logo seu endereço de e-mail é Malak8723@hotmail.com. As ordens do anjo são bastante específicas:

Vá ao carpinteiro mais próximo e convença-o a lhe fazer uma espada de madeira. Compre roupas novas da cor branca: jelaba, turbante e sandálias. Até as meias devem ser brancas. Purifique-se lendo o Corão, jejuando e orando. Comece o jejum amanhã e continue até que Deus perceba que está fazendo efeito. Venha ao cibercafé a cada três dias ver seu e-mail. Vamos lhe informar do próximo passo na hora certa. Que Deus o proteja e guie seus passos. Amém.

A cada três dias, Abu Qatada aparece no café, mas em vão, e dedica poucos minutos a cada visita. No café, há rumores de que ele não tem ido ao trabalho na agência de água e luz. Rahal garante aos seus clientes que o sujeito enlouqueceu.

Mahjub se distancia de vez daquele povo ruidoso, dedicando-se completamente ao jejum, à oração e à recitação do Corão como preparação para receber o e-mail sagrado. Após passar mais de um mês, gritos de "Deus é grande!" são ouvidos novamente no meio do café Achbal al-Atlas. Mahjub está parado feito uma estátua em frente ao computador quando chega o tão aguardado e-mail. O anjo 8.723 finalmente aparece, mais uma vez com instruções extremamente detalhadas:

Graças a Deus por tudo que ele nos revelou. Abu Qatada, vá para a praça Jamaa al-Fna na próxima sexta-feira à tarde. Vista-se com as roupas brancas novas, empunhe a espada de madeira e leve o Corão sob o braço. Assim que chegar ao centro, meu bom servo, erga o Corão e a espada e grite em alto e bom som: "Allahu Akbar, Allahu Akbar!". O milagre então acontecerá, se Deus assim o quiser. Sua espada ficará afiada e cortará dez cabeças, e as páginas do Corão vão se tornar asas de luz, carregando-o pouco a pouco até se tornarem um cavalo alado do paraíso. O cavalo abençoado voará alto sobre a praça e você deceparà cabeças à esquerda e à direita. Sua espada só fará mal aos infiéis e a seus seguidores hipócritas e descuidados. Já os crentes bem guiados não poderão ser feridos, se Deus assim o quiser. Esta é sua missão, sua mensagem e seu milagre, ó, bom servo. Faça a guerra santa. Até sexta-feira à tarde.

"*Allahu Akbar, Allahu Akbar!*", Mahjub exclama enquanto sai do café.

Às gargalhadas, Rahal diz: "Está acontecendo, os anjos estão chamando ele para a oração pelo traseiro! Meus amigos, esse pirou de vez".

Podemos dividir a juventude do bairro Massira em dois grupos: os do setor, isto é, os locais; e os dos fundos da muralha, ou recém-chegados, aqueles que vieram de diferentes partes da medina, mantendo fortes laços com seu bairro original. A família e os amigos de infância ainda vivem lá e é normal que sigam em contato. Já os do setor, ou locais, são os verdadeiros moradores do bairro, nascidos e crescidos no Massira, a partir do final de 1980 e início de 1990, e só conhecem o Massira. Alguns chegam a deixar o bairro para morar em Daudiat, onde fica a Universidade Cadi Ayyad, ou em Gueliz, onde estão os cafés, restaurantes, hotéis, bares e cinemas. Mas no final sempre voltam ao colo caloroso do Massira, de modo que têm uma experiência bastante limitada das faces almorávida, almôada e saadiana da cidade de Marraquexe. Tudo isso para dizer que não são como os turistas ensandecidos que vão tirar fotos com macacos e cobras na praça Jamaa al-Fna. Dá para contar nos dedos da mão o número de vezes que Qamar al-Din, um filho do Massira, foi à famosa praça.

Porém, desta vez você não tem escolha, Qamar al-Din. Você tem que ir ver *in loco* o que vai acontecer no último episódio da série. Tem que estar no coração dos fatos.

Qamar al-Din chega antes das dez. Cruza o enorme Arsat al-Bilk bem devagar. Ergue a cabeça mais de uma vez e se dá conta, pela primeira vez, da altura das enormes árvores do parque. As charretes estão enfileiradas ao lado do jardim na mais perfeita ordem e até os cavalos estão bem-comportados, calmos, quase sem se mover. Talvez já tenham previsto o longo dia de trabalho pela frente nas ruas de Marraquexe e resolvido poupar as forças e a energia. Já os donos das charretes sentam-se em círculos ao redor de chaleiras e pequenas tigelas de bissara, a sopa de favas de feijão com azeite de oliva.

Qamar al-Din cruza a praça, ainda vazia de visitantes e artistas. Pede um suco de laranja em um dos carrinhos espalhados pelo perímetro da praça. A bebida ajuda a refrescá-lo. Ele dá mais uma volta e sobe no terraço do Café Argana. Lá pede uma xícara de café cortado e observa a praça de cima.

Roupas brancas não são incomuns na sexta-feira. Por isso, Qamar al-Din não consegue identificar Abu Qatada de primeira. Até que soam gritos histéricos no meio da praça. Todos se juntam em torno de um doido balançando o Corão na mão e uma espada de madeira na outra, enquanto grita "*Allahu Akbar*!", ameaçando os inimigos de Deus, infiéis e hipócritas. Qamar al-Din se levanta de susto como se fosse picado por uma cobra. Nem se lembra de pagar pelo café e sai em disparada feito flecha para tirar uma foto de perto da estrela do seu filme — mas, Qamar al-Din, esse não é o Mahjub Didi que você conhece. Ele perdeu muito peso e está com a cara pálida e cansada, como se não dormisse há dias. O homem está completamente louco, com olhos de peixe morto e distantes; ele olha para as pessoas, mas não as vê. Sua jelaba está molhada na parte da frente, como se tivesse urinado sem perceber. "Deus é grande!", repete antes de continuar seu ataque. Qamar al-Din distingue palavras como "Deus", "Todo-Poderoso", "Gabriel", "Michel" e "anjo 8.723". Mahjub diz o número do anjo em francês como se lesse um hidrômetro com os colegas do trabalho. Não, Qamar al-Din, o homem vai muito além do papel que você tinha pensado para ele.

Qamar al-Din entra em pânico. Queria dar uma lição em Mahjub Didi pela difamação. Era para ser um puxão de orelha, nada além — mas o homem pirou de vez, Qamar al-Din.

A polícia então cerca a praça, mas é difícil dispersar a multidão. Os visitantes estão gostando do show, afinal todos vêm à praça, seja de manhã, seja de noite, em busca de entretenimento. E isso é entretenimento de verdade, não dá nem para comparar com as rodas de dançarinos e contadores de histórias. Mais fresco que o suco de laranja que se compra nos carrinhos pela praça. Dois jornalistas aparecem e fotografam o louco até ele ser preso.

Quando Qamar al-Din passa pela mesquita Al-Massira, a caminho do cibercafé, ouve o senhor Abu al-Faqih conduzindo o sermão. Sua cabeça está atordoada, de modo que não presta atenção ao que é dito. *Estão todos lá ouvindo solenes*, ele pensa então. *Al-Suiuti, os professores do Lycée Zarktuni e Salim, que só vai à mesquita às sextas-feiras. Mas Mahjub Didi não está entre eles. Pela primeira vez Abu Qatada perdeu a oração de sexta-feira na mesquita do bairro.* Uma lágrima escorre pelo rosto de Qamar al-Din. Pensa por um instante em entrar na mesquita para orar e pedir perdão a Deus, mas não pode.

Então segue em direção ao café. Pálido e exausto. Tenta ignorar a todos e enterrar a cara no primeiro computador livre. Mas a gangue inteira está aglomerada em torno de um computador. Até os três africanos estão lá.

"Vem ver, Qamar al-Din", grita Samira com voz estridente. "Vem ver que escândalo!"

Todos estão ao redor de Rahal, assistindo juntos a um vídeo no site *Marrakesh Press* com a tarja de urgente: "Salafista descontrolado faz ataque na praça Jamaa al-Fna e deixa turistas aterrorizados".

* *Conto escrito originalmente em árabe.*

UMA VIDA ESTILHAÇADA

KARIMA NADIR Amarchich

Não sei se descobri os prazeres da vida cedo demais. Só sei que encontrei o caminho para a morte antes da hora. Fumei meu primeiro cigarro no terraço de minha amiga Latifa. A gente chamava ela de *makruta*, como o docinho, por ser miúda para a idade, e ter cabelo castanho-claro e olhos cor de mel. Vivia no bairro do Mellah e era 3 anos mais velha que eu — que tinha 14 anos na época. Compramos cinco cigarros Marlboro no varejo, atentas ao entorno, para garantir que ninguém ia ver a gente, e aí subimos para o terraço. Era outono. Nos escondemos num canto isolado e fumamos sem tirar os olhos da porta da casa, que a gente monitorava lá de cima, para ver quando a mãe de Latifa chegasse. A primeira tragada daquele primeiro cigarro tinha sabor de vitória — mas quem derrotou quem, aí já não sei.

Um ano mais tarde, naquele mesmo canto, fumamos um baseado de haxixe que me foi passado pelo camarada Fattah. Ele era do último ano enquanto eu era aluna do primeiro na escola secundária. Depois de queimar meio baseado, deitamos no chão olhando para o céu, Latifa e eu no terraço, rindo de tudo — até o riso perder um pouco da força e deixarmos ele minguar. A gente se contorcia no chão como se os raios de sol fizessem cócegas. Mas só me tornei uma fumante contumaz depois da gravidez. Ao provar o haxixe, encontrei um prazer profundo. Toda vez que Fattah me dava um baseado, eu fumava bem devagarinho. A cada duas tragadas arriscava algum poema.

Meu filho Salim, que agora tem 7 anos, vive em Marraquexe. Ele foi concebido, antes do casamento, numa relação que pensei ser amor. Seu pai era de esquerda — eu amava o idealismo dele: sonhos de revolução, as questões do proletariado, a causa palestina e Che Guevara. Naquela época eu estudava Direito e participava de uma organização radical de esquerda. E como amava poesia, literatura e música, rapidamente me tornei um calhamaço de posições revolucionárias e românticas. Descobri que estava grávida com um ano e meio de relacionamento. Esse mesmo romance revolucionário tornou o aborto impossível: se eu privasse essa criatura da vida, nunca mais poderia repetir as palavras de ordem que recitava orgulhosa para mim e para os outros, como se fossem textos sagrados. Não esperava que meu companheiro fugisse da responsabilidade — não ele, que falava da vida como se fosse uma luta constante. Achei que, segundo a "ética do revolucionário", ele teria, claro, uma postura nobre. Em vez disso, ele deixou claro — por telefone — que não era bem assim. Ele não tinha certeza — ele, o mesmo homem que pouco antes glorificava a minha lealdade como sua camarada — se tinha algo a ver com a minha gravidez. Disse que eu deveria procurar o verdadeiro pai. Sem hesitar, considerei que estava morto e enterrado, e, para mim, só sobraria algo dele em seu filho.

Ninguém imagina uma mulher de 19 anos grávida por aí. Ela tem que esconder o seu filho para se esquivar da mãe dominadora e da avó conservadora, numa sociedade regida mais pelos costumes do que pela lei. A única coisa que importa é: O que os vizinhos vão dizer? *Hchuma!* Vergonha! Ainda assim, confrontei minha mãe, mas apenas depois do sexto mês de uma gravidez praticamente invisível. Meu corpo não tinha mudado quase nada e não apresentava nenhum sinal da famosa barriga arredondada. Contei para minha mãe e convenci minha irmã de que estava pronta para lidar com tudo que fosse necessário para criar um filho. Fiz elas entenderem que, se tentassem me dissuadir, eu sairia de casa e buscaria refúgio com uma amiga.

Naquela época fui trabalhar de garçonete em uma dessas pensões que se espalharam feito mofo pelas vielas da velha medina. Pagava bem pouco. Também dava aulas de francês e de inglês numa escola privada e, somando os dois salários, tinha o suficiente para viver, mesmo com um filho. Eu estava determinada, como nunca estivera em toda minha vida. Até cogitei abandonar os estudos. Minha mãe só falou: "Seja o que Deus quiser, e que cumpramos o nosso destino". Já minha irmã disse tudo com seu silêncio.

Ele me visitou uma única vez, o meu camarada revolucionário, quando eu estava de três meses. Me ligou para dizer que estava no Café de France, na praça Jamaa al-Fna. Fui até lá pendurada num fio de esperança, tentando me convencer de que talvez ele estivesse arrependido. Agora nada disso importa. Tomamos um café preto quase sem dizer nada e levei ele para a mesquita Cutubia, para fumarmos haxixe no jardim e conversarmos trivialidades enquanto um desviava o olhar do outro, evitando falar sobre a gravidez. Na hora do almoço, fomos ao bar Babylon Star em Gueliz, não muito longe do Bar Dauiya. Babylon Star era um desses lugares difíceis de compreender — exatamente como a situação pedia.

Enquanto eu bebia a quarta cerveja, perguntei seca e sem preâmbulos: "Por que você veio aqui?". Mais tarde, ao deixar o bar, percebi ser muito mais forte que esse camarada inescrupuloso, que gaguejava enquanto procurava justificativas para me convencer a me livrar disso, com o que chamou de "simples procedimento". *Ele vai ficar roendo as unhas por anos pensando nas desculpas que terá que dar ao filho*, pensei. O tempo iria devorá-lo e a culpa iria tirar o seu sono.

Meses antes do nascimento, voltamos a ficar de bem com Marraquexe, meu feto e eu. Deixei de beber e fumar e troquei os cafés por caminhadas — longas e reflexivas. Vagava pelos becos de Mauqif, Muassin, Qsur e Riad Zitun, ao passo que aquela pequena massa dentro de mim estava cada vez mais perto de vir ao mundo. Eu falava bastante com ele, contava de minha infância e adolescência, confiando-lhe meus sonhos e desejos. Certa vez, passando por Arsat al-Huta, memórias de um dia de primavera nos anos 2000 vieram à tona como um sonho. Eu tinha cabulado aula naquele dia, na companhia de Yussuf, Ahmad, Fauzi, Hicham e Said. Sempre fui amiga dos meninos, pois eram as melhores companhias. A gente saiu para dar uma volta na medina e nos metemos nas suas ruas estreitas e úmidas, fugindo de um sol insistente em meio à primavera. O cheiro de esgoto era a primeira coisa que se podia sentir nas ruas do Mellah, desde que os judeus o abandonaram. E de Jinan Bin Chaqra cortamos caminho por Arsat al-Huta, passando pelas escolas Ba-Ahmad e Al-Farabi, bem como pelas carpintarias. No meio dos vendedores que dominavam o resto daquele espaço estreito, nos apertamos por um beco onde só passava uma pessoa por vez. Fauzi abriu a porta de uma casa e entrou sem bater. Said, Hicham e os outros foram atrás. Eu também queria entrar, mas Ahmad pediu que os esperasse do lado de fora ou que fosse embora. Afinal, era um lugar só para "homens".

Eles chamavam o lugar de casa da cafetina Kabbura. Eram colocados para dentro um por um, a fim de esfregar seus passarinhos entre as coxas de prostitutas com a idade de suas mães em troca de uns poucos *dirhams* adiantados. Fiquei entediada de aguardar do lado de fora, então subi as escadas. Me vi numa salinha onde havia uma mesa com um rádio empoeirado sintonizado na estação Rabat. Comecei a reparar na vulgaridade do lugar quando fui surpreendida por uma voz ainda mais vulgar: "O que você quer aqui?".

Virei e vi uma mulher obesa atrás de mim, vestindo um caftan e alguns chales. Seus dedos eram grossos e estavam nus, a não ser por um anel de ouro enorme. Tensa, aproximei-me daquela senhora imensa. Me sentei ao lado dela e respondi, de modo confuso, que estava com os meus amigos e que tinha que esperar por eles porque não sabia o caminho de volta. Na verdade, eu estava morta de curiosidade. Que lugar era aquele? Onde estavam os meninos? Ela disse que se chamava Kabbura e me serviu um copo de chá. Sem mais apresentações, e com a naturalidade de quem falava com uma adulta, começou a me contar das encrencas com a polícia e das diversas agruras da sua vida. Eu não conseguia compreender tudo o que ela dizia e estava estupefata com aquela voz grave, que ressoava como um tambor.

Depois de alguns minutos, os meninos desceram correndo. Eu sorri para Kabbura e fui atrás deles sem dizer uma só palavra. Eles olharam para mim, perplexos. "O que você estava fazendo?", perguntaram em uníssono.

Alegre, respondi: "Eu conheci a Kabbura!".

Quatro anos depois, Hicham, meu namorado na universidade, me contaria histórias da Kabbura. Ela havia sido vizinha do seu avô em Arsat al-Huta. Sua tia Safia a odiava, pois disse que ela trouxera desgraça e vergonha para todo o bairro. Ele me contou que Kabbura abrigava meninas das montanhas do Atlas, de Agadir e de Safi, e dava comida, cama e roupas para elas. Mas também as explorava como prostitutas. Hicham falou ainda que, uma vez, ouviu o pai contar à mãe que Kabbura havia herdado o ofício de cafetina de uma tia da alta sociedade que, nos anos 1930, fora concubina do paxá Glaui.

Eu sentia falta de tantos lugares. Quando era criança, meu pai dava voltas pela cidade antiga com a mobilete e me levava na garupa. Me infiltrei em muitos desses lugares na adolescência guiada pela paixão da descoberta. A Estalagem Sarsar! Cheguei a ouvir meu pai contando a história desse lugar para o meu tio. Essa hospedaria foi, ao mesmo tempo, curral e garagem para caminhões, até ser vendida para o vigia que trabalhava para o filho de Sarsar, Mulay Ualid. O vigia foi vendendo partes da hospedaria por haxixe e garrafas de Chaudsoleil, um vinho tinto barato. Outras vezes, em troca de uma boa refeição ou de companhia na cama. Depois disso, o lugar foi ocupado por carpintarias, bem como por artesãos que trabalhavam com metal e osso. Como a maioria dos trabalhadores vinha da periferia, depois de trabalharem o dia todo, ficavam ali mesmo para dormir. Alguns eram casados com filhos, então os espaços estreitos ficavam ainda mais apertados, o que levou o imóvel a ganhar um segundo andar. Criaram-se assim as condições para o surgimento do que se define perfeitamente por cortiço. Cafés que serviam harira — uma sopa tradicional — e quitandas começaram a aparecer também. Com 6 anos de idade, eu me aventurava com meu pai pelos tortuosos corredores do andar inferior, túneis que seguiam em todas as direções como serpentes. A cada passo, o som contínuo de marteladas se intensificava.

Si Allal estava sempre sentado na frente da loja, escondido dentro das calças marrons largas, com as mãos cobertas pelas mangas da jelaba de lã que descia até as canelas. Ele havia sido mestre carpinteiro, mas, após anos de trabalho e de colocar "*rial* em cima de *rial*", conseguiu juntar dinheiro para comprar mais duas lojas na antiga estalagem. Também tinha dois filhos que trabalhavam para ele. Suas mãos estavam permanentemente ocupadas, fosse enchendo o cachimbo com *kif*, fosse separando a *machmuma*, ou o maço da planta. Meu pai o apelidou de "locomotiva a vapor", em tom de brincadeira. O senhor Allal nos cumprimentava com sua voz rouca e um gesto para os meninos, que traziam duas cadeiras. A gente, meu pai e eu, se sentava na frente da loja e pegava uma mesinha de madeira para colocar o costumeiro bule de chá, um maço de cigarros Pall Mall e um cachimbo reserva. Eu via tudo isso, porque nunca esconderam nada de mim. Pelo contrário, meu pai sempre me disse que essa planta fazia bem para a saúde dos adultos.

Si Allal era magro e de pele escura, com a face redonda. Tinha barba espessa, cabelo preto bagunçado e olhos saltados. Enquanto servia o chá, sempre aproveitava para pedir *sfanjs* doces do Café Rubio no beco de trás. De dentro da carpintaria se ouvia o som de serrotes e martelos em meio à música do rádio. Isso tudo segue ancorado na minha memória como amor à primeira vista, ressurgindo vivo em mim tantos anos mais tarde: *A folha se encanta com seu farfalhar/ Nesta noite, vinho e desejo cantam à nossa volta/ E a vela navegante na luz guarda nossas sombras.* Como podia compreender esses versos sendo tão pequena? A verdade é que amava essas canções e era tão habituada a elas quanto a sentir a fumaça daquela erva salutar.

As longas caminhadas eram boas para devanear. Compartilhava com meu feto reflexões e memórias, bem como os cheiros, as imagens e os ritmos de Marraquexe.

Salim fez 2 anos. Eu amamentei o bebê por todo esse período, mesmo com os mamilos chatos. Por isso comprei bicos de borracha na farmácia. Que bela invenção! Toda vez que grudava eles nos seios e observava o bebê mamando, me vinha uma vontade imensa de rir. E quando começaram a nascer os dentinhos de

Salim, a gente ficava acordado assistindo à televisão até ele parar de chorar.

Depois de uma longa conversa com minha irmã, decidi sair da casa de minha mãe. Queria tentar me erguer dos destroços que se acumulavam dentro de mim e começar do zero. Queria construir um caráter e uma vida adequados à maternidade — para que aquela criança tivesse orgulho de mim um dia. Por ora, ia deixar Salim com a minha irmã. Ela tinha trabalho — ainda que fosse duro —, uma casa e um carro; era uma mulher forte e independente que vivia sozinha. A ideia foi dela. Ela era muita mais sábia e paciente que eu. Então deixei meu filho com ela e, embora me considerasse covarde e egoísta, já podia sentir o ar de liberdade. Será que meu coração era tão gelado assim? Na minha cabeça, tinha um motivo para viver, para desafiar o mundo e provar para todos e para mim mesma que merecia respeito, e que retornaria para dar ao meu filho uma vida cheia de luz. Talvez fosse verdade. Talvez fosse a desculpa que eu ia usar para colorir as sombras da minha imagem para mim mesma, negando o que não podia encarar. Talvez.

Minha amiga Buchra me arranjou trabalho no Cassino Mamounia, por isso fui morar com ela em um pequeno apartamento no Saada, no caminho para Casablanca. Esses bairros novos não mantinham qualquer traço de Marraquexe, com exceção do sotaque de alguns habitantes, que vinham em grande parte de outras cidades ou países. O mundo passou a ter cores novas, como se eu estivesse em outro lugar que não aquele onde nasci. Eu trabalhava de noite, às vezes até noite e dia.

E junto à "Praia vermelha", poucos quilômetros além de Marraquexe, fui apresentada às criaturas notívagas. Gente que apostava a própria vida. Vi gays e lésbicas andando sem ser incomodados e prostitutas de luxo em busca de dólares, euros, riais, dinares e da sorte grande. Mulheres que falavam fluentemente qualquer língua. Conheci ali uma gente movida por desejo, prazer, dinheiro e adrenalina. Vi também a escória sobre a qual os ricos limpavam os pés e outras coisas mais. Predadores aguardando que suas presas se embriagassem para roubá-las. Naquela época, fiz amizade com um tal de DJ Anas e, de tempos em tempos, ia com ele à casa noturna Theatro e me dirigia direto para a cabine de som. Sentava com ele atrás do vidro e a gente se entorpecia de haxixe. Observava todo aquele mundo com a mais perfeita naturalidade enquanto DJ escrevia os destinos daqueles corpos dançantes.

Um ano passou e fui me entediando, oprimida por um ritmo que não me deixava ver nenhum horizonte à frente. Fiquei exausta. Precisava entender o que queria da vida. No passado, sempre imaginara que seria outra pessoa, alguém criativa e distinta. Mas ali estava eu, em meio a uma cena imutável, sob meia-luz. Decidi voltar aos estudos, embora essa vontade rapidamente me sufocasse. Ainda assim, não foi necessária muita preparação. Mudei-me para Casablanca quando surgiu a possibilidade de viver com Salma, outra amiga dos tempos de sonhos revolucionários. Assim que cheguei na cidade, encontrei trabalho numa agência de tradução. Não pagava muito, mas dava para cobrir aluguel, comida e cigarro.

Foi difícil me acostumar a esse novo ritmo enquanto aguardava ansiosa pelo início do semestre, quando me matricularia no bacharelado de Literatura Inglesa na universidade. Certa noite, durante a semana, passei pelo Boulevard Muhammad V e me presenteei com uma cerveja num bar chamado Petit Poucet, no pátio de um desses edifícios coloniais que sempre me pareceram estranhamente familiares. Por acaso, um grupo literário tinha um encontro naquela noite para homenagear um poeta marroquino — já morto, claro. Fiquei encantada com a cena, a atmosfera — sobretudo por terem trazido um cantor mais velho para interpretar Umm Kulthum e Muhammad Abd al-Wahab com voz rouca, enquanto tocava um alaúde já um pouco gasto por tantas noites como aquela.

Foi ali que o encontrei. Um sonho que se converteu em realidade, uma história de amor que nunca serei capaz de escrever. Já o conhecia antes de conhecê-lo pela primeira vez. Claro, isso soa absurdamente romântico, mas nada pode ser mais verdadeiro; pelo menos, eu nunca soube de nada mais verdadeiro. Nunca pensei que podia colocar um homem no centro da minha vida. Samir era o irmão mais velho do meu camarada de outras épocas, aquele que não quis reconhecer a paternidade do meu filho. Que mundo louco! Amor à primeira vista, ou à segunda. Não era a estação para amar, mas aquela noite nos deu a desculpa para começar uma história.

Uma semana mais tarde, mudei para a casa dele, como se tudo tivesse sido acordado tempos antes; como se Samir estivesse esperando por mim. Nos casamos com uma pressa incomum. Não havia necessidade de esperar mais, nem de se conhecer melhor. Em pouco tempo, já sabíamos o que agradava ao outro e o que desagradava. Eu era dinâmica e estava animada, cheia de afeto e amor. Como gostava de estar interessada num homem. Samir era sóbrio, apaixonado pela vida, racionalista — às vezes mais do que o necessário. Tinha muita experiência com mulheres, assim como eu tinha com homens. A gente se aproximou graças a algo que eu tinha lido nos romances e chegara a achar que era apenas tinta no papel. Talvez nossa história não fosse tão surpreendente assim. Realmente não sei.

Meu nome é Sara, tenho 32 anos e sou bolsista de doutorado em Ciências Sociais na Universidade de Chicago. A história acima não é a minha.

Alice, uma amiga, era médica-residente no Hospital de Amarchich, uma instituição não muito diferente de uma prisão. Todos os pacientes que podiam oferecer algum perigo eram levados para Amarchich, essa instalação médica secreta localizada no que antes fora o subúrbio da cidade, mas que logo se tornou central, graças à construção da Universidade Cadi Ayyad nos anos 1970, próxima dali. Era um hospital sujo e velho. Havia uma ala especial para doenças mentais e outra para doenças dermatológicas infecciosas. O sofrimento ali dentro era certo. Dessa forma, não raro os jornais relatavam, de tempos em tempos, casos de suicídio entre os pacientes. Alice se especializou em psiquiatria e acabou nesse hospital, que ficava no bairro de Daudiat. Seus pais eram franceses, mas ela era uma verdadeira marraquexi.

Nos últimos 3 anos, sempre que eu passava pela cidade ia visitá-la. E em uma dessas visitas, me encontrei com Iman pela primeira vez. Enquanto Alice fazia sua ronda diária para averiguar os pacientes, saí para caminhar entre as árvores secas no jardim e ela estava lá, interagindo com as almas perdidas, pessoas que à noite falavam sozinhas numa névoa de questionamentos, nomes e imagens. Era inverno e caía uma chuva fraca. O cigarro Gauloises queimava rápido e eu o dividia com o vento. Foi naquele dia no jardim que vi Iman. Era como se a cena tivesse sido extraída de um filme antigo. Tudo parecia melancólico. Ela despontava para mim entre as árvores como um cadáver: o corpo magro e arqueado. Vestia um casaco preto cumprido e seus movimentos eram lentos. Podia ouvir que cantarolava algum clássico oriental, uma dessas canções que você não reconhece até que, de repente, se dá conta de que a conhece muito bem. Quando ela se virou, fiquei paralisada. Sua face era um mapa do tesouro, com marcas cavadas em todas as direções, sulcos profundos que pareciam alcançar sua alma. Quando ela me viu e se deu conta do meu horror, virou o rosto rapidamente, tocando-o como se lembrasse da sua monstruosidade, compartilhando do meu sentimento. E se afastou.

Me senti culpada, meu estômago doeu. Não era nada que não tivesse visto antes, mas ainda assim não consegui conter aquele misto de medo e asco que me acometeu. "Espere! Por favor!" Ela parou, mas não olhou para trás. Parei a dois passos dela. "Como você se chama?", perguntei hesitante.

Ela permaneceu em silêncio por um momento. "Iman", respondeu com um sussurro, como se não estivesse certa.

Me aproximei. Sua cabeça pendia como se quisesse enterrá-la no peito.

Ela pediu um cigarro, então procurei o maço no bolso, claramente confusa.

"Gauloises", sussurrou. "Tem gosto de palha queimando." E sorriu. Tentei evitar contato visual, olhando acima dela, para não a deixar desconfortável. Ela foi fumar o cigarro longe do meu campo de visão, sentada no pé de uma escada que dava para uma porta que parecia não ser aberta havia um bom tempo. Tirou um lenço do bolso e o pôs ao seu lado. Fiquei parada por um segundo até entender que era para mim, um convite para me sentar ao seu lado. Algo na sua voz me transportava a Tchaikóvski, em "O Lago dos Cisnes". Algo no seu silêncio e na sua hesitação me deixavam anestesiada.

Depois de eu insistir, Alice me contou a história de Iman. Não pude acreditar no início. Achei que minha amiga estava tentando me provocar, me cutucar como leitora de romances e como cientista social. Mas era tudo verdade. Iman perdera a memória, não sabia quem era. Seus parentes sabiam, mas ela não aceitava visitas, de modo que a irmã raramente aparecia. Quando vinha, ela se sentava com Iman por alguns instantes e depois partia. Eles a levaram para o hospício 7 anos antes, quando estava num momento ruim. Apenas chorava e não falava nada. Os ferimentos no rosto tinham acabado de cicatrizar. Passava boa parte do tempo encolhida na cama olhando para a parede. Tentara o suicídio diversas vezes, o que fez Alice comentar: "A morte sempre deixa para pegar ela depois".

Alice conhecia bem Iman. "Ela fala um francês muito elegante", me disse. "Mas o inglês é perfeito, é como se tivesse morado anos no Reino Unido."

De todos os residentes do sanatório, Alice era a mais próxima de Iman, a ponto de não a considerar uma paciente. "É muito frequente eu me ver contando para ela sobre as coisas que me incomodam e tiram meu sono", ela complementou.

Quando me sentei ao lado de Iman, ela me perguntou quem eu era e por que estava no hospital. Ela conhecia os visitantes mais raros, aqueles que vinham visitar os parentes e até os pacientes que retornavam para passar por acompanhamento médico. Contei que era amiga de Alice. Ela sorriu e respondeu: "Ela é minha amiga também". Minhas emoções deviam estar estampadas no rosto — não podia esconder — enquanto acendia um cigarro atrás do outro; Iman logo notou.

"Você está fumando tanto por medo ou por constrangimento?" Seu tom não era inquisitivo; ela só fazia uma observação para tentar me acalmar. Como foi estranho!

Ficamos em silêncio por um tempo e, então, ela começou a cantar. Por alguns segundos senti um calor agradável pelo corpo, dissipando o mal-estar. Era curioso: Iman cantava de modo profissional. Sua performance era tecnicamente perfeita. Ela marcava o ritmo com uma pedrinha que batia nos degraus, um movimento sutil que quase não fazia som. O mais curioso foi que ela não errou uma nota sequer. Talvez seu ouvido treinado lhe permitisse perceber, pois ela disse: "*Les fausses notes m'évitent*".

Ainda que eu estivesse de férias, me peguei indo ao sanatório todos os dias. Passava a tarde escutando as histórias de Iman. Sua voz doce me envolvia como um bom vinho suave, e sua habilidade de narradora me impressionava. Ela conhecia praticamente todos os pacientes da clínica e podia descrever o perfil de cada um de forma brilhante. Certa vez, passou uma tarde inteira contando sobre uma argelina, Fatima, que tinha uma galeria de arte em Tânger. A mulher havia tido uma educação francesa *par excellence*. "*On dirait une Parisienne*", nas palavras de Iman. Tinha paixão por artes plásticas contemporânea. Enquanto ouvia Iman, me dava conta do quanto Fatima a influenciara com sua personalidade, ou pelo menos com seu conhecimento artístico. Já que não tenho a habilidade de Iman para narrativas detalhadas, recordo muito pouco da história de Fatima, a não ser que seu marido teria declarado falência, deixando enormes dívidas à mulher depois de fugir para a Espanha. Ele não contou para ninguém, nem mesmo à esposa, sua companheira por 30 anos, para onde iria. Depois disso, seus bens foram confiscados, o que incluía a casa e a galeria, que pertencia aos dois. Sem nada, ela foi obrigada a vender sua parte do negócio para pagar o aluguel e o tratamento numa clínica privada para seu filho Fahd, de 27 anos, acometido por depressão profunda depois que o pai os deixou. Alguns meses se passaram e, após diversas tentativas sem sucesso, Fahd conseguiu pôr um ponto-final em sua vida. Eles o encontraram pendurado no banheiro da clínica. Sem conseguir suportar a dor, a mãe decidiu seguir os passos do filho. Para sua sorte — ou não —, a irmã tinha vindo visitá-la no Amarchich naquele mesmo dia. Ela chegou antes que o pior acontecesse. Iman disse: "Não consigo imaginar nada pior do que Fatima passou". As coisas seguiram assim por 10 anos sem que ela melhorasse. Foi sua irmã em Marraquexe que a trouxera para o Amarchich. (O que deu nas irmãs desse país para estarem todas neste lugar?)

Quando minhas férias acabaram, senti um aperto no peito. Não demorei para me acostumar com a companhia de Iman; havia muito de mim nela. Ou, para ser mais precisa, eu me parecia com ela. Nunca deixava de me espantar com o fato de essa mulher ter esquecido quem era, enquanto recordava as histórias de todas aquelas pessoas tão detalhadamente; sem falar em tudo que tinha lido: poesia, literatura, música, história, filosofia. Quem sabe ela tivesse suas razões... quem sabe. Antes de partir, eu sabia exatamente que presente dar: cinco romances da Chatir, a livraria do bairro de Gueliz, um lindo diário com capa de couro e alguns lápis. Alice disse que eu havia me apaixonado. E acho que foi isso mesmo, fiquei encantada pelo que ela ocultava. Quem sabe, se tivesse conhecido sua história antes, não tivesse ficado atraída dessa forma. Nos demos um abraço afetuoso e prometi que a visitaria quando voltasse dos Estados Unidos. Ela, por sua vez, prometeu que escreveria no diário todas as histórias que não tinha me contado ainda, assim poderíamos lê-las juntas na minha volta.

Passei um ano inteiro nos Estados Unidos, no Departamento de Ciências Sociais da Universidade de Chicago.

Sempre que entrava numa biblioteca, me lembrava de Iman e do seu gosto pela leitura. Quando ia me deitar, frequentemente buscava sua voz no fundo da minha alma. Um ano se passou e falei com Alice pelo telefone duas ou três vezes. Estava ocupada com a versão final da minha tese. Alice disse que Iman estava melhor. Continuava a andar pelo Amarchich acompanhada do diário e do lápis, sempre ajudando as outras pacientes com seu "tratamento paralelo". Ela as ouvia por horas, contava histórias e cantava para elas. No fim do ano, comprei a passagem para voltar a Marraquexe. Estava animada: tecia um milhão de conversas na cabeça. Imaginei milhares delas. Aguardava ansiosamente para ver Iman.

Cheguei no fim de outubro. E, ainda que estivesse tomada pelo cansaço, sonhei com ela à noite. Na manhã seguinte deixei o Hotel Riad Mogador, em Gueliz, e caminhei até o Marché Central. Comprei um buquê bem colorido, pensando que Alice e Iman poderiam distribuir as flores aos pacientes. Não pensei em ligar para Alice aquela manhã para avisar da minha chegada. Me sentia como uma criança — queria fazer uma surpresa alegre a ela e a Iman.

Quando cheguei ao hospital, olhei para todos os lados em busca de Iman. Não consegui achá-la. Fui à sala de Alice e aguardei do lado de fora enquanto ela conversava com os pais de um paciente. Quando abriu a porta para se despedir dos dois, ela me viu e seu rosto ficou pálido. Um medo estranho tomou conta de mim. Dei um passo para trás. Por fim, entrei e fechei a porta.

Alice não era mulher de demonstrar emoções, mas me abraçou afetuosamente aquele dia. Com mais carinho do que uma longa ausência justificava. Como se quisesse se desculpar por algo, como se tentasse acalmar uma tempestade no horizonte. Iman tinha se matado duas semanas antes: a morte não a deixara para depois desta vez. Quando ninguém esperava, tarde da noite, ela abriu as veias dos pulsos na cama. Com uma caneta, deixou escritas suas últimas linhas no braço. Quando a encontraram de manhã, a cama estava toda ensanguentada e lágrimas pretas pelo *kohl* de seus olhos haviam deixado trilhas por seu rosto, como uma noite desfiada. Foi assim que o imaginei. Como isso pôde acontecer? Não entendia. Como ela podia cometer suicídio se estava começando a melhorar? Como podia morrer quando tinha tamanha capacidade de levar alegria aos outros? Imagens e questionamentos se mesclavam dentro de mim.

Iman não era uma pessoa da minha família, e nossa amizade nem era tão longa assim — não havíamos passado nem um mês juntas —, mas foi o bastante para me deixar de luto por aquele espírito extraordinário. Quem sabe eu precisasse de uma personagem como ela na minha vida. Alguém de tirar o fôlego, como tudo que é nebuloso. Alice me entregou o diário de Iman, com um bilhete: "Essas histórias são para você, Sara. Sinto falta das nossas conversas e de seu coração impressionado".

Não saí do hotel por três dias. Agradecia às camareiras sem abrir a porta e pedia que retornassem mais tarde. Estava munida de duas garrafas de Absolut e alguns maços de Marlboro que comprara no duty free. Mas minha melhor arma era minha fraqueza. Cada vez que abria o diário e o lia, a voz de Iman me arrastava para um lugar de tempo estático. Era uma viagem dolorosa por acontecimentos e lugares. Ela havia se lembrado de quem tinha sido, de Salim, seu filho, que acabava de completar 14 anos: *Ele deve ser um rapaz lindo agora*. Se lembrava do amado Samir, que a deixou por ela tê-lo traído de uma hora para a outra. Se lembrava de como voltou a Marraquexe, derrotada e triste, ainda que determinada a levar o filho para passar um tempo com ela. *Eu estava estilhaçada. Era quase possível ver as rachaduras. Entre culpa e tristeza, fracasso e remorso, muitos sentimentos contraditórios conflitavam em mim. Eu tentava expulsá-los para fazê-los desaparecerem para sempre. O haxixe era a única coisa que conseguia estancar a sangria da minha alma, ao mesmo tempo que a fazia piorar.*

A irmã de Iman não permitiu que seu filho a acompanhasse a Casablanca, onde alugara um quarto no apartamento de uma amiga. Iman compreendia a posição dela, que não fazia por mal: apenas pensava que Iman não estava em condições de cuidar da criança, já que passava todo o tempo fumando haxixe. Aquela noite Iman saiu e conheceu um amigo. Foram ao Bar Tachfin próximo do cinema Colisée. Ela bebeu muito e fumou até que sua vista embaçada se confundisse com a própria fumaça. Viraram a noite num carro até cinco e meia da manhã. *Não consigo acreditar que voltei para casa naquele estado àquela hora! Nem passava pela minha cabeça o que podia acontecer*. Sua irmã mais velha a confrontou quando chegou, acusando-a de negligência. Iman estava bêbada e drogada, quase em pedaços, e estapeou a irmã. *Quando ela devolveu o tapa, nem parei para pensar no que tinha feito. Senti apenas que uma raiva incontrolável me rasgava e estava para sair de mim feito um míssil. E, infelizmente, acabou acertando minha irmã.*

Na manhã seguinte, Iman insistiu em levar Salim embora. Começou a juntar as roupas dele, se preparando para partir, mas a irmã estava decidida a impedi-la. Ao perceber que era impossível deixar a casa, Iman foi violenta e agressiva: xingou a irmã, a mãe e uma prima que estava de visita. Quando a discussão se tornou uma briga física, a irmã a derrubou no chão, amarrou suas mãos e seus pés e a amordaçou para abafar seus gritos. Os olhos de Iman seguiam o garoto, enquanto ele implorava à avó para não ligar para a clínica. "Só Amarchich para dar um jeito nela!", gritou a mãe de Iman.

Amarchich não é apenas o nome de um bairro em Daudiat. Não é apenas um hospital para um tipo específico de doença. É um insulto. Em Marraquexe, Amarchich se tornou um tipo de ofensa que se vocifera contra um desafeto para taxá-lo de idiota e louco, de incapaz de conviver com outras pessoas — pessoas equilibradas e normais. Para o azar de Iman, sua mãe havia sido enfermeira antes de se aposentar. Por isso, naturalmente tinha contatos no Amarchich.

Entre gritos e a exaustão total, o álcool e o haxixe, Iman perdeu o juízo e, praticamente, toda a memória. Daquele dia em diante, esvaiu-se tudo que a ligava ao seu passado. Ela se esqueceu de tudo. Se livrou de tudo. Restou apenas a dor no peito, obscura e pesada, que preencheu toda sua alma. Uma dor cuja origem desconhecia, uma dor que a levou muitas vezes a tentar suicídio — e a tentar apagar os traços da face.

Na última página do diário, deixou escrito um poema sobre o pai. Não havia título. Apenas escreveu: "Meu pai hahahaha, e a motocicleta". Junto desenhou um rosto infantil sorrindo. E o seguinte poema:

Sobre a mobilete
meu pai balança como vara verde
usa calças boca-de-sino
e um gorro
seu traje de fim de semana.
Desde que deixou mamãe
ele me traz uma pipa
que deixa cair estrelas
recolhidas por minhas pupilas
nas férias
tempo
de dormir despreocupada.

A motocicleta dança...
As vielas-serpentes
cavam túneis tortuosos
nos bairros de Marraquexe
para pôr fim à paz dos músicos
e dos encantadores da praça.

Ele me aperta contra o peito
e rompemos o vento
balançando como espigas de trigo
em cima da mobilete de meu pai.

A gente pode até cair
de novo e de novo...
Mas rindo alto
e sem parar.

* *Conto escrito originalmente em árabe.*

UM AMOR NEGRO

TAHA ADNAN

Saada

Nura entrou em casa ofegante para contar a novidade para a mãe, dona Ghita. Bilal tinha acabado de lhe falar, enquanto a levava na garupa da moto da faculdade para casa, na viela Lalla Auich no bairro de Assual, que pretendia ir até ali acompanhado da mãe, Umm al-Khair, para pedir a mão de Nura em casamento. Por isso, sugeriu que ela combinasse com dona Ghita o dia da visita. O irmão de Bilal vinha da Bélgica para passar o Ano-Novo em Marraquexe e seria maravilhoso se ele também pudesse participar do anúncio do noivado.

O rosto de Nura estava suado e radiante de alegria quando entrou na cozinha falando com empolgação infantil. Mas ela não esperava a reação da mãe, incapaz de conter a expressão desconsolada, como se lhe avisassem de uma catástrofe.

"Ai de mim... Quem? Bilal! Não tinha outro homem fora esse *preto*? Filha, você quer me enlouquecer? Você está cega? Perdeu a cabeça?"

"Mamãe, Bilal é um bom rapaz, filho dos nossos vizinhos. Crescemos juntos antes de ele sair da cidade. Você sabe tudo sobre ele. Não fuma, não bebe, não é de causar problemas. Além do mais, tem bom coração. Por Deus, esqueça a cor da pele dele."

"Deus amado, e você quer me dar netos mulatos? Minha única filha, a quem devotei toda a minha vida!

Me sujeitei a todo tipo de trabalho para criar você e agora quer plantar na minha vida um campo de oliveiras pretas para os bodes devorarem."

"E o que eu tenho a ver? Também não sou branquela que nem a Nicole Kidman. Ele é um bom rapaz, minha mãe, tem boas intenções."

"Milha filha, bom mesmo é você terminar os estudos. Não vai faltar oportunidade para se casar."

"Por favor, mamãe. Veja as meninas da vizinhança que estudaram e se formaram. Todas largadas por aí, desocupadas: sem emprego, sem casamento, sem nada. Ninguém liga para elas. Além do mais, Bilal apoia que eu me forme. A propósito, Saada, o bairro onde ele mora agora, é muito próximo da faculdade. O irmão dele, que vive na Bélgica, acabou de abrir um negócio no prédio onde Bilal mora. Ele comprou o lugar e deixou o irmão tomando conta. Graças a Deus, está indo muito bem. Agora, só quer a sua benção e, assim, quando o irmão voltar no verão, ele vai poder ajudar com o casamento."

"É um enterro, não um casamento. Você está me deixando louca, sua desnaturada."

"Que vergonha, mamãe, o que Bilal fez para você? Quer saber? Eu amo esse homem!"

"Bem que um escorpião podia se apaixonar por você e beijar a sua boca para me deixar em paz. Tire essa cara da minha frente, que Deus a amaldiçoe. Não quero mais ouvir falar desse rapaz. Já estava feliz que não o via mais desde que se mudou para aquele lugar imundo."

"Aquele lugar se chama Saada."

"Só me faltava essa. Um bairro chamado 'Saada'! De felicidade só tem o nome mesmo. Não dá para acreditar. Lá é só uma vagabunda cruzar com o primeiro que aparecer na rua e já trepam ali mesmo. Por que ele não se arranja com uma mulher de lá e faz que nem o irmão: se muda para a Bélgica? Se bobear, foi alguma senegalesa que arranjou os documentos. E quem sabe ela não tem uma irmã para o Bilal, assim a gente se livra desse infeliz de uma vez."

"Escute, mãe, ele não vem aqui mendigar. Só quer pedir a minha mão."

"Nem que acabassem todos os homens do mundo eu iria entregar você para os tipos daquele bairro infeliz."

"Aquele bairro infeliz, que você tanto despreza, é muito melhor que esse buraco onde a gente vive. Levaram um mês para consertar o esgoto aqui. Ou vai me dizer que estavam procurando petróleo? Aqui na medina só sobrou o fedor. A gente sempre fala para a senhora vender esse casebre e o terreno em Tamasluht, assim, talvez a gente pudesse ter uma vida digna e até abrir um negócio para acabar com essa penúria."

"Esses encanamentos não fedem mais que a boca que quer te beijar, Deus que me livre. E ainda por cima você quer que eu saia da casa que guarda o cheiro do seu falecido pai, sua desnaturada. Pelo visto, quer que eu vá me juntar ao seu pai antes da hora. Está satisfeita em amaldiçoar a gente? Você vai ter que escolher: ou eu ou aquele *ebola*!"

Quando Nura ouviu o barulho do motor da motocicleta, percebeu que Bilal não havia partido depois de deixá-la em casa. Talvez tivesse ficado para ouvir os gritos de alegria, mas acabou escutando a conversa na cozinha. A janela ficava sempre aberta para deixar sair o cheiro de comida, mas o que acabou saindo foram todos os impropérios de dona Ghita sobre ele.

Nura saiu atrás dele, gritando desesperada: "Bilal, Bilal!", mas ele não se virou. Foi a última vez que o viu. Desde aquele dia, ele nunca mais atendeu suas ligações.

As palavras de dona Ghita caíram como uma bomba sobre Bilal. Sua cabeça girava mais rápido que a roda de sua moto Swing. A rua diante dele se confundia com uma faixa escura indefinida. Não soube como chegou ao apartamento em Saada. Ao entrar, ignorou a mãe, que balbuciava algo indistinguível. Meteu-se no quarto, aquele mesmo lugar que esperava ser o seu ninho de amor com Nura. Fechou a porta e suas memórias vieram à tona. Amava Nura desde que era muito pequena, quando ainda não havia crescido algo semelhante a peras em seu peito. Como ela tinha 3 anos a menos que ele, Bilal era uma espécie de irmão mais velho para ela, uma garota que crescera sem irmãos num bairro pouco acolhedor para uma órfã de pai — ou seja, privada da proteção masculina. Desde pequenos, os meninos evitavam qualquer confronto com Nura, pois poderia acabar em confronto com a "sombra" dela. A partir de então, Bilal virou seu maridinho. Colocava-se à disposição de dona Ghita para tudo. Estava sempre pronto para ajudá-la. Contudo, a mãe de Nura jamais se deu o trabalho de agradecer ou de ser gentil. Bilal ficava feliz apenas por estar ali. Feliz por conviver na casa e realizar tarefas constantes, como trocar o botijão de gás, consertar a torneira que não parava de pingar, trocar as lâmpadas queimadas ou subir no telhado para arrumar a antena depois da ventania, além de outras banalidades. Nunca pediu nada em troca, nem mesmo um agradecimento. O olhar de Nura, cheio de orgulho e satisfação, bastava. Aos olhos dela, Bilal era o homem da casa, sem dúvida alguma. Ele estava pronto para fazer qualquer coisa por aqueles olhos, e foi assim que descobriu desde cedo que era apaixonado por ela. E, também desde muito cedo, Nura entregou seu coração a Bilal. O amor dos dois brotou desde então.

Ainda jovem, Bilal se habituou às palavras asquerosas dirigidas à sua cor de pele: *qallaui*, *draui*, *hartani*, *kahluch*, *azzi*, e outros termos horríveis. Ele lidava com esse glossário podre como se fossem insultos infantis. Até ouvir *antez* — "preto" — sair da boca de dona Ghita, ao se referir a um assunto muito caro para ele: o casamento. Era uma palavra com sabor amargo.

Recordou então a aula de língua árabe no quarto ano. O professor, sr. Chiki, repetia constantemente os versos de Al-Mutanabbi, que se deleitava em escarnecer de Kafur al-Ikhchidi, o governador do Egito:

Nunca o pio e livre terá o escravo como irmão,
Mesmo que vestido de liberto tenha nascido.
Não compre o escravo sem ter um bom açoite
Pois esta escória é o que há de mais apodrecido.

O último verso era o que atingia Bilal com mais violência, ressoando em seus ouvidos sem parar. A ofensa aqui tinha metro e rima. O professor Chiki não perdia a oportunidade de humilhar Bilal na frente da turma cada vez que fazia alguma besteira típica da idade. Perguntava aos alunos: "O que disse Al-Mutanabbi? *Não compre o escravo...*". Ao que respondiam entusiasmados, em coro: "*sem ter um bom açoite*".

Então por que agora sentia que ouvia uma ofensa como se fosse pela primeira vez? O insulto de dona Ghita foi a gota que fez transbordar seu copo de humilhação.

Nura não entendia a reação de Bilal, que nunca mais atendeu suas contínuas ligações para tentar apaziguá-lo. Ela estava disposta a tudo, até mesmo a fugir para o interior — se Bilal quisesse — e viver ao seu lado a pão, água e amor. Contudo, ele foi bastante ríspido quando finalmente atendeu o telefone. O ex-pretendente pediu a Nura, num tom seco, que não o procurasse mais. "Chega, terminamos aqui. Acabou. Apague o meu número e cada um segue seu rumo."

Nura — cujo pai faleceu quando era muito pequena — experimentou pela primeira vez o sabor amargo da perda. A injustiça de Bilal cobriu seu amor sincero como as trevas. Já não conseguia dormir, tampouco conversar com a mãe como de costume. Agora, passava mais tempo trancada no quarto decorado com pôsteres de Will Smith, Jamie Foxx e 50 Cent. Desde muito pequena era apaixonada pelos trabalhos de artistas negros. Seu gosto pelas canções de Whitney Houston, Lionel Richie, Michael Jackson e Rihanna a fizeram escolher Literatura Inglesa na faculdade. Passava horas na frente do espelho, maquiando-se embalada pela música, antes de sair. Demonstrava confiança com seu estilo único e seu jeito diferente. Dona Ghita não entendia como a filha gastava tanto tempo no espelho para sair com o cabelo armado feito um *ninho de cegonha*. Nura gostava de seus cabelos esvoaçados em todas as direções. Empenhava-se em passar gel para que seu penteado permanecesse aquele lindo caos o dia todo, e se vestia com peças largas que combinavam com seus vinte e poucos anos. Eram roupas usadas do mercado de Sidi Mimun. Seu maior prazer era sair do comum, por isso não se preocupava com marcas — só buscava roupas de segunda mão que sua pequena bolsa de estudos pudesse bancar.

Ninguém sabia como o bairro de Saada, no distrito de Gueliz, no caminho para Casablanca, se tornara um campo de refugiados da África subsaariana. O local era relativamente novo e cresceu num piscar de olhos. Dez anos antes, os primeiros apartamentos foram vendidos por aproximadamente 200 mil *dirhams*. Eram imóveis baratos que, apesar dos incentivos fiscais, não se destinavam à população mais pobre. Sempre havia alguém disposto a oferecer 50 mil *dirhams* a mais por baixo dos panos, uma vez que era uma oportunidade para especuladores e pequenos investidores locais incrementarem a renda alugando imóveis para terem um padrão de vida mais alto. Sem falar nos apaixonados por Marraquexe, provenientes de Casablanca em sua maioria, que buscavam um local para passar os fins de semana e as férias na cidade vermelha.

Talvez tenha sido isso que fez da vizinhança, em primeiro lugar, um reduto de prostitutas, já que elas podiam adquirir apartamentos novos com preços acessíveis. Por se tratar de um bairro novo, todos eram desconhecidos, o que significava que ninguém se metia na vida de ninguém. Assim, meninas de cidades e vilarejos vizinhos podiam alegar trabalharem em hotéis e fábricas têxteis ou de plástico na zona industrial nas proximidades, quando na verdade tocavam vidas ilícitas, e não serem incomodadas. Outros apartamentos eram destinados exclusivamente para "noites vermelhas". Este bairro recebia turistas de todo o Marrocos à procura de serviços sexuais a preços democráticos, longe dos riads com preços exorbitantes e dos apartamentos caros de Gueliz, monopolizados por turistas do Golfo e da Europa, e longe dos bairros da medina histórica e de outros lugares populares mais conservadores. Além do mais, a presença de africanas por ali era mais um incentivo à prostituição de baixo custo com as mais variadas cores de pele e tipos de corpos.

O negócio de Bilal, que vendia acessórios para celular, ficava no térreo, logo debaixo de seu apartamento. Na outra entrada do prédio se encontrava o Afro Beauty, o salão de beleza da ganesa Fatimata Rasta. Embora não tivesse licença, o salão cresceu até ocupar a calçada. A empreendedora trouxe colegas subsaarianas que, além de dominar a técnica de trançar cabelos, eram alvo de cantadas dos passantes, que comentavam seus corpos em parte expostos. Para Fatimata, mais do que um negócio, o lugar era seu refúgio — dois em um. Ela não competia com outros salões de beleza que haviam se espalhado feito mofo por todo o Saada. Lugares cheios de moças a caminho das festas no centro e que só saíam quando estavam impecáveis. Fatimata decidiu, depois de abrir o negócio, que colocaria sua experiência a serviço unicamente das conterrâneas. Sem falar que era o primeiro salão a abrir as portas pela manhã.

Bilal morava com a mãe num apartamento de canto no primeiro andar, com outros sete vizinhos. Na porta em frente vivia Hafid, um jovem empregado de uma empresa têxtil, com a esposa, Badia — sempre de véu — e mais duas crianças, Anis e Nada. Era quieto e solitário, e não interagia com ninguém. Às vezes subia as escadas falando ao telefone em francês fluente, num tom baixo como um sussurro, como que constrangido. Sempre andava rente à parede. Hafid sentia que sua presença no prédio era mero acaso. O apartamento para ele era uma tumba. Na companhia da pequena família, passava os fins de semana na casa da mãe no bairro de Sidi Ghanim, não muito distante do mausoléu de Abu al-Abbas al-Sabati, patrono da cidade e um dos sete santos mais famosos de Marraquexe.

No extremo oposto, havia o apartamento de dona Tamu, uma central de gritos e ruídos. A porta ficava sempre aberta e a cozinha da moradora muitas vezes se prolongava até o corredor. Ela tinha cinco filhos com idades próximas, como se tivesse posto todos no mundo de uma vez só. O mais novo viajara para a Síria para se unir a extremistas islâmicos, logo após sair da prisão, onde ficou um ano por tentativa de estupro. Naquele paraíso oriental, encontrou todas as cristãs, alauítas e curdas que sempre desejou para fazer o que mais gostava, à espera das virgens prometidas, caso seguisse no caminho de Deus. Os dois irmãos mais velhos, Majid e Chakib, davam as caras muito raramente. Trabalhavam juntos vendendo mercadorias suspeitas. O único sinal de que estavam em casa era a presença do seu Renault Kangoo. Já Farid e Said passavam o dia todo na frente do prédio. E apesar dessa falta do que fazer incomodar Bilal, ainda assim eram seus amigos.

O apartamento seguinte era ocupado por Igor e Irina, um casal jovem de poloneses que trabalhava no cassino. Toda noite, às sete e meia, o carro do serviço buscava a dupla na porta de casa, sempre com suas melhores roupas. A minissaia de Irina tinha uma ligeira fenda que exibia um pouco mais das coxas aos olhos famintos dos frequentadores do clube noturno, olhos que fantasiavam o resto do seu corpo como em um *striptease*. Fora esses breves momentos em que Irina iluminava os miseráveis do Saada como um sol, quase não se via rastro do casal. Um pouco antes de o dia nascer, ouvia-se apenas o motor do carro, do qual escapulia a pálida polaca diretamente para dentro da sua tumba. Quando Igor saía para as compras, sempre ia ao Marjan, um supermercado fora do bairro, de onde trazia as compras de táxi, a fim de evitar contato com os quitandeiros do Saada, cujos negócios estavam sempre lotados de curiosos.

Do lado esquerdo das escadas, havia mais um apartamento, abarrotado de jovens do Mali. Não se podia saber quem era residente ali e quem estava apenas de passagem. Na frente deles ficava o apartamento de uma moça de Safi. Naíma dormia o dia todo e saía arrumada nas noites claras de Marraquexe. Chegou no Saada quando conseguiu um trabalho na clínica de massagem do bairro. Mas assim que descobriu que os clientes só "relaxavam" de verdade quando seu membro era massageado, começou a pedir uma gorjeta generosa ao fim das sessões. Pouco tempo depois, saiu da clínica para fazer sua massagem especial com mais flexibilidade de horário. Naíma, a massagista. Era assim que os vizinhos a chamavam a princípio. Até que um dia acordaram com gritos. Ela havia levado para casa um cliente bêbado, que a agrediu a sapatadas. Ele a atingiu no rosto e a fez sangrar, enquanto puxava Naíma pelos cabelos com violência. Ninguém diria que aquele mesmo sujeito estivesse transando com ela alguns instantes antes. O homem alegou que ela aproveitara para roubá-lo enquanto ele estava no banheiro. Foi o que disse quando Farid e Said o tiraram de cima de Naíma, com um cavalheirismo fora do comum. Logo depois do ocorrido, ela não conseguiu mais fugir do novo apelido: Naíma *al-qahba*, a puta.

Havia outro morador bastante peculiar, que era vizinho de Naíma: Issufo, um nigerino de 30 anos. Era um tipo de ombros largos, peito forte e porte médio que disfarçava a barriga. Andava sorridente e estava sempre impecável. Havia estudado Negócios na Universidade Internacional de Marraquexe. A maioria das pessoas só o via sair de manhã ou voltar à noite. Passava a impressão de estar sempre ocupado com algo urgente. Segundo seu vizinho — e assistente pessoal — Aissato, seu pai havia sido ministro no governo de Mamadou Tandja e fora preso após o golpe militar de fevereiro de 2010. O golpe, liderado pelo coronel Salou Djibo, forçou Issufo e o resto da família a se dispersar mundo afora. Tinham dinheiro em diferentes países, mas empecilhos administrativos não permitiam que acessassem os fundos facilmente. Ele morava sozinho no apartamento, enquanto seus irmãos africanos viviam como sardinhas em apartamentos minúsculos de dois cômodos.

Issufo não saía de casa sem estar impecável, como se tivesse sido vestido pelo próprio Giorgio Armani. Seu terno Armani era passado cuidadosamente, bem como o colarinho das camisas, todas brancas. Desde que comprara um ferro de passar no Marjan, Aissato se encarregava da tarefa. Usava uma corrente dourada sobre o peito estufado, tinha os sapatos Armani sempre brilhando e carregava uma bolsa de couro Armani Jeans. Uma correntinha de ouro no pulso competia pela atenção com um anel do mesmo metal. Exalava constantemente o perfume forte da colônia Armani *Attitude*.

Aissato, senegalês, 25 anos, vivia no apartamento em frente ao de Issufo. Franzino, tinha lábios grossos, incapazes de esconder seus belos dentes que despontavam brancos toda vez que abria um sorriso encantador — sorriso que parecia ocultar o medo de algum perigo iminente. Chegou primeiramente em Fez, no centro da ordem sufi Tijani — seguida por mais da metade dos senegaleses muçulmanos —, onde foi erguido o mausoléu do grande *chaikh* Ahmad Tijani. Ficou na cidade sonhando em viajar a Tânger, no norte, pensando em cruzar o estreito. Ali, às margens do Mediterrâneo, o paraíso da Europa parecia mais próximo, feito uma miragem. Mas se a pessoa não soubesse realizar a travessia, os perigos eram muitos. O Mediterrâneo consiste numa das fronteiras mais sangrentas do mundo. Um mar com milhares de almas ceifadas, um cemitério gigante de corpos e sonhos naufragados. Viver nas florestas nas cercanias de Ceuta sob o risco de ser pego e o medo constante, enquanto se aguardava a oportunidade para pular as cercas de metal, era insuportável. Tampouco cogitara ir a Nador, mais ao leste, onde seus irmãos viviam em péssimas condições na floresta Kuruko, sonhando entrar em Melilha antes de serem capturados no acampamento do vilarejo costeiro de Arakman. Os enclaves espanhóis de Ceuta e Melilha formavam a única fronteira terrestre entre África e Europa. Os guardas do lado marroquino empenhavam-se em impedir a passagem de imigrantes africanos ilegais para ganhar a simpatia de seus pares europeus. Com o crescente racismo contra pessoas pretas, sobretudo contra as classes mais baixas do bairro de Boukhalef, conhecido como o centro da comunidade africana em Tânger, Aissato pensou seriamente em partir. Resolveu seguir para o sul, para a cidade vermelha: Marraquexe. Esta sim era a mais africana de todas as metrópoles do Reino. Lá encontrou Issufo, que lhe havia sido apresentado anteriormente por um colega da ordem Tijani em Fez. O nigerino logo aconselhou que se mudasse para o apartamento vago na frente do seu, garantindo uma presença amiga, calorosa e prestativa por perto graças à indicação.

O apartamento pertencia a um marroquino que migrara para a Suécia. Ele deixara o imóvel fazia um ano, devido ao escândalo do *bunga bunga*. O antigo proprietário organizava orgias ali, até que uma prostituta menor de idade foi assassinada, vítima de estupro coletivo, e a polícia realizou uma operação que resultou na prisão de todos os envolvidos, com exceção do proprietário — que escapou para seu refúgio na Europa com a ajuda de uma propina bem gorda.

Aissato não achou difícil se adaptar ao novo ambiente. Costumava ir à mesquita no Saada e sua presença constante nas orações o fez bastante conhecido no bairro, além de ser muito querido pelos vizinhos, que achavam um charme seu árabe clássico de estrangeiro com sotaque senegalês. Sua fala engraçada lembrava os personagens de desenho animado. Depois da oração, espalhava seus produtos na calçada, na frente da mesquita, e vendia celulares, relógios de pulso e acessórios femininos. Estava feliz com esse novo ritmo de vida. Frequentava as sessões de *dhikr* nas reuniões Tijani em Bab Dukkala e passava o tempo perto de Bab Ailan, Bab Ahmar e no bairro de Qsur, onde fazia contatos, expandindo as atividades comerciais.

Às vezes recebia em casa Uthman Mustafa al-Chaikh, um amigo sudanês magro e alto com cerca de 30 anos. Usava óculos arredondados que lhe conferiam, pode-se dizer, um falso ar solene. Seu bisavô fora um *chaikh* e uma voz ativa da ordem Tijani no Sudão, na luta contra ingleses e turcos durante a Revolução Mahdista. Ele havia estudado direito em Marraquexe antes de fazer doutorado na Universidade Muhammad V em Rabat. Contudo, havia 2 anos, passara a se dedicar aos documentos para emigrar para a Inglaterra e se juntar ao irmão. Uthman vivia entre Marraquexe e Rabat, mas sempre sonhando com Londres.

Aissato não perdia a chance de dar um banho de água fria no amigo quando vinha falar de seus sonhos à beira do Tâmisa. "Não precisa ter pressa, meu irmão. Acha que os britânicos estão ansiosos para receber você, como se fosse um bilhete premiado? Quando chegar, já terão diversas acusações: árabe, muçulmano e, acima de tudo, preto! Haha!"

Falava com seu árabe cômico, a única forma de se comunicar com Uthman, que não falava francês. Aissato era o primeiro a rir das próprias piadas. Já o sudanês parecia achar graça no jeito do amigo, o que o fazia se contorcer de tanto rir. Uthman então lhe respondia em tom descontraído: “Basta que saibam que sou Tijani e amigo de um devoto senegalês chamado Aissato, que passa a vida vagando pelo país que os Almorávidas governaram! Aí vão mudar de ideia sobre mim imediatamente!”.

Bilal tinha uma relação de amor e ódio com seus vizinhos de outras partes da África. A gritaria de Fatimata o irritava — a mulher era completamente incapaz de conversar em voz baixa. A presença barulhenta dos malineses também o incomodava. Sempre se queixava a Farid e Said da zona que faziam na vizinhança: “Falam todos ao mesmo tempo. Parece que vivem brigando!”. Ao que os dois respondiam: “Esses filhos da puta parecem que têm um megafone na goela”. A dupla respondia ao mesmo tempo, como se competisse pela propriedade intelectual da analogia estúpida que repetia à exaustão.

Apesar disso, Bilal também defendia os vizinhos, manifestando sua aversão a comentários inapropriados feitos sobre eles. Farid e Said tinham vinte e poucos anos e, como estavam desempregados e não podiam frequentar cafés com os bolsos vazios, buscavam o amparo de Bilal, que dividia com eles um bule de chá que sua mãe, Umm al-Khair, preparava às dez. Dividiam também os cigarros avulsos comprados com o vendedor em frente ao Café Original na esquina. Tinham inveja de Issufo, que às vezes chegava acompanhado de garotas. Deixavam transparecer a amargura quanto à quantidade de mulheres que ele trazia para casa. Dessa forma, sempre que passava por eles, repetiam a música cantada nas rodas da praça Jamaa al-Fna pelo célebre Omar Mikhi:

> Bambara Bamba,
> Bambara das bolas.
> Bambara Bamba,
> ele ama as garotas.
> Morenas e brancas
> elas acabam com o Bamba.

Certa vez, Issufo chegou em casa acompanhado de uma estrangeira loira, do tipo que se vê nas áreas turísticas, mas com certeza não no Saada. Ela parecia bastante confiante ao seu lado enquanto se dirigiam ao apartamento. Farid e Said assistiam à cena, cada um acariciando o próprio membro, com um inconsolável misto de asco e inveja. Com os olhos vidrados na loira, Farid murmurou:

"Como é linda essa puta."

"É uma pena aquele besouro em cima dela", respondeu Said, humilhado.

"Escreve o que eu estou dizendo: amanhã ela vai estar em todos os jornais. É sério, ele vai devorar a garota. Filho da puta. Canibal."

"Irmão, o que elas veem neles?", perguntou Said.

"Eles sabem lamber elas direito."

"Pode apostar que ele não vai só lamber, vai comer também. Ele come até a merda dela!"

"Estou te falando, só quem vem de fora se dá bem neste país. Outro dia esse daí tava no meio do mato e agora já está aqui com uma gringa. Filho da puta."

Bilal não suportava essa conversa baixa e vulgar, que o fazia recordar de dona Ghita usando o insulto *antez* para falar dele. Com o sangue fervendo, vociferou: "Saiam daqui! Vão arranjar o que fazer! Vão tocar punheta em outro lugar. Isso é um estabelecimento de respeito. Vocês passam o dia inteiro apoiados na parede, até parece que ela vai cair. Que gringa vai querer ficar com uns tipos que nem vocês?".

Farid e Said não entenderam por que o amigo ficou daquele jeito de uma hora para outra. Colocaram na conta dos vizinhos africanos, que, para eles, eram o motivo da briga com Bilal. Naquele instante, alguns malineses do primeiro andar estavam reunidos em torno do salão de Fatimata, ainda fechado, então Farid os repreendeu histérico: "Seus filhos da puta, vocês estão tomando o país inteiro!".

Issufo talvez fosse um dos poucos africanos que frequentavam os cafés do bairro, já que os outros raramente apareciam nesses ambientes. Preferiam viver isolados dos marroquinos e de seus problemas. Muitos africanos limitavam sua interação com os locais ao essencial, sobretudo quando percebiam entre os marroquinos uma estúpida pretensão de serem mais espertos ou então uma falsa sensação de superioridade. Até o quitandeiro mais tosco os tratava com arrogância.

Issufo costumava sair de seu apartamento no Saada para caminhar pela rua principal do bairro. Desfilava diante das lojas, olhando com desdém para as vitrines de produtos baratos, antes de seguir para o Tito's Café, localizado estrategicamente no cruzamento das avenidas Allal al-Fassi e Abd al-Karim al-Khattabi, de onde se podia avistar o enorme hipermercado Marjan. Esses dois que dão nome às ruas foram alguns dos maiores nomes da resistência, autores de muitos sacrifícios para expulsar franceses e espanhóis na luta contra o colonialismo. E, hoje, alguns de seus filhos estão dispostos até a dançar de cabeça para baixo para atrair esses mesmos estrangeiros de volta para que invistam no país. Enquanto isso, outros estão prontos a deixar a pátria, apesar de todos seus mártires e combatentes, em troca de um visto de residência em alguma capital "loira". Os caminhos da história de fato apresentam pontos de intersecção estranhos e vis.

Issufo entrou no café confiante enquanto tirava os óculos Armani de sempre. Parado como se fosse um modelo, olhou na direção das mesas e das telas de televisão ligadas no canal Rotana Clip, que transmitia canções por todo o salão ininterruptamente. Escolheu se sentar num canto, onde tinha a sensação de estar em posição privilegiada, e pediu seu café. Nos últimos tempos, Nura passara a frequentar o mesmo lugar. Ela se isolava em algum canto e ficava lendo para as provas longe da mãe e da balbúrdia permanente da rua Lalla Auich, que não lhe permitiam se concentrar nos estudos. Em pouco tempo passou a reparar nesse elegante homem negro, que para ela parecia o dr. Eric Forman da série *House*. Ela o chamava de "Armani boy".

Às vezes, ela via que Issufo encontrava alguns tipos estranhos, na sua maioria marroquinos. Ocasionalmente, uma francesa de uns 30 anos também o acompanhava. A relação dos dois parecia profissional, a julgar pelos documentos que examinavam com pressa e aos sussurros, a voz de Issufo sempre em destaque.

Ele logo percebeu o interesse de Nura. Trocaram um ou dois sorrisos. Na terceira vez, Issufo pediu ao garçom que levasse para ela um copo de suco. Nura aceitou de bom grado, o que o encorajou a se mudar para a sua mesa.

Issufo apareceu na hora exata. Nura sentia falta dos braços de Bilal, do hálito quente e dos lábios grossos que traziam memórias dos jardins de Manara e Agdal, onde faziam amor sob as oliveiras — depois de ele pagar pelo silêncio do vigia. Neste momento, Nura sentia saudade e, ao mesmo tempo e na mesma proporção, raiva. Por mais que entendesse que ele fora vítima de sua mãe, ser ignorada por Bilal a magoou. Os assuntos do coração são capazes de transformar a vítima no pior dos assassinos em um instante. Por isso, Issufo, com sua gentileza e cortesia, parecia um príncipe encantado enviado dos céus. Sobretudo porque a fruta de Nura já estava madura o suficiente para cair do pé diretamente nos braços do primeiro amante que aparecesse.

Nura acabou na cama de Issufo depois de uma série de encontros no Tito's café e de jantares no Kanun, um restaurante libanês próximo dali. Às vezes ele a levava ao Café Mama África ou ao clube e restaurante African Chic, na rua Umm al-Rabi, no bairro de Gueliz, atrás do Hotel Marraquexe. Lá, no African Chic, Issufo declarou seu amor por ela pela primeira vez. Foi sincero sobre seus sentimentos em troca do seu amor igualmente sincero. Issufo era gentil com Nura, que via nele delicadeza e certo refinamento. Era verdade que Bilal a amara e quisera se casar com ela, mas nunca fez Nura se sentir uma princesa. Com Issufo, ela se tornaria alguém da realeza. Ele era um cavalheiro de fato. Sempre elogiava sua beleza e elegância, compartilhando seus segredos mais íntimos. Desde seu primeiro encontro, Issufo se abriu sobre o pai, que fora primeiro-ministro e agora estava preso em Niamei, em Níger. Falou de sua família espalhada mundo afora e da fortuna que tentava reaver com ajuda de um escritório de advocacia internacional em Paris. Contou sobre a representante desse escritório em Marraquexe, uma mulher que discutia regularmente o caso com ele.

"Por acaso é a francesa com quem você se encontra no café?", perguntou-lhe Nura, para tranquilizar o coração.

Ao que Issufo respondeu em tom calmo: "Ela mesma, Catherine. É advogada e vive em L'Hivernage, em Gueliz, mas representa seu escritório aqui. Eles têm muitos clientes franceses em Marraquexe".

"O caso parece complicado."

"Um pouco. Mas as coisas estão indo bem. Já moro aqui há mais de 5 anos e fiz uma solicitação ao novo escritório de migração e refúgio. Tudo que preciso é encontrar um sócio de confiança. Uma das medidas administrativas recentes exige que se esteja sob a tutela de um local, sobretudo desde que as novas leis facilitaram a obtenção de residência e trabalho para refugiados. Assim, eu poderia abrir uma empresa com uma conta conjunta para receber meus fundos no futuro, caso consiga me regularizar. Devido à preocupação com o financiamento de terrorismo, existe um monitoramento internacional crescente na movimentação de capitais. No entanto, assim que eu conseguir o dinheiro para abrir a empresa legalmente, tudo vai entrar nos eixos. O mais importante é encontrar o parceiro certo."

Nem passou pela cabeça de Nura que ela poderia ser o tal "sócio" que Issufo procurava e ele ser o salvador que a resgataria da vida miserável na rua Lalla Auich, bem como da relação tensa com a mãe, que já se tornara insuportável — sobretudo desde o episódio com Bilal —, além de lhe permitir fugir de uma universidade que só lhe concederia um diploma para que ela se juntasse às fileiras de recém-formados desempregados. Mas agora estava disposta a vender seu terreno em Tamasluht para entrar numa sociedade dos sonhos com seu lindo *gentleman* negro.

Nura aprendeu o verdadeiro significado do prazer com Issufo. Foi a primeira vez que experimentou o sexo nua na cama. Era uma euforia totalmente diferente daquele amor roubado entre as árvores, quando Bilal se roçava em seu corpo até soltar um rápido e ínfimo esperma. Era a primeira vez que chegava ao orgasmo contornando a barreira da virgindade. Issufo era um demônio. Fazia coisas inacreditáveis com a língua em demorados beijos de aquecimento, para em seguida jogá-la no colchão listrado como uma zebra. Então ia tirando suas roupas peça por peça, chupava seus seios, que mais pareciam duas peras, com os lábios grossos, e se dedicava em seguida a atiçar os mamilos. Com a precaução de um sufi, ia descendo devagar do peito à cintura até chegar na parte interna das coxas numa espécie de doce tortura. Como um encantador de serpentes experiente, olhava para ela se contorcendo feito uma cobra excitada entre seus braços. Nesse ponto se virava para sua pequena rosa, respirava fundo seu perfume e soltava nela seu hálito quente. Beijava-lhe os lábios, excitando seu clitóris com a língua, até Nura liberar um grito de prazer, grito que fazia Issufo subir como um foguete às alturas.

Ela pensou consigo mesma que só essa sensação já valia todos os riscos para ficar a sós com Issufo. Ela pedia à mãe permissão para dormir fora dizendo que ia para a casa da amiga Haiat em Daudiat, estudar para os exames, quando na verdade estava com Issufo. Para entrar no seu apartamento, ele subia primeiro, enquanto Nura demorava um pouco do lado de fora, observando Bilal de longe, até ele se ocupar com algum cliente para ela passar pela porta sem ser vista. Bilal, seu amor antigo, se tornou agora uma pedra no caminho para chegar ao seu novo amor. Ela se sentia vitoriosa toda vez que conseguia fugir dele, como um cavalo treinado desvia de algo trivial antes de saltar os obstáculos de verdade.

Ao sair do apartamento de Issufo um dia, Nura foi surpreendida por Bilal, com uma expressão ameaçadora.

"Onde você estava, sua vagabunda?"

"Que foi? Vagabunda é sua irmã. O que você tem a ver com isso? Quem pensa que é para falar assim comigo?"

"Vou levar a polícia até a sua mãe se vir você com esse *preto* de novo."

"Preto! Ah, é? Essa palavra agora parece mel na sua boca."

"Preto, canibal, *ganga*, pouco importa. Se pegar vocês aqui de novo, faço os dois serem presos."

Nura não sabia o que dizer. Bilal tinha os olhos cheios de ódio, como se estivesse disposto a machucá-la. Voltou para casa irritada com o infeliz que chegara a amar um dia. Talvez fosse o momento de agir rápido. Tinha que encontrar um modo de voltar para Issufo. Estava furiosa com aquelas ameaças de merda de Bilal, o mesmo sujeito que fugira como um covarde na primeira dificuldade, culpando-a pelas ofensas que recebera da mãe — e que agora queria arruinar o seu mais novo amor.

Ela contou então ao seu príncipe encantado sobre o caso antigo. Que Bilal quis pedir sua mão e a reação de sua mãe, e sobre a fuga dele como uma mulherzinha no final. Também contou como ele a abordara ao deixar o apartamento da última vez. Ela resolveu declarar a Issufo todo o seu amor, dizendo que queria ficar com ele para sempre. E propôs vender seu terreno em Tamasluht para levantar fundos para a empresa dos dois. Assim que Issufo conseguisse reaver o dinheiro, poderiam se mudar para longe de Bilal e desse bairro estúpido.

Os olhos de Issufo transbordavam de gratidão. Ele, ao contrário de Bilal, geralmente não hesitava nos assuntos do coração. E quando se juntava amor e negócios, aí, então, não se podia perder tempo. Ligou imediatamente para Aissato e pediu que contatasse seus companheiros na ordem sufi para que fizessem um contrato nupcial entre Nura e ele. Precisava de um *faqui* para legitimar o contrato e duas testemunhas — Aissato e seu amigo sudanês Uthman Mustafa al-Chaikh, ambos em Marraquexe na época —, e Nura teria que designar um guardião muçulmano na ausência de seu falecido pai.

Ela não se opôs a nenhuma das exigências. Além do mais, não queria estragar sua felicidade tentando buscar a aprovação da mãe racista e ignorante. Ao retornar para casa, Nura disse a ela que teria que ir ao casamento da irmã de Haiat. Vestiu seu caftan vermelho e branco, bordado com fios dourados, e colocou a jelaba branca por cima. Finalmente, calçou seus sapatos de salto alto brancos com detalhes rosa. Pediu ao filho do vizinho que chamasse um táxi para levá-la ao centro Tijani, próximo de Bab Dukkala. O taxista estacionou e esperou na entrada da rua, no sentido do bairro Arsat al-Malak, já que a rua Lalla Auich era muito estreita para o carro passar. Nura levantou a barra do caftan para evitar se sujar com o lixo e nos buracos na rua, atenta para não cair ou torcer o pé. Então, seguiu determinada em direção ao seu destino negro.

Todos estavam reunidos no Centro Tijani para recebê-la, aguardando que ratificasse o contrato de casamento. A cerimônia foi conduzida por Mulay al-Ghali, que vestia jelaba branca e registrou as declarações das duas testemunhas, também usando a tradicional roupa branca. Enquanto isso, Issufo mantinha-se impecável no seu terno Armani preto com detalhes em cinza e uma camisa branca com gravata borboleta. Era como se tivesse acabado de sair de um filme de Hollywood. Perto dos outros, parecia um refém de terroristas, mas um refém cinco estrelas.

Após a cerimônia, Nura se sentia radiante, apesar de um pouco tensa. Os recém-casados celebraram seu casamento secreto no restaurante Al-Fassia, em Gueliz, longe do tumulto. Tocava música andaluz suave no ambiente e a recepcionista os conduziu a uma sala de jantar particular com apenas duas mesas. A luz era fraca e a mesa ao lado estava vazia. Tudo isso criava a intimidade necessária para a noite mais romântica da vida de Nura. Issufo pediu uma garrafa de champanhe e algumas entradas para acompanhar, insistindo que brindassem à felicidade eterna deles. Embriagada de amor, ela não foi capaz de recusar, então foi bebendo a taça a pequenos goles. Nunca provara álcool, uma vez que crescera ouvindo que o hábito levava inevitavelmente à devassidão e à prostituição. Na ocasião, Issufo lhe disse: "Champanhe é outra coisa. É a bebida da honra, da alegria".

Ela sentia que tinha que obedecer ao marido. O garçom abriu a garrafa de forma dramática, deixando o líquido dourado fluir borbulhante. Nura fitava o salão principal do restaurante, que continha na sua maioria turistas. Deu um gole na taça, sentindo as bolhas tocarem o seu nariz. Logo tomou mais um pouco e sentiu o efeito impressionante da bebida no fundo da alma, que a fez tremer de euforia. Pediram um tajine de carne com ameixas, o prato marroquino tradicional nos casamentos. Ignorando os talheres, ela agarrou um pedaço de pão — como de costume — e começou a comer. Para ela, era estranho comer esse tipo de prato num restaurante. Sua vida estava parando numa nova estação a partir desse momento.

Ao descer do táxi na porta do prédio na companhia do noivo, Nura ignorou a possibilidade de encontrar Bilal na frente de sua loja ou então ser alvo dos olhares curiosos no entorno da entrada do edifício. Já dentro, passaram apenas por Hafid da fábrica têxtil, que se apressou com a esposa Badia em puxar as crianças para trás para que não vissem os recém-casados. Nura subiu as escadas confiante, como uma rainha a caminho de seu trono de direito. Aissato usara sua chave extra para deixar o apartamento de Issufo pronto para a noite de núpcias. Ele havia limpado o banheiro e arrumado o quarto antes de borrifar meio frasco de perfume no ambiente. Colocara velas por todo cômodo, espalhando pétalas de rosas por todos os cantos para criar uma atmosfera romântica. Após parabenizar os noivos, partiu, desejando-lhes boa-noite.

A noite começou como toda virgem deseja. Trocaram olhares apaixonados antes de darem um longo e ardente beijo que acabou com os dois na cama nus. Deram-se todas as preliminares de costume, levando Nura ao delírio. A noite foi coroada com uma bela performance que fez com que ela chegasse ao orgasmo e soltasse um grito de prazer. Grito que foi seguido por golpes contínuos na porta do apartamento: "Abra! É a polícia!".

Apavorado, Issufo varreu o quarto com os olhos, enquanto Nura procurava confusa a calcinha e o sutiã que jogara em algum lugar do quarto. Ela queria encontrar a certidão de casamento para esfregar na cara do idiota do Bilal, que obviamente havia chamado a polícia. Aquele cachorro não podia imaginar que Issufo agora era seu marido segundo a lei de Deus e de seu Profeta.

Do lado de fora, instaurara-se o pânico e o caos no primeiro andar. A porta de Naíma, a puta, abriu para que saísse um homem aterrorizado. Ele se afastou tropeçando nas próprias roupas, achando que a polícia estava batendo na casa de Naíma, mas não conseguiu avançar em meio ao bando de malineses que brotara no meio do corredor e se dirigia à saída do edifício. Majid e Chakib também foram vistos pulando da sacada para fugir no seu Kangoo. Irina, que não conseguiu conter a curiosidade, correu para espiar o que estava acontecendo. Pela primeira vez não estava arrumada, vestia apenas uma camisola.

"Irina, o que faz aqui a uma hora dessas?", perguntou Umm al-Khair, que não estava acostumada a encontrar a vizinha polonesa de noite. A mãe de Bilal estava no seu lugar de sempre, em frente à porta, assistindo à cena desinteressada.

Enquanto isso, dona Tamu — aliviada com a fuga dos filhos Majid e Chakib — aproximava-se com ar de deboche, seguida de seus filhos Farid e Said, que pareciam igualmente satisfeitos. E ainda havia Uthman, o sudanês, que se mantinha como uma torre monitorando os movimentos de todos.

A polícia não precisou esperar muito. Não foi necessário que arrombassem o apartamento, pois Aissato se adiantou e abriu a porta para eles com sua chave, revelando Nura coberta com um xale listrado de zebra com a prova da sua inocência em punho, pronta para se defender de qualquer acusação.

Bilal então apareceu, confuso e furioso, rompendo entre as fileiras de curiosos com determinação até o palco do escândalo. Ao alcançar a porta, viu Nura andando de um lado para o outro do apartamento, apavorada, chorando e soluçando. Tentou ir na direção dela, mas um policial o impediu bruscamente. Ficou ali parado incapaz de encarar aquela cena trágica, tamanha era a dor que sentia. O olhar triste de Bilal tentava dizer a Nura que ele não era o responsável pelo que estava acontecendo.

Aissato, sim, pôde entrar no apartamento e revelar às forças de segurança pública o que havia no escritório: passaportes, dinheiro vivo em diferentes moedas, dentre elas notas falsificadas, bem como outros documentos, tudo mantido num cofre de metal escondido no armário. Eram muitas evidências comprometendo Mamadou Alsika, escondido sob o nome de Issufo para cometer crimes de estelionato e fraude com ajuda de parceiros em Fez, Rabat, Casablanca e Marraquexe. Além disso, tinham diante deles uma prova viva, escandalosamente seminua, na forma da mais nova vítima: Nura Fukhari. Com a apreensão do computador de Issufo, descobririam mais tarde correspondências com outras vítimas de estelionato e com sua cúmplice, uma francesa, Déborah Lizan, que se passava por Catherine e estava ilegal no país. Eles vinham lavando dinheiro, transferindo remessas por meio de uma empresa fantasma, supostamente especializada na produção e exportação de urânio.

Issufo instantaneamente ficou tonto e teve cólicas. Ao sentir náuseas, pediu licença ao policial para se ausentar por um instante, ao que lhe respondeu o oficial: “Lá na delegacia você vai ter tempo de vomitar mercúrio vermelho se quiser, e tudo mais que puder inventar”.

Nura não estava entendendo nada. Tinha o rosto encharcado de lágrimas e, alheia, suas forças se exauriram. Não conseguia entender esse ataque repentino que recaía sobre ela como uma sentença, justamente no que pensava ser a noite mais feliz da sua vida. Dois oficiais levaram o seu príncipe de ilusões, Issufo — ou Mamadou Alsika —, algemado em seu pijama de seda branco do Empório Armani. Ele lançava olhares fulminantes a Aissato, enquanto outros agentes uniformizados dispersavam os curiosos da frente do apartamento.

Naquele instante, Hafid e Badia ouviam tudo por detrás da porta. Desta vez, Hafid estava determinado a se mudar daquele edifício infeliz no Saada para algum outro lugar, quem sabe no bairro de Charaf, cujo nome significa "honra".

* *Conto escrito originalmente em árabe.*

PRONTO PARA MORRER

LAHCEN BAKOUR

L'Hivernage

Quem disse que é difícil matar? Que nada, é muito fácil. É uma das coisas mais triviais — e covardes também — de se fazer. Não requer, necessariamente, sangue frio, nem cadáver, nem arma automática para substituir a mão trêmula. Você só precisa de alguém pronto para morrer, de uma arma sedenta por sangue e às vezes de certa indecisão ou de alguma coincidência fora do normal. É tudo de que se precisa para uma alma deixar o corpo e um coração parar de bater.

Não sou um criminoso aposentado, do tipo que carrega o peso de assassinatos nas costas, que perde tempo lembrando velhos dilemas, que fica divagando. Pelo contrário, sei exatamente do que estou falando, porque sou um assassino de verdade! Do tipo que tem a roupa respingada de sangue fresco.

Isso mesmo, sou um assassino! Naquele exato momento, eu estava debruçado sobre o cadáver da minha vítima, que começava a me pesar nos ombros. Tratava-se de Guillaume, meu grande e maravilhoso amigo, estirado ao meu lado na mais completa paz, como se exaurido depois de uma noite de sexo selvagem — exceto que o rosto não estava corado da excitação que se segue ao gozo. Era o rigor que envolvia seu corpo, não o relaxamento que se sente após o prazer.

Minha mão tremia. Voltara a ficar tão fraca como antes. Há alguns minutos, uma estranha força demoníaca havia se apossado dela. Minha mão segurara firme o cabo da faca enquanto eu dava fim ao meu querido e grande amigo Guillaume. Em seguida, eu me agachara ao lado de seu corpo para derramar algumas lágrimas e tentar entender por que o havia matado.

Combinamos de nos encontrar hoje. Eu não tinha a intenção de fazer nenhum mal a ele. Imaginei que estivesse me esperando como sempre, com o mesmo ânimo e expectativa, como se fosse a primeira vez que a gente se encontrava. Ele tomou um banho demorado, depois borrifou seu perfume caro. Vestiu um robe de seda cor-de-rosa, pegou uma caixa, deixou-a sobre a mesinha próxima à cama e se sentou para me esperar.

Assim que passei pela entrada de Bab al-Jadid, a caminho do L'Hivernage, onde iria encontrar meu amigo Guillaume, uma chave virou de repente dentro de mim com a maior naturalidade. Deixei para trás quaisquer resquícios do mundo ruidoso e tumultuado do bairro popular em que eu morava, onde quase não havia privacidade, e mergulhei num mundo silencioso, tranquilo e com espaço. Espaço entre as pessoas, entre os edifícios, entre as coisas. Aquele silêncio assustadoramente grandioso despertava em mim a curiosidade de saber o que se passava por trás daqueles muros altos e daquelas janelas de vidro reforçado.

Andando pela calçada, eu ouvia apenas o som dos meus passos e dos pneus das limusines tocando o asfalto. Enquanto isso, os rostos viçosos das pessoas que tinham trabalhado ou dormido pela maior parte do dia começavam a se preparar para a vida noturna.

Aqui, porém, nunca se veem jovens escorados nos muros baixos das casas como se os impedissem de desabar, compartilhando um único cigarro, que passa de boca em boca. Também não se veem mulheres desfiando fofocas, como gatos brincando com novelos de lã, nem passagens estreitas e tortuosas onde os corpos se esbarram involuntariamente.

Nada disso. Por aqui você pode ver um jardineiro idoso regando as plantas de um casarão com a mangueira ou então uma empregada abrindo o porta-malas do carro para levar as sacolas de mercado até a cozinha pela porta dos fundos, ou quem sabe o porteiro de um prédio pronto para atender com diligência as demandas dos moradores.

Meu querido Guillaume fez muito bem de alugar um apartamento nesta área. Aqui as pessoas não metem o nariz onde não são chamadas. Tomando as devidas precauções e sem passar muito dos limites, você pode fazer quase tudo o que quiser. Apesar disso, toda vez que eu vinha ver Guillaume me sentia apreensivo e um pouco inquieto. A experiência me ensinou a ficar alerta. Algumas vezes você pode ter a falsa sensação de que a polícia está dormindo ou que não está nem aí para você, quando na verdade ela está fazendo a sua cama aos poucos. Por isso eu andava cada vez mais atento. Antes de dar o próximo passo, olhava bem onde estava pisando.

Assim que cheguei à entrada do condomínio do apartamento de Guillaume, enviei a ele uma mensagem de texto para que deixasse a porta entreaberta, uma precaução que sempre tomávamos. Empurrei a porta e entrei. Um silêncio prazeroso dominava o apartamento. A música suave ressoava pelos cantos da sala em harmonia com o perfume que preenchia o ambiente. Naquele instante, senti algo estranho dentro de mim, um tipo de arrependimento por ter vindo. Porém, a sensação desapareceu tão rápido quanto surgiu. Ouvi Guillaume murmurar sozinho no quarto, preparando o ambiente a seu gosto. Ele aguardava satisfeito, como uma criança na expectativa de ganhar presente. Ao perceber que eu havia chegado, correu para me receber, adiantando-se para me dar um beijo ardente, mas apreensivo, que revelava toda a sua paixão. Ficamos um pouco na sala, bebendo uma cerveja gelada para celebrar mais um encontro, mas logo o desejo nos puxou para o quarto.

Na cama, eu estava tenso e querendo terminar rápido sem nenhum motivo aparente. Não estávamos com a conexão ideal, como Guillaume esperava. Mas tentei contornar a situação, me esforçando ao máximo para não estragar a noite. Não apenas por Guillaume ser boa pessoa, mas por eu estar completamente quebrado — precisava urgentemente dos 100 euros que ele havia me prometido. Sabia que, sempre que tínhamos uma noite de prazer maravilhosa, Guillaume ficava radiante. E, quando meu amigo se sentia feliz, era bastante generoso. Os 100 euros poderiam virar 120 ou até mais.

Guillaume soltou um suspiro longo e estrebuchou como um boi imolado, enquanto seu corpo enorme — que ocupava a cama toda — ia esfriando. Em seu rosto, via-se a expressão de gozo. Ficamos alguns instantes estirados na cama lado a lado. Ele deitou a cabeça no meu peito, soltando suspiros baixos e contínuos, e comecei a brincar com seu peito cabeludo, do jeito que ele gostava. Depois fui para a sala e ele permaneceu no quarto.

Guillaume gostava de ficar sozinho depois de fazer amor, tomado por uma espécie de depressão momentânea. Esparramava o corpo no espaço entre a cama e um armário enorme, que cobria toda a parede. O gentil Guillaume era muito sofisticado. Mantinha uma coleção impecável de ternos e sapatos. Encostado na beira da cama, os pés esticados até o armário, fumava um cigarro bem devagar; depois ia ao banheiro, e ali seu corpo se rendia mais uma vez à sedutora tentação da água.

Sentei-me numa das poltronas da sala. Ouvi o barulho da água caindo e os suspiros de Guillaume ao senti-la tocar seu corpo. Me ocorreu que ele não apenas se banhava, mas que se relacionava com a água. Despido, deixava cada gota cristalina beijar com paixão seu corpo extremamente branco, saciando-se devagar entre suas dobras, antes de continuarem a descida em direção ao piso de mármore e lá se estilhaçarem. Se meu humor estivesse melhor, certamente Guillaume teria me chamado para tomarmos banho juntos. E iríamos continuar a brincadeira ali, desfrutando a sensação da água, como fizéramos tantas vezes. Hoje, porém, como percebeu que eu estava um pouco angustiado, preferiu ir flertar sozinho com a água.

Meu Guillaume era uma pessoa boa que adorava dinheiro, porque o dinheiro abre caminhos, portas e janelas, como costumava me dizer com uma piscadela. Mas uma coisa que ele cultuava mais que dinheiro era o corpo, sobretudo se fosse masculino, cabeludo e de pele levemente escura.

Conhecer Guillaume foi uma verdadeira dádiva. Eu acabara de passar por uma experiência difícil e frustrante com outro francês, um velho magro e muito avarento. Sempre que me lembro dele, não consigo conter o riso e não sentir pena daquela figura. Na primeira vez que nos encontramos, no aeroporto, pensei que ele não fosse aparecer. Quando já estava quase indo embora, o portão eletrônico do desembarque cuspiu um último passageiro, que caminhava devagar puxando uma mala ridícula de tão antiga. Ele parecia alheio a tudo em volta, como se estivesse perdido. Como eu era a única pessoa aguardando no saguão, se aproximou de mim com o olhar fixo no cartaz que eu segurava e, ainda um pouco à distância, leu seu nome em voz alta. Em seguida, suas marcas de expressão se atenuaram e ele apertou o passo em minha direção como um pinguim velho que reencontrou seu bando, apontando para seu nome no cartaz. Na foto que havia me enviado pela internet ainda se via algum traço de juventude, mas o homem que estava na minha frente naquele momento me estendia uma mão enrugada e cheia de manchas da idade.

Depois de ter que engolir essa surpresa amarga, decidi que iria explorar o velho e drenar suas economias até o último centavo. Contudo, ele era pão-duro num nível inimaginável. Só colocava a mão no bolso a muito custo — como se ao tocar na carteira fosse deixar cair por aí seus últimos momentos de vida. Eu o suportei por três dias inteiros, como uma mala sem alça, até, por fim, conseguir me livrar dele sem nenhum arrependimento.

Ele era bem feio. Nu, parecia um caracol sem concha. Por muito tempo o velho tentou despertar o tesão em seu corpo decrépito, chama que já havia se apagado fazia muitos anos. Depois descobri que o que ele realmente precisava era de alguém do mesmo sexo para lhe fazer companhia, ir jantar com ele e dormir ao seu lado na cama, um tocando o outro de vez em quando. No melhor dos casos, trocávamos alguns beijos duros com gosto de areia.

Que velho mais digno de pena... Já com o pé na cova, tinha arrastado aquele corpo sofrido de tão longe apenas para tirar a roupa na minha frente. Quando tremia, era mais por velhice que por prazer. Seus gemidos eram falsos e me causavam asco. E depois de tudo isso o velho foi embora do mesmo jeito que tinha chegado.

No aeroporto, despediu-se, acenando: "Até a próxima!". Depois, sorrindo satisfeito por ter conseguido executar a missão com sucesso, foi embora puxando sua mala ridícula. Enquanto eu o via se afastando devagar, só conseguia pensar num pinguim velho perdido do bando.

Guillaume saiu do chuveiro outra pessoa. Estava revigorado e sorridente, como se sua alma também tivesse tomado banho. Secando o cabelo grisalho com a toalha, ele se aproximou de mim e esticou o pescoço para me beijar. Aquele seu olhar asqueroso me chocou outra vez. O verde dos seus olhos me dava náuseas. Senti dificuldade em conter o impulso de empurrá-lo para longe. Fechei os olhos depois que me beijou. Não por deleite, mas por não suportar aqueles olhos verdes tão próximos.

Eu detestava os olhos de Guillaume de modo inexplicável. Odiei aqueles olhos verdes e lânguidos assim que os vi pela primeira vez. Por muito tempo desejei mergulhar neles, penetrar em seus segredos e depois relaxar. Porém, nunca consegui olhar para eles por muito tempo. Mais de uma vez me peguei observando Guillaume sem perceber. Um dia ele gritou, quase na minha cara: "Pare de me olhar assim! Está me incomodando!".

Meu olhar seguiu Guillaume quando ele entrou no quarto. Nesse exato instante, sem motivo aparente nem premeditação, me vi indo até a cozinha. Estiquei a mão direita, trêmula, em direção à gaveta e tirei dali uma faca enorme com cabo de madeira. Assim que peguei a arma e olhei sua lâmina extremamente afiada, minha mão parou de tremer. Quando meus pés me levaram ao quarto, minha mão esticada foi na frente. Não sentia meus dedos no cabo da faca. Eu nem vi Guillaume na minha frente. Tudo que via eram aqueles dois olhos verdes odiosos e sua mirada repulsiva.

Ele estava de pé ao lado da mesa mexendo compenetrado com uma caixa. Aproximei-me com cautela e, quando já estava bem perto, Guillaume sentiu minha presença e se virou. Então me apressei em lhe aplicar o primeiro golpe, na altura do pescoço. Foi preciso e ao mesmo tempo traiçoeiro e inesperado. Guillaume cambaleou, deixando escapar um grito de dor e tentando estancar o ferimento com as mãos. Quanto ao que aconteceu depois, me lembrei de pouca coisa. Ainda que me esforçasse, só me vinham cenas esparsas, imagens e sons entrecortados, como se eu tivesse sonhado ou delirado.

Recobrei a consciência debruçado sobre o corpo inerte de Guillaume. Chorei, angustiado. Não acreditava que o havia matado. Eu me perguntava como tinha conseguido fazer isso, justo eu, que sempre fui um covarde! Minhas mãos tremiam, sujas de sangue, e a faca tingida de vermelho repousava próxima ao cadáver, como se descansasse com a sensação de dever cumprido.

Havia sangue nas minhas mãos, na camisa, no chão. Havia sangue no pijama, que praticamente tinha deslizado do corpo nu de Guillaume. Sangue por toda parte. Depois que me dei conta de tudo que havia acontecido, morri. Por um minuto completo, meu coração parou. Não conseguia pensar em nada nem sentir nada, até que um rio caudaloso de imagens e sons começou a fluir na minha consciência. Ouvi Guillaume gritando de dor. Vi Guillaume se chocar contra o armário e cambalear depois do primeiro golpe traiçoeiro. Ele tentou reagir e caiu, mas logo ficou de pé novamente. Por fim desabou, e seu corpo permaneceu imóvel no espaço entre a cama e o armário. Em seus lábios apenas a pergunta dilacerante: "Por quê?". Subitamente senti uma dor insuportável no corpo todo. Não sabia em que membro tocar para descobrir onde eu tinha sido atingido. Provavelmente pelo menos duas costelas haviam se quebrado, e eu não conseguia enxergar com o olho esquerdo, que parecia uma berinjela de tão inchado. Com certeza Guillaume tinha tentado se defender com unhas e dentes. Porém, quando se deu conta do que estava acontecendo, suas forças já tinham se exaurido.

Se ele tivesse percebido a tempo que eu estava entrando no quarto, teria se preparado. Mas dessa vez eu não tinha me aproximado para beijar seu pescoço gordo e lhe causar arrepios em todo o corpo. Se soubesse das minhas reais intenções, teria me derrubado com um só golpe.

A cama estava revirada e os lençóis caídos no chão, e o vermelho do sangue cobria as marcas de sexo, cujo odor ainda pairava no quarto. Uma pequena mala estava aberta e largada próxima à mesa. O conteúdo espalhado aos pés da cama consistia num consolo de plástico, preservativos, lubrificantes e frascos de óleos. Guillaume não imaginava que dessa vez não iria poder reorganizar tudo dentro da mala e devolvê-la ao fundo do armário como um tesouro valioso.

Ah, meu querido Guillaume, vou sentir muito a sua falta.

Você sabe que nunca odiei você. Eu estava a 100 euros — ou um pouco mais — de amá-lo. Por isso não consigo responder aquela pergunta angustiante entalada na sua garganta feito um pomo de adão extra: “Por quê?”. Não tenho resposta. Não sei por que matei você. Não faço ideia de onde busquei força e coragem para pegar aquela faca nefasta e fincá-la no seu corpo gigantesco ainda fresco do banho recém-tomado.

Meu querido, você está morto agora e não posso lhe devolver a vida. Mas estou lhe devendo, para dizer o mínimo, a resposta à sua última pergunta. Sinto que sua alma vai continuar vagando por aqui, sem conseguir partir, até entender a maldição que me fez perfurar seu corpo tantas vezes. Talvez só assim ela possa descansar um pouco antes de retornar a seu Criador.

Não vou esconder de você que, como qualquer pessoa que se envolve de repente num assassinato, eu quis desaparecer da cena do crime o mais rápido possível. Poderia ter tentado me salvar pulando da janela do quarto, mas não consegui. Senti meus membros todos destroncados, imobilizados pelas contusões que sofri. Só de pensar em me mexer eu sentia uma dor lancinante. Decidi, então, permanecer aqui para tentar entender o que aconteceu.

O que você acha de conversarmos um pouco, meu querido Guillaume, enquanto esperamos? Sei que você odiava falar de assuntos privados, e sempre manteve um véu escuro de discrição sobre sua vida pessoal. Sei disso e compreendo seus motivos. Reconheço que também nunca me pediu detalhes da minha vida. Mas quem era você realmente, Guillaume?

Seria apenas mais um homossexual que reduziu todos os prazeres da vida aos prazeres da carne? Ou seria um homem casado vivendo uma vida sem graça do lado de lá do Mediterrâneo e que de tempos em tempos desviava parte do orçamento da pequena família para vir aqui ou, quem sabe, ir a outros cantos do mundo extravasar seus desejos? Depois voltaria à sua vida normal, à vida típica dos homens que gostam de mulher, que dão duro no trabalho e só ficam esperando o fim de semana para relaxar um pouco e tomar uma com os amigos.

Qual o problema de colocarmos tudo às claras neste nosso último encontro? Neste instante, estou com algumas coisas entaladas na garganta. Você está pronto para me ouvir? Não precisa responder. Também não vou demorar, porque a polícia deve aparecer a qualquer momento, cortando o fio das nossas revelações e pondo fim a toda esta dor. O cheiro de morte já se espalhou pelo edifício. Infiltrou-se pelos buracos das fechaduras, pelas janelas, atingindo todo o condomínio. Já vejo gente aglomerada na frente do prédio e no saguão, curiosa, especulando, enquanto aguardam a chegada da polícia.

Há muito tempo, na minha infância, eu não gostava de jogar bola nos campinhos de terra nem de subir nas palmeiras para pegar tâmaras nos descampados fora dos muros da medina. Meus pés preferiam jogar amarelinha ou pular corda com as meninas nas vielas úmidas. Quando entrava em alguma briga de menino, com palavrões e socos, minha voz sempre me desapontava. Quando eu gritava com o adversário, precisando soar durão para compensar minha baixa estatura, minha voz saía baixa e fina. Era como se eu estivesse flertando com ele e não brigando.

Meu pai vendia cigarros avulsos. Um alcoólatra contumaz. Era só sair da cadeia que já ia arrebentar a cachola de alguém numa conversa de bar ou então vender haxixe barato a outros viciados miseráveis. Aí era preso outra vez e voltava à sua segunda casa fora dos muros da cidade antiga. Já minha mãe se aproveitava da ausência dele para buscar um pouco de alívio do comportamento violento do marido. Tentava esquecer a dor que o punho covarde dele lhe infligia deixando marcas em todo o seu corpo sempre que meu pai se embriagava. Não se lembrar da minha existência não causava a ela o menor desconforto ou constrangimento. Por essa razão, o vigia do salão de jogos do bairro não tinha dificuldades em me atrair para os seus braços. Numa tarde tranquila, ele me levou para a parte mais escura do salão e abusou de mim, algo que nunca vou esquecer. Ao terminar, ergueu uma faca na altura do meu rosto, fazendo a lâmina brilhar diante dos meus olhos. Roçando a ponta da faca na minha face, com a outra mão segurou minha bochecha e me deu um último beijo. Depois me convidou para voltar lá e brincar no salão quando eu quisesse, sem pagar.

Ele era um estranho no bairro, além de um transviado. Pouco depois de eu entrar na adolescência, ele desapareceu da nossa vizinhança. Era um sujeito mais velho e calado que passava o dia no salão de jogos sempre cheio de desempregados e crianças cabulando aula. Ficava sentado na entrada do salão, fumando e bebericando copos de chá. Por vezes escapava para o fundo do salão na companhia de algum rapaz para fumar haxixe e beber. Eu também me lembro... Veja que loucura, querido, você nem imagina! Esse homem presente na minha mais tenra infância, que durante todo o verão se aproveitava do meu corpo jovem como bem entendia naquele salão... ele também tinha olhos verdes!

Seus olhos eram lânguidos e muito verdes. Depois daquela tarde, nunca mais ousei encará-los. Toda vez que nossas miradas se cruzavam, eu imediatamente desviava o olhar para o chão e mantinha a cabeça baixa. Sentia alguma coisa estranha, uma mistura de timidez e rendição, e outras emoções que não entendia. Meus passos me guiavam inevitavelmente para ele, pois quase sempre eu estava sozinho e não tinha o que fazer no tempo livre. Ao menor sinal dos seus olhos verdes, eu deixava as bolas de bilhar de lado e ia para os fundos do salão.

Querido Guillaume, deixe eu arrumar um pouco seu corpo. Quero apoiar sua cabeça no meu joelho. Uff! Como você é pesado! Isto, assim... Quero que fique bem perto de mim, para eu sussurrar no seu ouvido minhas últimas palavras. Por favor, não gesticule com as mãos nem sorria daquele jeito debochado, como costumava fazer quando ouvia uma opinião idiota ou justificava algum deslize. Não faça isso quando eu disser que o matei por causa dos olhos verdes. Não me ridicularize, pois acho que esta é a verdade.

Foram seus olhos! Só agora consegui contemplá-los à vontade, sem incomodá-lo ou sem que você me fitasse de volta com aquele seu olhar meloso. O problema é que agora seus olhos se apagaram! O verde se transformou numa cor morta, sem brilho vital. Suas pupilas estão desbotadas, como se fossem de plástico!

Sabe, Guillaume, eu me lembro até hoje do nosso primeiro encontro, perto do Cine Mabruka. Ainda vejo seus dedos grossos e peludos tocando os óculos de sol, preparando-se para tirá-los. Seu rosto se iluminou com um sorriso ao sentir nossa conexão, mas então você mudou de ideia e resolveu ficar de óculos. Agora penso que, se tivesse tirado os óculos, talvez a languidez dos seus olhos e a cor odiosa deles teriam me causado aversão e eu não teria me encontrado com você de novo. E assim não seria obrigado a carregar, por toda a minha vida, o fardo do seu cadáver nas costas, como se fosse uma corcunda.

Imagine, Guillaume, apenas evitando aquele movimento simples e bobo, que se repetia milhares de vezes todos os dias, você poderia ter mudado totalmente meu destino. Eu teria continuado a dar minhas circuladas pelos cantos da praça Jamaa al-Fna e pelas ruas de Gueliz, caçando clientes do seu tipo, em vez de envelhecer vendo meus ossos congelarem atrás das grades da penitenciária de Bulmaharez. E você, muito provavelmente, teria vivido mais e continuado a suspirar apaixonado por corpos morenos e peludos até que outra pessoa o matasse — mas por um motivo sincero e claro — ou que a polícia o pegasse e pusesse fim a essa sua obsessão.

Querido, agora entendo sua preocupação na noite do nosso primeiro encontro. Lá estava você com seu corpo atlético e vigoroso perseguindo o meu corpo escuro e frágil, com o andar afetado, digno de uma fêmea pronta a conseguir o que quer. Enquanto você caminhava como um turista qualquer que tinha vindo expor o corpo ao sol de Marraquexe e a alma aos prazeres desta cidade, eu expunha você, tornando públicas suas inclinações. Você deve ter pensado que as pessoas o observavam e ficou angustiado. Quando entramos num beco escuro do outro lado do prédio do correio e falei com você, eu o achei preocupado; gotas de suor escorriam de sua testa. Você tinha ouvido os comentários lançados contra nós por passantes, pedintes e comerciantes nas portas dos estabelecimentos, arremessados como pedras invisíveis. Aquilo não me incomodava mais, porém você nem fazia ideia do que eles tinham dito.

Assim que vi você pela primeira vez, andando pela lateral da praça com uma câmera enorme pendurada no ombro, numa espécie de disfarce, saquei o tipo de prazer que procurava. Não foi necessário nossos olhares se cruzarem; você abriu um sorriso que misturava desejo e medo. Também não foi necessário você me lançar uma piscada desinibida para deixar as coisas às claras. Nada disso. Assim que o vi vagando sozinho e tenso, sem a companhia de uma mulher, escondido atrás de óculos de sol enormes, soube exatamente o que você queria.

Tive certeza de que não estava interessado no sexo feminino. Por isso, me apressei em pegá-lo antes que outra pessoa chegasse.

Acho que vou conseguir um cliente holandês ou alemão, pensei enquanto me aproximava de você, medindo com os olhos seu porte elegante. Foi então que percebi que se tratava de mais um francês, mas um francês diferente.

Ah, meu querido, estou muito cansado e triste. Preciso descansar. Se eu pudesse dormir um pouco... Mas minhas pálpebras resistem a permanecer fechadas. E você, Guillaume, não está exausto também? Lá estava você, desde o começo, deitado de costas, levemente inclinado para a direita. Quem sabe agora que está morto você queira que eu o ajude a mudar de posição? O problema é que eu também não consigo me mexer.

Há quanto tempo estamos assim, na mesma posição? Uma hora ou duas? Um dia e uma noite? Uma eternidade? Do lado de lá da cortina, as luzes dos apartamentos vizinhos reluzem. Parecem sombras que vão e vêm, as luzes dos televisores piscando como se dançassem. Não parece absurdo que outros corpos estejam fazendo amor neste instante, ignorando que neste apartamento haja um assassino e o corpo de sua vítima?

Estou ouvindo um movimento suspeito no prédio. Tento escutar com mais atenção.

Parece que os policiais chegaram. Finalmente! Ouço suas vozes ressoando nas paredes do edifício, que funcionam como alto-falantes. Som de passos na escadaria. Estou nervoso e apreensivo.

As vozes estão ficando mais nítidas. Sei que depois de baterem à porta por um longo tempo, como não consigo me levantar para abri-la, vão derrubá-la e invadir o apartamento. Encontrarão tudo no devido lugar: o assassino, a vítima e a arma do crime. Estarão diante de um caso muito fácil, não vão precisar fazer o menor esforço para resolvê-lo.

Agora chegaram à porta. Estão batendo normalmente, como se fossem um convidado ou um vizinho. Após um silêncio preocupante, as batidas se tornam mais fortes e repetitivas. A fechadura está sendo forçada e parece que não vai resistir por muito tempo. Eles arrombam a porta e ouço o barulho tão familiar do trinco. Ele se repete continuamente nos meus ouvidos, como a música que anuncia meu fim.

Como se eu assistisse a mim mesmo na tela de um televisor de luz trêmula, mal sintonizado, vejo um velho com as costas arqueadas, cabelo branco cobrindo suas têmporas. Ele caminha rente ao muro da penitenciária de Bulmaharez numa tarde escaldante de Marraquexe. Dentro da sua carcaça persiste uma alma atormentada. O homem arrasta um corpo decrépito que não se lembra mais de como é pisar num mundo sem limites, sem muros nem telhados.

Com muito cuidado, os policiais seguem para o quarto. Seus sentidos farejam o cheiro da morte que empesteia o apartamento. Estão alertas, tensos. Seus corpos agora bloqueiam a porta do quarto.

Ah, Guillaume, se seus olhos não fossem verdes! Por que tinham que ser verdes?

* *Conto escrito originalmente em árabe.*

Dados Internacionais de Catalogação na Publicação (CIP)

M358

Marraquexe noir / organizador Yassin Adnan ;
tradutor: Felipe Benjamin Francisco. – 1. ed. –
Rio de Janeiro : Tabla, 2022.
384 p. ; 21 cm. – (Série Noir)

Tradução de: Marrakech noir.

ISBN 978-65-86824-40-7

1. Literatura árabe. 2. Ficção noir.
3. Marrakech (Marrocos) – Ficção. I. Adnan,
Yassin. II. Francisco, Felipe Benjamin.
III. Série.

CDD 892.736

Roberta Maria de O. V. da Costa – Bibliotecária CRB-7 5587

título original
Marrakech Noir

Livro publicado originalmente pela Akashic Books, New York (www.akashicbooks.com)

Editor
Lielson Zeni

Coordenação editorial
Laura Di Pietro

Preparação de texto
Ciça Caropreso

Revisão
Isabel Jorge Cury
Juliana Bitelli

Capa e projeto gráfico
Tereza Bettinardi

Diagramação
Valquíria Chagas

Foto de capa
© Felipe Benjamin Francisco

Este livro atende às normas do Novo Acordo Ortográfico em vigor desde janeiro de 2009.

[2022]

+55 21 997860747
editora@editoratabla.com.br
www.editoratabla.com.br

Este livro foi composto em Druk e Nyte,
e impresso em papel Avena 80g/m² pela
gráfica Exklusiva em novembro de 2022.